그리고
신은
얘기나 좀 하자고
말했다

그리고
신은
얘기나 좀 하자고
말했다

한스 라트 장편소설
박종대 옮김

이 책은 실로 꿰매어 제본하는 정통적인 사철 방식으로 만들어졌습니다.
사철 방식으로 제본된 책은 오랫동안 보관해도 손상되지 않습니다.

신이 없더라도 우리는 신을 만들어 냈을 것이다.

— 볼테르

차 례

신 은 웃 긴 다

전처가 한밤중에 문 앞에 서 있다.

「어쩐 일이야?」 내가 얼빠진 표정으로 묻는다.

「당신 도움이 필요해. 결혼 생활에 문제가 생겼어.」

「지금 결혼 생활?」 내가 더듬거리며 혼란스럽게 머리카락을 쓸어 올린다.

「당연히 지금 결혼 생활이지, 또 뭐가 있어?」 그녀가 쌀쌀맞게 대꾸한다. 「우리 결혼 생활은 석 달 전에 끝났는데, 생길 문제가 뭐가 있어?」

「새삼 상기시켜 줘서 고맙군.」 내가 힘없이 대답한다.

「뭐 고마워할 것까지야. 자, 이제 어쩔 거야? 들어가도 되지?」

차가운 밤공기가 그녀 곁을 지나 내 쪼그만 아파트 안으로 쪼르르 기어들어 온다.

「별로 내키지 않는데.」 내가 솔직히 대답한다.

「왜?」 그녀는 의심스러운 눈초리로 내 어깨 너머를 염탐한다. 「안에 다른 여자라도 있어?」

「다른 여자? 설령 있다고 해도 그게 당신하고 무슨 상관이야? 당신 입으로도 방금 말했잖아. 우린 이혼했다고. 그 말은 내가 이제 당신 허락 없이도 여기서 얼마든지 섹스 파티를 열수 있다는 뜻 아냐?」

「역시 당신다워! 하나도 안 변했어!」 그녀가 소리친다. 「나라는 여자는 도저히 감당이 안 되니까 아무 여자하고나 달라붙은 모양이지!」

내 입에서 한숨이 터져 나온다. 나는 피곤하면 아예 싸울 마음이 없다. 엘렌도 그걸 안다. 그래서 우리가 같이 사는 동안에도 그녀는 이른 아침이나 늦은 밤에 싸움을 걸어 왔다.

「내일 이야기해.」 내가 애원조로 말한다.

그녀는 입술을 꾹 다문 채 생각에 잠긴다. 순간 나는 그녀가 정말 마음을 돌릴지도 모른다는 희망을 품는다. 그러나 그건 실수다. 7년이나 같이 살았으면 이젠 알 법도 한데 나는 여전히 이런 실수를 저지른다.

「이 아파트가 내 거라는 건 당신도 잘 알지?」 그녀가 야유조로 말한다. 「당신이 한동안 월세 한 푼 낸 적 없는 당신 사무실도 내 거나 마찬가지고. 그렇다면 이 정도 작은 호의는 기대해도 되지 않아?」

그녀가 나를 빤히 바라본다. 내가 잘 아는 시선이다. 만일 내가 이대로 그녀의 코앞에서 문을 쾅 닫아 버리면 그녀는 분명 전기나 수도를 끊을 것이다. 아니 둘 다 끊어 버릴 인간이다. 어쩌면 당장 이 집에서 나가라고 위협할 수도 있다. 엘렌은 상대가 자기 뜻대로 움직이지 않는 걸 견디지 못하는 성격이다.

결국 나는 내키진 않지만 그녀가 들어올 수 있도록 옆으로 비켜선다.

「그런 똥 씹은 표정 짓지 마.」 그녀는 이렇게 말하고는 부엌 쪽으로 뚜벅뚜벅 걸어간다. 「당신은 도움이 필요한 사람이면 언제든 돕겠다고 맹세한 사람 아냐?」

「그런 맹세한 적 없어.」 내가 문을 닫으며 대답한다. 「심리 치료사가 무슨 의사인 줄 알아? 우린 히포크라테스 선서 같은 거 안 해.」

그녀가 부엌 안으로 사라진다. 「화이트 와인 없어?」 그녀가 외치는 소리가 들린다. 그러나 그녀는 내 대답을 기다리지도 않고 곧장 냉장고 문을 열더니 달그락달그락 뒤지기 시작한다.

「냉동실에 있어.」 나는 부엌 의자에 털썩 주저앉는다.

「뭐, 냉동실? 병이 터지면 어쩌려고!」

「그럼 당신이 제때 잘 와줬군. 내 인생의 몇 년을 빼앗아 간 것도 모자라 오늘 이렇게 한밤중에 찾아와 내 잠까지 빼앗아 가기는 했지만 최소한 와인 병 터지는 건 막아 주고 있으니까.」

그녀는 자기 잔에 와인을 따르더니 병을 슬쩍 들어 내게 눈짓을 한다. 내가 고개를 끄덕이자 다른 잔에 와인을 따라 건넨다.

「자, 이제 무슨 이야기인지 속사포처럼 꺼내 봐.」 나는 와인을 한 모금 마신다.

「뭐, 여기서? 이렇게 코딱지만 한 부엌에서 내 부부 문제를 이야기하라고? 진심이야?」

「더 좋은 데라도 있어? 하긴 코딱지만 한 욕실과 코딱지만

한 침실이 있긴 하지. 거기라도 좋다면야…….」

「무슨 뜻이야?」 일순간 그녀의 표정이 사납게 변한다. 「내가 근사한 아파트라도 장만해 주길 바랐다는 거야 뭐야? 당신도 알지. 당신 친구 아담 베버크네히트가 어떤 꼴로……」

「아담 베버크네히트는 내 친구 아냐. 그 사람에 대해 아는 것도 거의 없어.」

「어쨌거나. 그 사람처럼 이혼 후에 다리 밑에서 사는 남자도 있어!」

「나보다 훨씬 넓은 데 사는구먼. 언젠가 나도 그 사람을 찾아갈지 몰라.」

그녀의 코에서 경멸의 콧바람이 쌕쌕 새어 나온다. 그녀는 와인을 홀짝거리더니 얼굴을 찡그린다. 「이거 싸구려지?」

「2유로 몇 센트쯤 줬을걸.」 나는 어깨를 으쓱한다.

「입을 대는 순간 알아봤어. 나중에 다리 밑으로 아담을 만나러 갈 때 이런 싸구려도 하나 가져가면 좋겠네.」

「입맛 버리게 해서 미안해. 다음에 형편이 풀려 근사한 와인 구입하면 바로 연락하지.」

「야콥, 당신은 정말 뭐가 문제인지 알아?」 그녀가 날을 세운다.

「물론. 당신을 만난 거지.」

그녀는 비꼬는 투의 내 말을 흘려 넘긴다. 「당신의 문제는 남자답지 못하다는 거야. 아주 작은 난관도 견뎌 내려고 하지 않아.」

「지금이라도 내 문제가 뭔지 알게 해줘서 고맙군. 내 문제는 얘기했으니 이제 당신 문제를 얘기해 보지그래.」

「이건 분명히 해두고 넘어갔으면 해. 난 당신한테 뭐든 거저 받는 건 싫어. 이 상담에 대한 비용도 정상 가격으로 청구해 줬으면 좋겠어. 오케이?」

「그러지 뭐.」

「물론 난 그 비용을 당신이 아직 내지 않은 월세에서 깔 테지만. 그러니까……」

「알았어, 엘렌.」 내가 손을 내젓는다. 「이제 제발 그만하고 용건이나 말해.」

그녀는 와인을 홀짝거리더니 주위를 둘러본다. 「이런 코딱지만 한 부엌에서 이야기를 하려니까 정말 입이 안 떨어져.」

「엘렌, 지금은 한밤중이야. 내일 얘기하면 안 될까? 내일 첫 시간으로 예약을 잡아 놓을게. 약속해. 8시에 사무실에 들러도 돼. 난 상관없어. 오케이?」

그녀는 와인을 조금 들이켜더니 나를 유심히 살펴본다. 「월세가 밀릴 때 당신 상담소 일이 잘 안 된다는 건 짐작하고 있었지만 이렇게까지 파산 직전인 줄은 몰랐어.」

「그걸 어떻게 알아?」

「전날 한밤중까지도 다음 날 아침 예약이 비어 있는 심리 치료사라면 경제적으로 갈 데까지 간 거 아냐?」

「날카로운 추측 고맙군. 이제 당신 이야기나 하시지.」

「돈이 정말 급하면 괜한 체면 차리지 말고 말해.」

「나한테 정말 돈을 빌려주고 싶은 거야, 아니면 내가 궁지에 빠진 걸 즐기고 싶은 거야?」

그녀가 생각에 잠긴다.

「그만하지, 엘렌. 우리 결혼 계약이란 게 결국 다 죽어 가는 당신 삼촌의 유산을 내게서 지키기 위한 목적이었다는 걸 알아차린 순간부터 당신은 내 재정 문제에 개입할 권리를 잃어버렸어. 영원히. 그래, 나를 계속 당신한테 경제적으로 묶여 있도록 하는 건 좋아. 하지만 그따위 알량한 충고는 생략해 줘.」

그녀는 나를 빤히 바라본다. 그녀의 입꼬리가 아래로 살짝 처지면서 입술이 팽팽하게 긴장된다. 공격할 채비를 마쳤다는 신호다.

내가 선수를 친다. 「이제 정말 말 좀 해. 여기 온 이유를. 안 그러면 난 침대로 가버릴 거야.」

그때 초인종이 울린다.

「그 사람이야!」 엘렌이 화급히 말한다.

「누구?」

「아르민. 내 남편. 당신이 저 사람한테 알아듣게 설명 좀 해 줘. 지금 질투심으로 제정신이 아냐. 내 말은 들으려고 하질 않아.」

다시 초인종이 울린다. 이번에는 좀 더 길게.

무언가 불길한 예감이 든다. 「그러니까 당신은 저 친구가 올 거라는 걸 알고 있었군. 나보고 대신 싸우라고 일부러 여기로 끌어들인 거야?」

「당연하지! 심리 치료사가 하는 일이 그런 거 아냐?」

전처가 난데없이 한밤중에 들이닥쳐 당연하다는 듯이 자기 부부 문제에 나를 끌어들이고 있는 이 상황을 납득하려면 나는 잠시 시간이 필요하다.

「알았어. 저 친구 설마 마약을 한 건 아니지?」 내가 묻는다.

「아님 술에 취했다거나?」

그녀는 고개를 흔든다. 다시 초인종이 울린다.

「잠깐만요, 갑니다!」 나는 문 쪽으로 소리를 지르고는 다시 엘렌에게 고개를 돌린다. 「내가 저 친구에 대해 꼭 알아야 할 게 또 뭐 있지?」

「남편은 권투 선수야.」

「권투 선수?」

「그래, 프로 복서.」

「그러니까 사람을 전문적으로 때려눕히는 인간이 지금 질투에 눈이 멀어 내 집 앞에 있다는 거야? 당신 미쳤어? 저런 인간을 이리로 끌어들이게?」

엘렌은 어깨를 으쓱한다. 「미안하게 됐어. 하지만 어쩔 수……」

「무슨 체급이야?」

「페더급.」 엘렌이 대답한다.

나는 문구멍으로 조심스레 밖을 살핀다. 어스름한 불빛 속에 키가 내 어깨밖에 오지 않아 보이는 빼빼한 남자가 하나 서 있다. 약간 화가 난 것 같긴 해도 외견상으로는 별로 위험해 보이지 않는다. 살짝 마음이 놓인다.

「지금 나가요.」 나는 이렇게 말하며 열쇠를 돌린다. 그와 동시에 문이 덜컹 열리더니 아르민이 총알처럼 뛰어들어 온다. 그가 언제 주먹을 치켜들었는지는 미처 보지 못했다. 사실 그의 주먹이 내 코 몇 센티미터 앞에 다가온 순간에야 나는 그가 나를 때려 부수려 한다는 걸 알아차렸다. 물론 아주 짧은 순간이지만 그런 일은 결코 일어나지 않으리라는 막연한 희망을 품기도 했다. 그러나 곧이어 뿌직 하는 소리가 들리더니 얼굴에서 화끈거리는 통증이 느껴진다. 마치 누군가 커다란 망치로 내 코를 얼굴 속에 박아 넣은 느낌이다.

나는 물 먹은 자루처럼 풀썩 쓰러지는 그 짧은 시간에 내 직업을 때려치우기로 마음먹는다. 물론 돌아가는 꼬락서니를 보건대 그건 어차피 피할 수 없는 일이기도 하다. 상담소에 손님이 없어 파리를 날리는 건 슬프지만 부인할 수 없는 사실이다. 지금으로선 상담소 문을 닫는 건 시간 문제다. 게다가 방금 일어난 일에서 알 수 있듯이 이렇게 사람을 볼 줄 모르는 부실한 인간 이해 능력으로는 결코 좋은 심리 치료사가 될 수 없다. 쿵 소리와 함께 닳고 닳은 카펫 위로 쓰러지는 순간, 나는 내 인생이 참 불쌍하다고 생각한다. 원래 나는 이 직업을 좋아한다. 다른 일은 할 줄 아는 게 없다. 이런 생각을 끝으로 나는 눈앞이 캄캄해지면서 의식을 잃는다.

깨어나 보니 구급차 안이다. 머릿속이 벌집처럼 왱왱거리고 관자놀이 안쪽에서 맥박이 쿵쿵 뛰는 게 느껴진다. 내 옆에는 건강하지 않은 피부색의 하마 같은 인간이 앉아 있다. 그는 무언가를 질겅질겅 씹어 먹으면서 잡지책을 뒤적인다. 「그냥 누워 있으쇼.」 그가 고개도 들지 않고 말한다.

나는 다시 머리를 내린다. 코 주변이 아리면서 쿵쿵 울린다. 「진통제 좀 주시겠어요?」

「미안하외다. 보시다시피 남은 진통제는 방금 내 입에 다 들어갔소.」 그가 우물거리며 말하더니 입 안에 있는 것을 보란 듯이 꿀꺽 삼킨다.

「당신도 환자요?」 내가 당혹스럽게 묻는다.

그는 고개를 흔든다. 「의사요. 닥터 케셀스.」

「엥, 근데 왜 내 진통제를 뺏어 먹은 거요?」

「서른 시간 동안 계속해서 바삐 돌아다녔더니 암페타민이 하나도 안 남았지 뭐요. 아니면 내가 만성 위궤양으로 돼졌으면 좋겠소?」

「그건 아니지만…… 내 코도 정말 지랄같이 아프단 말이오.」

그는 귀찮아 죽겠다는 표정으로 한숨을 내쉬며 운전석 쪽 벽을 주먹으로 쾅쾅 친다. 「사이렌 울려! 여기 있는 환자가 몹시 급하대.」

곧이어 구급차는 사이렌을 웽웽 요란하게 울리며 쌩쌩 달리기 시작한다.

「고마워요.」 내가 말한다.

그가 손을 내젓는다. 「이래 봤자 큰 도움은 안 될 거요. 응급실에 가면 분명 당신 앞에 서른 명 이상 대기하고 있을 테니까. 코뼈가 부러진 정도로는 상당히 오래 기다려야 할 거요.」

「그럼 응급실에 도착하기 전에 당신이 내 코를 아예 뭉개 주시오.」 내가 제안한다.

그는 푸 하고 웃음을 내뿜고는 사레들린 사람처럼 기침을 하기 시작한다. 그러고는 잡동사니 상자 안을 뒤져 찾아낸 천식 스프레이로 얼른 발작을 진정시킨다. 이어 힘겹게 숨을 내쉬며 다시 앉은뱅이 의자에 앉는다. 「골초를 그렇게 갑자기 웃기면 안 되죠.」

곧 구급차가 끼익 소리를 내며 멈춘다.

병원 응급실은 시장통이 따로 없다. 구급차 안의 의사가 예언한 대로 친지 외에 환자만 몇십 명이 북적댄다. 대부분 대기 시간을 줄이려고 병원 관계자를 붙잡고 과장해서 하소연을 늘어놓는다. 몇몇은 전화를 걸고 다른 이들은 카드놀이를 한다. 나는 작성할 수속 서류를 몇 장 받고는 몇 시간을 기다릴 각오를 한다. 그래도 진통제는 복잡한 절차 없이 바로 받는다.

나는 빈자리를 찾아 앉아 서류를 꼼꼼히 살펴보기 시작한다.

「여기서 웃기게 보이는 사람이 나 하나인 줄 알았소.」 갑자기 누군가의 목소리가 들린다.

어릿광대 복장을 한 40대 후반의 남자가 내 앞에 서 있다. 크고 작은 동그란 점이 땡땡 박힌 멜빵바지를 입고 있는데, 허리춤에 엄지손가락 두 개를 쿡 찔러 넣고는 히죽 웃는다. 희끗희끗한 수염은 사흘 정도 기른 듯 꺼칠꺼칠하고, 이마에는 아직 분장 흔적이 남아 있다. 서커스 공연을 하다가 바로 온 모양이다.

「당신은 꼭 〈차이나타운〉의 잭 니콜슨 같소.」 그는 이렇게 말하며 내 옆에 앉는다. 「좋은 영화요. 그 영화 아시오?」

나는 이 광대의 말이 무슨 뜻인지 곰곰이 생각하다가 목을 쭉 빼서는 맞은편 유리창에 얼굴을 비추어 본다. 밤을 새운 닥터 케셀스가 내 코에다 임시로 부목을 대고 그 위에 반창고로 떡칠을 해놓은 우스꽝스러운 얼굴이 보인다. 그 인간은 상처 부위만 땜질하면 될 것을 아예 얼굴을 통째로 밀봉해 버릴 생각이었던 모양이다.

나는 한숨을 쉬며 다시 의자에 등을 대고는 광대에게로 시선을 돌린다. 나를 유심히 살펴보는 광대의 얼굴에는 여전히 내 대답을 기다리는 듯한 기색이 어려 있다. 그런데 나는 그사이 안타깝게도 그의 질문을 잊어버렸다. 내가 막 다시 물어보려고 하는데 그가 선수를 친다.

「이렇게 깨끗한 펀치를 날린 사람이 누구요?」

「내 전처의 남편요.」

「그 친구 재능이 아주 뛰어난걸.」

「뭐 놀랄 것 없습니다. 프로 복서니까.」

「호, 그럼 한 방에 넘어간 걸 고마워해야겠군요. 그러지 않았으면 이어진 연타로 더 골병이 들었을 테니까.」

나는 멈칫 놀란다. 「내가 한 방에 넘어간 걸 어떻게 알았습니까?」

「아 그건…… 나도 예전에 복싱을 좀 했소. 게다가……」 그가 내 코를 가리킨다. 「흠잡을 데 없이 완벽한 케이오 펀치를 맞지 않고는 이런 모양이 나올 리 없죠. 추측건대 아마 당신은 찍소리 한 번 내지 못하고 바로 쓰러졌을 거요. 또한 추측건대 그 주먹은 기습 공격이었을 거요. 상대가 공격을 막으려고 가드를 올릴 경우에는 절대 코가 이렇게 아름답게 부러질 수 없죠.」

이 대목에서 나도 웃음을 터뜨린다. 문득 이 작자가 마음에 들기 시작한다.

그가 손을 내민다. 「그건 그렇고, 난 아벨 바우만이오.」

「야콥 야코비입니다. 반갑습니다. 근데 당신은 여기 왜 왔습니까?」

「한마디로 웃기는 사연이 있죠.」 바우만이 말한다. 「오늘 한 기업 창립 기념일 행사 무대에 섰는데, 행사가 끝나자 심장 주변이 따끔따끔 아픈 거요. 몸에는 아무 이상이 없는데도 최근에 벌써 같은 일이 몇 번이나 반복되었소. 의사 말로는 심신상관[1]으로 보인다고 하더군요.」

「충분히 그럴 수 있죠. 직업적으로나 개인적으로 스트레스가 심한가요?」

바우만은 고개를 끄덕인다. 「그렇다고 할 수 있죠.」

「심적으로 부담감이 큰가요? 피곤하거나 기력이 빠질 때가 많나요? 혹시 잠도 잘 못 자지 않습니까?」

바우만은 다시 생각하는 눈치더니 이내 멈칫한다. 「잠깐! 이런 심리 증상에 대해 잘 아시는 모양이죠, 아닌가요?」

때로 나는 심리 상담 때 쓰는 질문 기법을 일상생활에서도 무의식적으로 불쑥불쑥 사용하곤 한다. 이제는 고칠 생각도 하지 않는 일종의 직업병이다.

「맞습니다. 난 심리 치료사입니다.」

「오, 아주 잘됐소. 그러지 않아도 내 부정맥을 멎게 하려고 당신 같은 사람을 찾아가려고 했는데. 의사도 그러는 게 좋다고 했소.」

평소 같았으면 나는 바우만에게 명함을 주며 내 상담소에 한번 들르라고 했을 것이다. 그러나 엘렌의 남편이 나를 잠옷 차림 상태로 녹다운시킨 바람에 지금 수중에는 돈과 신분증은 물론 명함 한 장 없다. 게다가 나는 좀 전에 내 직업을 때려치우기로 마음먹지 않았던가! 그렇다면 바우만이라는 이 남자는 다른 치료사를 알아봐야 할 것이다. 전문적인 식견을 갖추고 이 방면에서 전도양양한 그런 사람으로 말이다.

「미안하지만 나는 현재 상담소 일을 하고 있지 않습니다.」

---

1 마음의 상태가 몸에 반영되어 나타나는 병. 예를 들어 머리와 배에는 아무 이상이 없는데도 스트레스와 두려움 때문에 두통과 복통 증상이 나타난다.

나는 거짓말을 한다.

그는 나를 빤히 바라보더니 잠시 생각에 잠긴다. 「돈 때문에 그런 거라면…… 걱정 안 하셔도 되오. 나도 돈이 있소.」

「아니, 돈 때문이 아닙니다. 요즘 새로운 직업을 찾아볼까 고민 중이라서 그렇습니다.」

「아!」 바우만은 실망한 기색이다. 「근데 상담 비용은 얼마요?」 그가 궁금해한다. 「규정 가격을 알아 둬서 나쁠 건 없지 않겠소?」

「내 경우는 45분에 80유로입니다. 그중 의료보험 회사가 부담하는 비율은 개별 경우마다 다릅니다. 손님이 처음 오면 나는 우리 둘 사이에 궁합이 맞는지 알아보려고 항상 예비 상담 시간을 갖는데, 대부분의 의료보험 회사들은 이 부분의 비용을 지급하지 않습니다.」

「어쨌든 당신이 상담소를 운영하지 않는다고 하니 정말 아쉽소. 내가 보기에 우리 둘은 궁합이 잘 맞을 것 같은데.」

나도 짐짓 아쉬운 듯 어깨를 으쓱한다.

「혹시 나한테 그런 예비 상담을 해줄 용의는 없소? 전혀 부담 갖지 말고요.」 그는 광대 복장에서 100유로 지폐를 한 장 꺼내더니 내 코앞에 살랑살랑 흔들어 댄다. 「공연 비용을 현금으로 받았소. 그 말은 곧, 당신한테 예비 상담을 받을 수 있을 만큼 경제적 자원이 풍부하다는 뜻이오. 비용은 미리 지불하리다. 이 돈에는 우리 둘이 간단하게 아침을 먹을 비용도 포함되어 있소.」

「지금 바로 상담을 하자는 겁니까?」

「못 할 이유가 뭐 있소? 저 모퉁이를 돌면 카페가 하나 있는

데 거기서 합시다. 이 시간에는 손님도 거의 없을 거요. 게다가 어차피 여기서는 몇 시간을 기다려야 하지 않겠소?」

그건 맞는 말이다. 하지만 잘 모르는 환자와 상담소 밖에서 예약 시간 외에 상담하는 것은 썩 내키지 않는 일이다. 물론 지금 내 상황에서는 따뜻한 커피 한 잔과 아침 식사가 간절히 그립기는 하다. 게다가 바우만이라는 이 남자는 상냥한 남자 같다. 갖고 있는 문제도 별로 복잡해 보이지 않고. 상황이 그렇다면 기존의 원칙을 창밖으로 휙 던져 버리지 못할 이유가 없다. 환자들에게도 늘 그렇게 하라고 충고하지 않았던가!

「그러시죠.」 나는 결연하게 말하고는 자리에서 일어난다. 「우선 진통제를 몇 알 받아 온 다음 같이 아침을 먹으러 갑시다. 상담 비용을 미리 지불하신다면 아침은 내가 사도록 하죠.」

바우만이 반갑게 고개를 끄덕인다. 「공평하게 들리는구려.」

반 시간 뒤 우리는 병원에서 멀지 않은 한 카페에 앉아 있다. 판매대 뒤에는 거대한 커피 머신이 놓여 있고, 키 작은 이탈리아 주인이 마치 비키니 차림의 미인에게 오일 마사지를 하듯 정성스럽게 커피 머신의 금속 표면을 닦고 있다. 카페 내 다른 일은 나이보다 삭아 보이는 그의 아내가 도맡아 한다. 두 사람의 결혼 생활은 별로 행복해 보이지 않는다. 하지만 카푸치노 맛은 기가 막힌다.

「우리 상담 시간은 벌써 시작된 거요?」 가게 안주인이 회향 살라미와 파르마 훈제 햄, 그리고 다른 군침 도는 음식을 식탁에 차리는 동안 바우만이 묻는다.

「과일 주스는 금방 짜서 갖고 올게요.」 그녀는 이렇게 말하고는 후딱 사라진다.

「아뇨. 상담 시작은 당신이 결정하면 됩니다.」 나는 바우만에게 얼굴을 돌리며 대답한다. 「당신이 준비되면 시작하죠.」

「오케이. 이제 준비가 됐소. 뭘 알고 싶소?」

「뭘 이야기하고 싶습니까?」

바우만은 카푸치노를 홀짝거리더니 의자에 등을 대고는 가슴에 팔짱을 낀다. 「오늘 여기서 말하는 건 우리 둘만 아는 거겠죠? 아닌가요?」

「물론이죠. 원칙적으로 심리 치료사는 비밀 엄수의 의무가 있습니다. 그건 왜 묻죠?」

바우만의 얼굴에 살짝 긴장감이 감돈다. 「〈원칙적〉이라는 말이 무슨 뜻이오?」

나는 어깨를 움찔한다. 「그러니까…… 모든 일이 그렇듯 예외는 있기 마련이라는 겁니다. 만일 당신이 자신이나 타인에게 위험이 될 수 있다는 인상을 받으면 나는 규정에 따라 그 사실을 당국에 신고해야 할 법적 의무가 있습니다. 물론 실제로 그런 경우는 극히 드물죠.」

그는 골똘한 표정으로 고개를 끄덕인다.

「혹시 법적으로 문제될 만한 일이라도 있습니까?」 내가 묻는다.

바우만은 어깨를 으쓱한다. 「당신이 어떤 경우를 법적으로 문제가 있다고 생각하는지 내가 어찌 알겠소? 당신이 날 감옥에 처넣지 않으리라는 보장이 필요할 뿐이오. 그건 내 계획에 없는 일이니까.」

「안타깝지만 그런 보장은 해드릴 수 없습니다. 법이라는 것이 있고, 나는 그 법을 지켜야 하니까요.」

그는 한숨을 내쉬며 생각에 잠긴 얼굴로 한동안 천장을 올려다본다.

「이 상담을 계속할지 다시 한 번 차분히 생각해 보십시오.」 내가 제안한다. 「이 상태에서 중단하셔도 난 상관없습니다. 비용을 부담하실 필요도 없고요.」 내 시선이 우리 앞에 놓인 군침 도는 음식에 닿는 순간 나는 재빨리 덧붙인다. 「그래도 아침 식사를 먹을 수 있는 돈은 빌려주시면 고맙겠습니다. 당신이 약속한 사례비 말고는 수중에 단 한 푼도 없거든요.」

그는 얼마간 고민하다가 마침내 입을 연다. 「알겠소. 다만 이거 하나는 약속해 줄 수 있겠소? 그런 결정을 법의 관점이 아닌 당신의 직감에 따라 내리겠다고. 내가 법을 별로 신뢰하지 않아서 말이오.」

「그럼 내 직감은 믿으십니까?」 내가 깜짝 놀라 묻는다.

그는 고개를 끄덕인다. 「당신은 오늘 얼굴에 케이오 펀치를 한 방 맞았소. 그런 사람이라면 우리가 인생을 살면서 뼈아픈 실수 한 번쯤은 저지를 수 있다는 사실을 분명히 이해하지 않겠소?」

나도 이제 의자에 등을 기대고 앉아 카푸치노를 한 모금 마신다. 지금 내 앞에 앉아 있는 이 남자는 누구일까? 내가 어쩌면 광대 옷을 입은 이 상냥한 남자를 잘못 봤는지 모른다. 아벨 바우만이라는 이 남자가 어떤 놀라운 이야기를 준비하고 있는지 누가 알겠는가? 어쨌거나 흥미로운 건 사실이다. 「좋습니다. 약속하죠. 당신이 무슨 이야기를 할지 정말 기대됩니다.」

바우만은 헛기침을 하더니 몸을 앞으로 내민다. 그때 카페 안주인이 갓 짠 과일 주스를 갖고 온다. 그녀는 부산한 동작으로 주스 잔을 식탁 위에 내려놓다가 실수로 내 부러진 코를 팔꿈치로 툭 친다. 순간 눈앞에 아름다운 밤하늘의 맑디맑은 별들이 총총 날아다니더니 이내 온 세상이 깜깜해진다.

신 은 착 상 이 넘 친 다

깨어나 보니 코딱지만 한 병실이다. 나는 간신히 몸을 일으
킨다. 온몸이 근육통으로 욱신거린다. 심지어 도저히 근육이
있을 것 같지 않은 곳들조차 통증이 느껴진다. 무슨 일이 있었
던 것일까? 나는 창문으로 눈을 돌린다. 밖이 어둡다. 아직도
날이 밝지 않은 것일까? 요상한 일이다.

이 병실엔 나 말고 늙은 남자가 둘 더 있다. 하나는 나직이
코를 골고 있고, 다른 하나는 입을 헤 벌린 채 누워 찍소리도
내지 않는다. 호흡에 맞추어 이불만 오르내리지 않았다면 그
냥 죽은 인간이라고 생각했을 것이다.

내 시선이 맞은편 벽에 붙은, 천장 아래 쪼그만 텔레비전으
로 향한다. 텔레비전은 가능한 한 화면이 조금밖에 보이지 않
도록 달아 놓은 듯하다. 지금은 화면에서 축구 경기가 진행 중
이다. 아니 아이스하키 경기일 수도 있다.

어디선가 나지막이 끼익 소리가 들린다. 문이 열리더니 곱고
은은하게 화장한 어머니의 얼굴이 나타난다.

「살아났나 봐.」 어머니가 보이지 않는 누군가에게 말한다.

「어서 들어가자. 담배는 나중에 피우고.」

「알았어요.」 문 뒤에서 누군가의 목소리가 들린다. 내 동생 요나스다.

몇 초 뒤 내 침대 머리맡에 두 사람이 서 있다.

「어쩐 일이야?」 내가 묻는다. 「여긴 왜 왔어?」

어머니는 나무라는 듯 이맛살을 찌푸리더니 요나스에게 고개를 돌린다. 「내가 그랬지? 걔는 우리한테 고마워할 애가 아니라고. 하긴 평소 버릇이 하루아침에 바뀌겠니?」

「뭘 고마워하라고?」 나는 이렇게 물으며 어머니가 또 나를 〈걔〉라고 3인칭으로 부르는 것에 부아가 치민다. 내가 이렇게 옆에 버젓이 있는데도 말이다. 어머니는 내가 싫어하는 줄 알면서도 규칙적으로 나를 그렇게 부른다.

어머니의 질책 어린 시선이 내게 향한다. 「우리가 저 끔찍한 카페테리아에 웅크리고 앉아서 네가 이제나저제나 혼수상태에서 깨어날까 얼마나 기다렸는지 아니? 네 걱정으로 속이 시커멓게 다 타들어 갔어!」

「혼수상태? 무슨 혼수상태?」

요나스는 진정하라는 듯 두 손을 아래로 꾹꾹 누르며, 우리 엄마가 원래 약간 과장이 심한 사람이 아니냐는 뜻으로 슬쩍 곁눈질을 한다. 그래, 과장도 어머니의 버릇이다.

요나스가 설명한다. 「수술할 때 합병증이 생겼나 봐. 형의 목숨이 경각에 달렸었대. 하마터면 형을 영영 못 보게 될 수도 있었어.」

동생의 설명이 서서히 내 의식 속으로 밀려들어 온다. 동시에 이상한 불쾌감이 느껴진다. 지난 몇 시간에 대한 기억이 전혀 없다. 추측건대 깊은 잠 때문에 내가 죽었다는 사실을 깜박 잊은 모양이다. 나는 조심스럽게 코를 만져 본다. 이제야 아벨 바우만과 카페의 안주인, 그리고 몇 시간 만에 당한 두 번째 케이오가 다시 떠오른다.

「걱정 마. 어쨌든 수술은 아주 잘 끝났다니까.」 요나스가 말한다.

「이젠 정말 확실하게 맹세해. 술을 끊겠다고.」 어머니의 표정이 진지하다 못해 엄숙하다.

나는 무슨 소리냐는 듯 요나스에게 눈을 돌린다. 동생도 영문을 모르겠다는 뜻으로 어깨를 으쓱한다.

어머니가 말을 이어 간다. 「세상의 다른 사람은 몰라도 어미 눈은 못 속여. 합병증은 대부분 깊은 마취 상태에서 나타난다면서? 환자가 중증 알코올 중독자일 때 말이야. 어미도 그 정도는 알아. 아무리 숨기려고 해도 진실은 드러나게 돼 있어.」

나는 한숨을 내쉰다. 「엄마, 난 알코올 중독자가 아니에요.」

「엘렌 말은 다르던걸! 네 집 냉장고의 내용물로 미루어 보건대 네가 싸구려 와인으로 배를 채우는 것 같다고 하던데.」

이 두 사람이 아주 작은 일도 미주알고주알 털어놓는 사이라는 걸 생각했어야 했는데! 전처와 어머니는 정말 잘 통한다. 그도 그럴 것이 마치 계란끼리 서로 구분하기 어렵듯 성격이 비슷하기 때문이다. 나는 엘렌과 결혼하면서 실은 이것이 심리적인 면에서는 어머니와 결혼한 것이나 다름없다는 사실을 이해하기까지 몇 년이 걸렸다. 소름 끼치는 일이지만 충분히 실감할 수 있는 일이다. 치과 의사라고 해서 충치에 안 걸리는 게 아니듯 심리 치료사라고 노이로제에서 자유로운 게 아니다. 물론 이 비교에는 뭔가 들어맞지 않는 구석이 있다. 치통은 대개 며칠 지나면 사라지지만 노이로제 상태의 결혼 생활은 무려 7년 동안 지속될 수도 있으니까.

「엘렌도 같이 오려고 했는데 도저히 선약을 연기하기 어렵다고 하더구나. 대신 너한테 안부 전해 달라더라. 그리고 너만 괜찮으면 내일 너를 데리러 오겠다고 하더라.」 어머니는 스마트폰을 꺼내더니 간단한 손동작 한 번으로 패턴 잠금장치를 해제한다. 「내가 문자를 보내랴?」

「아뇨, 됐어요. 왜 당장 퇴원하면 안 되죠? 이젠 멀쩡하다고요.」

요나스가 대답한다. 「병원에서는 형을 하룻밤 더 잡아 두고 싶은가 봐. 형이 좋아서가 아니라 경과를 지켜보려고.」

「나라도 이런 낡고 외풍 드는 방에는 하루라도 더 있고 싶은 마음이 없겠다.」 어머니는 이렇게 말하며 자신의 짧은 머리카락을 잡아당긴다. 「오다 보니까 사(私)보험 환자들을 위해 말끔하게 수리한 1인실에는 평면 TV까지 걸려 있더구먼.」

「제가 사보험 환자가 아니라서 정말 죄송하네요.」 내가 답한다. 「혼수상태에 빠져 있을 때에도 평면 TV가 있는 방에 있었으면 좋았을 텐데 말이에요.」

어머니는 가느다란 입술을 삐죽거리며 비아냥거리듯 웃는다. 「어쩌면 네 동생이 하룻밤 정도는 좀 더 나은 병실에서 지내게 해줄 게다.」

「어머니! 제발!」 요나스는 일부러 화난 척 어머니를 타박한다. 그러나 나는 안다. 동생은 어머니가 몇 시간이고 침이 마르도록 칭찬을 늘어놓아도 태연히 들을 수 있는 녀석이라는 걸.

「은행에서 네 동생한테 굉장히 보수가 좋은 해외 지사 자리를 제안한 걸 알고 있니?」

나는 짐짓 대견하다는 듯 요나스에게 고개를 끄덕인다. 「아뇨. 잘됐네요. 축하한다. 근데 어디로 나가는 거야?」

「그게 뭐가 중요하니?」 어머니가 톡 쏘아붙인다.

「월스트리트에 있는 거랑 안데스 산맥에 있는 거랑은 엄청나게 다르죠.」

「둘 다 아냐.」 요나스가 무시하듯이 대꾸한다. 「미국 플로리다에서 투자 은행 설립을 돕기로 했어.」

만일 오만함에도 전염성이 있다면 내 동생은 당장 전염병 격리 수용소에 처넣어야 할 것이다. 그것도 어머니와 같이.

「플로리다?」 나는 인정의 뜻으로 휘파람을 휘이익 분다. 「거긴 은퇴자의 낙원이라고 들었는데. 엄마도 같이 모셔 가면 좋겠다. 그럼 매일 저녁 둘이 해변에 앉아 바닷가재를 먹으면서 나를 실컷 씹을 수 있잖아!」

「네가 이 어미를 떼어 놓고 싶은 모양인데, 난 베를린을 떠날 생각이 없다. 이유는 두 가지다. 하나는 내가 살아 있는 동안은 우리 가족의 흔적이 배어 있는 집을 팔지 않을 거고, 다른 하나는 원래 어미라는 게 가장 속을 썩이는 자식 곁은 떠날 수 없다는 거야. 요나스는 어딜 가더라도 틀림없이 제 앞가림은 잘할 아이다. 아직 마흔도 안 됐는데 좋은 직장에다 돈도 많이 벌고 있잖니? 게다가 머잖아 참한 미국 아가씨를 데려와 나한테 인사시킬 거라고…….」

「그래요, 엄마. 내가 우리 집의 문제아라는 건 진작 알고 있었어요.」 내가 어머니의 말을 끊는다. 「그래도 이렇게 상처 주는 말을 아무렇지도 않게 해주시니 새삼 고맙네요.」

「고맙긴 뭘.」 어머니가 차갑게 웃으며 대꾸한다.

내가 말을 잇는다. 「하지만 쓸데없는 걱정 마세요. 난 혼자서도 충분히 잘해 나가고 있고, 엄마한테 도움을 청할 생각도 없으니까.」

어머니는 가소롭다는 듯이 콧방귀를 뀐다. 「너 혼자 잘해 나가고 있다고? 내가 들은 건 다른데. 엘렌 말로는 아파트 월세는 물론이고 사무실 월세도 내지 못한다면서? 게다가 요즘은 찾는 환자도 없다던데, 아니니?」 어머니가 한숨을 내쉰다. 많은 뜻을 담은 한숨이다. 「네 아버지가 이런 꼴을 보지 않아서 참 다행이구나. 아마 이 꼴을 봤더라면 분명…….」

순간 짧지만 힘찬 노크 소리가 어머니의 말을 중단시킨다. 뚱뚱한 간호사가 활기차게 문을 열고 들어오더니 선언하듯이 말한다. 「방문객들은 잠시 복도로 나가 주세요. 몇 분이면 됩니다. 감사합니다.」

간호사의 갑작스러운 출현으로 나는 다행히 어머니의 입을 빌려 아버지의 실망감을 장황하게 들을 필요가 없게 되었다. 사실 이제는 아버지의 실망감을 들으려야 들을 수도 없다. 아버지는 5년 전에 세상을 떠났기 때문이다. 어쩌면 선견지명이 있으셨는지 모른다. 아버지는 70세 생일 직전에 심근 경색으로 쓰러졌다. 일중독에다 운동을 싫어하는 알코올 중독자에게는 결코 놀랍지 않은 운명이다. 물론 아버지가 매일 스카치나 브랜디 반병을 마신 걸 두고 알코올 중독이라고 말해서는 안된다. 늘 오후 5시 이후에 술을 마셨고, 한 번도 취한 모습을 보인 적이 없었기 때문이다. 그래서 하루에 8~10잔의 독주도

공식적으로는 항상 퇴근 뒤에 마시는 가벼운 술 한잔의 세련된 변형 정도로 여겼다.

간호사가 익숙한 손놀림으로 약을 분배한다. 병실의 다른 환자들은 하루 세 차례로 구분된 약을 쟁반 수북이 받는다. 반면에 내 작은 테이블에는 알약 두 개만 담긴 작은 플라스틱 컵이 놓인다. 「중간 강도 진통제예요. 오늘 밤 코에 통증이 심할 경우를 대비해서 드리는 거니까 통증이 있으면 드세요.」

「고마워요.」

간호사는 고개를 끄덕이고는 의사가 곧 올 거라는 말과 함께 문을 열고 나간다. 문틈으로 막 요나스에게 뭐라고 열심히 설명하는 어머니가 얼핏 보인다. 나의 암담한 상황을 설명하는 것이 분명하다. 어둡고 절망적인 표현을 총동원해서 말이다. 아버지가 돌아가신 뒤로 어머니는 규칙적으로 내게, 심리치료사로서 사회에 도움이 되어야 할 사람이 지극히 실망스러운 모습을 보이고 있다고 질책했다. 어머니가 보기에 내가 아버지의 전철을 그대로 밟고 있다는 것이다. 그런데 이 말은 심리학적으로 보면 판에 박힌 무의미한 논리다. 어느 누구 할 것 없이 처음에는 부모의 삶을 따라가려고 하는 것이 자식이기 때문이다. 다만 나중에도 정말 그 길을 계속 가느냐, 아니면 거기서 벗어나느냐가 문제일 뿐이다.

물론 내 경우, 흘러가는 꼴이 아주 명확해 보인다는 점은 인정한다. 아버지는 유명한 심리학자 바르톨로모이스 야코비다. 분광색(分光色)의 세일즈 심리학적 영향에 대한 책을 써서 학문적 인정을 받았고, 몇 군데 대학에서 객원 교수로 일했으며, 그렇게 모은 돈으로 베를린 첼렌도르프에 큰 빌라를 장만했다. 어머니는 틈만 나면 이 집을 우리의 〈가족 영지〉라 부르면서 몇 년 전부터 거기 혼자 살았고, 그 넓은 부지를 일부라도 세를 줄 생각은 전혀 하지 않았다.

다시 문이 열리고, 지난밤 구급차 안에서 만난 그 건강하지 못한 피부색의 닥터 케셀스가 들어온다.

「안녕하세요? 좀 어때요?」

나는 어깨를 으쓱한다. 「아주 좋습니다.」

「반가운 소리군요.」 그는 이렇게 말하며 가래 끓는 목소리로 기침을 한다. 「내일까지 병원에 있게 해서 미안하지만, 괜히 위험을 걸고 싶진 않았습니다. 혹시 당신이 오늘 밤에 숨지면 내가 수술을 잘못했다는 소리를 듣게 되지 않겠소?」

「예? 수술이 잘못됐다고요?」 내가 장난스레 묻는다.

「수술은 당연히 망칠 수밖에 없었소.」 그는 이렇게 대답하며 진통제가 담긴 내 플라스틱 잔을 흘낏 내려다본다. 「초보적인 실수였소. 마침 간호사한테 지시를 잘못 내렸소. 50시간 가까이 앉지도 못하고 바쁘게 돌아다녔으니 그럴 수밖에.」

「일을 혼자 다 한 것처럼 말씀하시는군요.」 내가 슬쩍 딴죽을 건다.

「현재의 의료 시스템에 대해 우리는 〈피고용자 적대적 체계〉라고 말하죠.」 그는 내 알약에서 눈을 떼지 않는다.

「진통제 한 알 가져가세요.」 내가 말한다. 「나머지 한 알은 놔두고. 어쩌면 나도 쓸 일이 있을지 모르니까요.」

「오우, 자상도 하셔라. 고맙소!」 의사가 알약 하나를 플라스틱 잔에서 집어 올리더니 입 안에 쏙 집어넣는다. 「아무튼 걱정 안 하셔도 됩니다. 내일 아침이면 분명 다 좋아질 테니까. 당신 코도 새것으로 다시 거듭날 거요.」

「근데 나한테 정확히 무슨 일이 있었던 거죠?」

그는 옆 침상 환자의 알약 상자를 열더니 마치 알약이 땅콩인 것처럼 스스럼없이 몇 알을 꺼낸다. 「특별한 일은 없었소. 당신 심장이 멈춘 것밖에.」

「엥?」 내 입에서 터져 나온 어이없는 외침이다.

「몇 분만 멈춘 것뿐이오.」

「솔직히 말해 그것도 상당히 길게 느껴지는데요.」

「절대 그렇지 않소!」 그는 이렇게 대답하더니 손바닥 위에 올려놓은 알약을 한입에 탁 털어 넣는다. 「실제보다 더 위험하게 들리는 것뿐이오. 물론 어떤 의미에서 당신은 한동안 죽었소. 그건 사실이죠. 2백 년 전이었다면 그 상태에서 깨어나지 못했을 테니까.」 그가 짧게 웃음을 터뜨리고는 몇 번 기침을 한다. 「하지만 요즘은 그런 건 일도 아니에요. 익숙한 과정이라고요. 괜히 호들갑을 떨 이유가 없어요!」

「아무튼 내 목숨이 아직 붙어 있는 건 운이 좋았다는 말이군요.」

「딩동댕! 그렇게 생각하는 게 속 편해요!」 그는 이렇게 대꾸하더니 문 쪽으로 몸을 돌린다. 「난 수술실로 돌아가 봐야 해요. 당신 심장의 건투를 빕니다. 그 밖에 또 뭐 부탁할 게 있나요?」

나는 고개를 저으려다가 한 가지 생각이 번쩍 떠오른다. 「복도에 나가면 마흔쯤 된 남자와 짧고 검은 머리의 노부인이 서 있을 텐데, 그 두 사람한테 내가 지금은 절대 안정이 필요하니 더는 방해하지 말라고 말씀해 주시겠습니까?」

의사가 빙그레 웃는다. 「가족인가요? 걱정 말아요. 내가 두 사람을 아주 깔끔하게 처리해 줄 테니.」

의사가 사라지자마자 즉각 양심의 가책이 밀려온다. 궁색한 핑계로 어머니와 요나스를 쫓아 버린 게 마음에 걸린 것이다. 그것도 온종일 나 때문에 병원에서 시간을 보낸 사람들을 말이다. 다행히 양심의 가책은 그리 오래가지 않는다. 이유는 두 가지다. 하나는 나의 가장 가까운 가족이 오늘처럼 희생적인 표정을 지으며 내 인생에 대해 이러쿵저러쿵 늘어놓을 걱정의 말을 앞으로도 한참은 더 들어야 할 것이고, 다른 하나는 실제로 너무 피곤했기 때문이다. 그렇다면 이 궁여지책의 거짓말도 단순한 거짓말은 아니고 그저 약간의 과장이 더해졌을 뿐이다. 나는 서서히 눈꺼풀이 내려앉는 것을 느낀다.

다시 깨어 보니 깊은 밤이다. 바깥은 칠흑처럼 어둡다. 병실 안은 텔레비전 화면의 칙칙한 불빛으로 어슴푸레하다. 이웃 침대의 환자들은 지금 옛날 영화를 보고 있다. 둘 다 아주 말짱하다. 과자 봉지 부스럭거리는 소리와 아작아작 과자 씹는 소리가 들려온다.

나는 TV 화면에 집중한다. 제임스 스튜어트가 주연인 모양이다. 제임스는 촌스러운 속옷 차림의 다정해 보이는 남자랑 막 이야기를 나누고 있다. 어쩐지 눈에 익은 장면 같다는 느낌이 든다. 그렇다. 이건 해마다 크리스마스 때면 반복해서 틀어 주는 영화 가운데 하나다. 나는 이 영화의 제목을 떠올리려고 애쓴다. 다정해 보이는 남자는 원래 천사인데 자살하려는 제임스 스튜어트를 구해 준다는 내용이 기억난다. 제목에 〈인생〉이라는 단어가 들어가는 것 같기도 한데……. 머리를 쥐어

짜느라 납덩이같은 피곤기가 다시 몰려온다. 나는 스르르 눈을 감으며 꿈의 제국 속으로 빨려 들어간다.

다시 깨어났을 때는 오랜만에 푹 쉰 것처럼 개운하다. 아침이다. 차가운 겨울 햇살이 병실을 가득 채운다. 나는 다른 환자들이 없어진 걸 보고 깜짝 놀란다. 침대까지 보이지 않는다. 나는 일어나 앉아 주위를 두리번거린다.

「독방이 당신한테 나을 것 같다는 생각이 들었소.」 아벨 바우만의 목소리다. 그는 내 침대 앞 작은 테이블에 약간 가려진 채 앉아 있다. 그가 김이 모락모락 나는 커피 두 잔을 가져와 그중 하나를 내민다. 「한잔하겠소? 방금 볶은 커피로 내린 거요.」

「고맙소.」 나는 잔을 받는다. 그러면서 동시에 생각한다. 그가 여기 병상까지 쫓아온 걸 어떻게 받아들여야 할까? 좀 주제넘은 짓 아닐까? 사실 나는 바우만이 좋다. 그에게서는 어쩐지 선한 인상이 풍겨 나오는 듯하다. 그럼에도 그와는 직업적인 거리감을 유지해야 한다. 나는 커피를 한 모금 마신다. 맛있다. 「여기 누워 있던 두 노인 환자는 어디로 갔습니까?」

「내가 다른 방으로 옮기게 했소.」 바우만이 말한다.

이제야 그가 광대 옷 대신 의사 가운을 입고 있는 것이 눈에 들어온다.

「당신 여기서 일합니까?」 내가 당혹스럽게 묻는다.

바우만은 까칠까칠한 수염을 매만진다. 「아뇨. 이 가운은 빌린 거요.」

그는 내 얼굴에 떠오른 물음표를 보고는 이렇게 덧붙인다. 「솔직히 말하면…… 음…… 나는 남의 물건을 빌리는 일이 자주 있었소.」

「의사 가운을 빌려 입고 여기 환자들을 옮기게 했다고요?」 내가 매서운 눈초리로 묻는다.

바우만은 어깨를 으쓱한다. 「여기 있는 사람들이 모두 나를 새로 온 외과 과장으로 여긴다면 우리한테 약간은 도움 되는 일을 할 수도 있지 않겠소? 더구나 난 공짜로 그런 게 아니오. 그 전에 회진도 돌았소.」

「뭐요? 회진을 돌았다고요?」 내가 어이없는 표정으로 묻는다. 「결코 있을 수 없는 일입니다. 상식적으로도 말이 안 돼요!」

바우만은 손을 내젓는다. 「난 그냥 환자들에게 용기를 준 것뿐이오. 설마 그런 일로 감옥에야 들어가겠소? 안 그렇소?」

「그건 나도…… 잘 모르겠네요.」

「게다가 회진을 하려고 이리 온 게 아니라 당신이 괜찮은지 보러 온 것뿐이란 말이오. 당신하고의 첫 상담 시간도 정할 수 있을 거라 생각했소. 어제는 못 했으니까.」

「그러네요.」 나는 오늘 퇴원해야 한다는 생각이 퍼뜩 떠오른다. 우리는 나중에 만날 수 있을 것이다. 「혹시 차 갖고 오셨습니까?」

바우만은 고개를 젓는다. 「나는 대개 걸어다닙니다.」

나는 이 남자에게 택시비를 빌려야 하나 어쩌나 잠시 고민한다. 어차피 아침 식사비도 갚아야 한다. 하지만 심리 치료사가 환자에게 계속 돈을 빌리는 것은 환자와 일정한 거리를 유지해야 하는 직무상의 본분과 맞지 않는다. 내가 이 생각을 머릿속으로 마무리 짓기도 전에 문이 활짝 열리더니 그 뚱뚱한 간호사가 들어온다. 경찰관 두 명을 대동하고서.

「저 사람이에요.」 간호사가 바우만을 가리킨다. 바우만은 상냥한 미소를 지으려 하지만 난데없는 이 상황으로 인한 당혹스러움까지 숨겨지지는 않는다.

「이 병원 직원입니까? 신분증 좀 봅시다.」한 경관이 단호한 어조로 말한다.

바우만은 고개를 흔든다. 「직원이 아닙니다. 가운은 그냥 빌린 겁니다. 바로 반납하려고 했는데……」그는 설명하기 시작한다. 그러나 다른 경관이 말을 끊는다. 「같이 가주셔야겠습니다.」

두 경관은 어안이 벙벙한 표정을 짓고 있는 바우만의 팔을 양쪽에서 재빨리 잡더니 문 쪽으로 걸어간다.

「방해해서 미안합니다.」한 경관이 나를 돌아보며 말한다. 다른 경관도 동의의 뜻으로 고개를 끄덕인다. 바우만은 애원하는 눈빛으로 나를 바라보았지만 입을 열지는 않는다. 결국 내가 무슨 말을 하기도 전에 경관들이 그를 데리고 밖으로 나간다.

나는 충격의 몇 초가 지나고 나서야 아벨 바우만을 이런 운명에 내맡기는 것이 도저히 양심상 허용할 수 없는 일이라는 사실을 깨닫는다. 그를 아직 공식적으로 내 환자라고 말할 수는 없지만, 어쨌든 나와 첫 상담 시간을 예약해 둔 상태였다.

나는 결연하게 이불을 홱 젖히고는 급히 문으로 달려간다. 그러나 오랫동안 침대에 누워 있었던 내 몸은 이렇게 빠른 몸놀림에 쉽게 적응하지 못한다. 나는 옆으로 넘어진다. 다행히 이번에는 예외적으로 코는 무사하다. 어쨌든 넘어진 충격으로 이제 정신이 번쩍 든다.

복도로 나갔을 때 경관들은 막 바우만과 함께 엘리베이터

안으로 들어가려는 찰나였다.

「잠깐!」 내가 소리친다. 「기다려요! 같이 갑시다!」

경관들은 무슨 일인가 싶어 서로 얼굴을 마주 본다. 아무튼 둘 중 하나가 문 사이에 손을 넣어 엘리베이터를 세운다. 나는 부리나케 병원 복도를 달린다. 안도하는 바우만의 미소가 보인다.

「무슨 일입니까? 이 사람하고 무슨 관계가 있나요?」 엘리베이터 문을 막고 있던 경관이 의심스러운 눈초리로 나를 바라본다.

「바우만 씨는 내 환자요.」

경관은 씻지도 않은 내 머리와 더러운 목욕 가운을 아래위로 훑어본다. 그러고는 인도주의적 의사의 화신이라고 해도 무방할 만큼 새하얀 가운을 입고 있는 바우만에게로 고개를 돌린다.

「맞소?」 경찰이 묻는다.

바우만은 고개를 끄덕인다. 「예. 내 심리 치료사요.」

경관은 동료에게 짧지만 의미심장한 시선을 던지더니 내게 엘리베이터를 타라는 뜻으로 고개를 끄덕인다.

신 은 속 수 무 책 이 다

아벨 바우만에게 성가신 일이 생기는 걸 막아 주려는 내 계획은 처음부터 완전히 꼬인다. 결국 우리 둘은 불쾌한 상황에 빠져든다. 화근은 상습범인 아벨에게 있다. 그는 타인 사칭 혐의로 붙잡힌 적이 벌써 수십 번이다. 약 2주 전에도 여기서 좀 떨어진 호텔 복합 건물 공사 현장에서 건축가 행세를 하며 며칠 동안 멋대로 작업을 지시하는 바람에 첫 설계도에서 호텔 방의 절반이 사라졌다. 바우만이 건물의 중간 벽을 여러 개 헐어 내게 했기 때문이다. 방을 좀 더 크고 밝고 포근하게 만들려고 그런 지시를 내렸다는 것이 나중에 경찰 진술에서 밝힌 이유였다. 그런데 재수 없게도 그 벽들은 건물 안전에 상당히 중요한 역할을 하는 벽들이었다. 달리 말해 신축 건물은 언제라도 붕괴될 수 있는 상황이었다. 수리에 나선 기술자들 말로는 건물이 아직 버티고 서 있는 것이 용하다고 했다.

바다코끼리처럼 수염을 기른 호인풍의 샤빈스키 경감은 내가 그런 사실을 전혀 모르고 있는 것에 대해 질책을 늘어놓는다. 바우만의 심리 상태를 책임진 사람이라면 최소한 환자가 어떤 인간인지 어느 정도 알고 있어야 한다는 것이다. 나는 심리 치료사로서의 내 활동에 이러쿵저러쿵 토를 다는 것에 단호히 거부 자세를 보인다. 하지만 속으로는 당연히 이 경찰 간부의 말이 백번 옳다고 인정하지 않을 수 없다. 게다가 샤빈스키의 질책은 앞으로도 이런 식으로 계속 쓸데없는 서류가 쌓여 나가지 않으려면 내가 장차 환자를 좀 더 유심히 살펴보아야 한다는 당부 차원의 말일 뿐이다.

중간에 샤빈스키의 부하 하나가 들어와 내가 정상적인 수속도 밟지 않고 무단으로 병실을 이탈했다고 보고한다. 그 뚱뚱한 간호사가 고자질한 것이 분명하다. 어쨌든 나는 이제 병실을 벗어난 것이 전적으로 내 책임임을 확인하는 서류에 서명해야 한다. 해당 서류는 곧 병원에서 팩스로 보낼 예정이라고 한다. 샤빈스키 경감은 병원에서 그런 서류조차 작성하지 않고 무단으로 이탈한 나를 개인적으로 별로 좋지 않게 생각하는 듯하다.

엎친 데 덮친 격으로 엘렌과 연락이 닿지 않는다. 지금 상황에서는 내 신분증을 갖다 줄 유일한 사람이다. 게다가 엘렌은 내게 그래 줄 책임이 있다.

어쩔 수 없이 나는 그녀의 음성 사서함에다 대고 이야기한다. 그러나 곧 답장이 올 가능성은 거의 없다. 백만장자인 엘렌은 찾는 사람이 무척 많다. 대부분 그녀에게서 작은 호의 정도만 바라는 것이 아니기에 그녀는 보통 밤늦게야 청원인들의 메시지를 확인한다.

이런 사정 때문에 샤빈스키 경감은 우리를 경찰서의 손님들에게 제공하는 공간에 몇 시간 넣어 두기로 결정한다. 그러니까 내 서류 작업이 완료되고, 바우만을 철창에 가두어야 할지 말아야 할지 밝혀질 때까지 말이다.

이렇게 해서 우리는 딱딱한 간이침대 두 개가 기다리고 있는 창고 같은 유치장에 갇힌다. 침대 발치에는 진회색 담요가 말끔하게 개켜져 있는데, 보기만 해도 벌써 몸이 근질거린다. 어쨌든 우리에겐 커피와 소시지빵 몇 개가 전달된다. 국가의 하사품이다.

우리는 말없이 아침을 먹는다. 바우만은 무언가 할 말이 있는 눈치다. 실제로 얼마 뒤 헛기침을 하더니 입을 연다. 「사정이야 어떻든 당신을 이런 상황에 빠뜨려 정말 미안하오.」

나는 손사래를 친다. 「어쨌든 이렇게 단둘이 조용히 이야기를 나눌 기회를 얻었지 않습니까?」

바우만이 깜짝 놀라 고개를 든다. 「여전히 나를 도와줄 마음이 있다는 뜻이오?」

「그건 아직 모르겠습니다. 하지만 우리가 예비 상담을 해보고 그걸 결정하기로 하지 않았습니까?」

바우만은 어리둥절한 표정을 짓는다. 「당신이 무척 화를 낼 줄 알았소. 어찌 됐든 나 때문에 이렇게 갇히는 신세가 됐으니.」

나는 어깨를 으쓱한다. 「나를 찾는 사람들은 기본적으로 문제가 있어서 찾아오는 사람들입니다. 그렇다면 이런 일도 직업상 감수할 수밖에 없죠.」

그는 반갑게 고개를 끄덕인다. 「그 말은 곧 우리가 즉시 상담에 들어갈 수 있다는 뜻이군요.」

「원하신다면 얼마든지.」

「알았소. 시작하겠소. 나에 대해 뭘 알고 싶소?」

「예를 들어 남 행세를 하는 이유가 뭐죠?」

「아, 그건 특별한 게 없소.」

「왜 그런 행동을 계속하는 거죠?」

「돕기 위해서지, 뭐가 있겠소?」 그는 내가 그걸 모르는 것이 이상하다는 듯이 말한다.

「아, 그래요? 그럼 당신이 건축가 행세를 하면서 호텔을 사람이 살지 못하는 곳으로 만든 건 누굴 도운 겁니까?」

바우만은 손을 내젓는다. 「원래 설계도대로 지었다면 사람이 살 수 없는 곳이 되었겠죠. 호텔은 아마 사업에 실패한 사람들을 자살로 몰고 갈 최적의 장소가 되었을 거요. 내 말을 믿어요. 나 덕분에 첫 해에만 자살 대여섯 건은 막았을 거요. 그 사람들은 나한테 오히려 고마워해야 돼요. 게다가 앞으로 건물 디자인상까지 우르르 쏟아지게 될 테니까.」

「당신이 디자인한 걸 원상태로 돌려놓으려면 엄청난 비용이 들 것 같은데, 그렇다면 그쪽에 너무 큰 감사를 기대해서는 안 되는 것 아닌가요?」

「아 그거요! 건축주가 건축 안전 전문가라는 사람들을 끌어들인 건 보험 회사를 속여 먹으려고 그런 것뿐이오. 내 장담컨대 건물의 안전에는 아무 이상이 없소. 어차피 없어도 될 벽들만 헐게 했으니까요.」

「그걸 어떻게 압니까? 당신이 건축가라도 됩니까?」

바우만이 고개를 끄덕인다. 「오래전 일이지만 난 실제로 건축가로 일하기도 했소.」

나는 재미있는 표정으로 등을 기대고는 커피를 한 모금 마신다. 「오늘 아침에는 의사 행세를 했으니, 그럼 의사로도 일한 적이 있다고 말씀하시겠군요.」

바우만은 심드렁하게 어깨를 으쓱한다. 「맞아요. 내 말을 믿든 믿지 않든.」

나는 커피 잔을 옆으로 치운다. 「그럼 당신이 도움을 줬던 다른 모든 경우도 그랬겠군요. 아닌가요?」

바우만은 다시 고개를 끄덕인다. 「맞아요. 나는 다방면에서 일했소.」

「당신의 원래 직업은 서커스 광대 아닙니까?」 내가 확인에 나선다.

「보기에 따라서는. 예전에는 몇 년 동안 서커스단을 따라다니며 공연했지만 요즘은 뜨문뜨문 무대에 설 뿐이오. 에이전시를 통해서 일을 하죠. 아이들 생일이나 결혼식, 크리스마스 같은 행사에 말이오.」

「샤빈스키 경감이 말하는 걸 들으니 당신이 일하지 않은 분야가 없는 것 같던데.」

「내가 그런 사람이오.」 바우만이 확인해 준다.

「그 말을 어떻게 해석해야 하죠? 그렇게 많은 일들을 정말 예전에 다 했단 말입니까?」

그는 가운뎃손가락을 이마에 대고 작게 원을 그리기 시작한다. 「예전에 난······」 그는 우물거리듯이 말을 꺼낸다. 「예를 들면 한때 청소년 전담 판사로도······.」

「법학도 공부했다는 말이군요.」 내가 중간에 끼어들며 객관적인 태도를 유지하려고 애쓴다.

「맞소. 인정합니다. 그 역시 아주 오래전 일이긴 하지만.」 바우만이 무덤덤하게 대꾸한다.

「그래서 어떤 일을 한 겁니까? 청소년 전담 판사로서.」

「다른 건 몰라도…… 도둑질 혐의로 피소된 아이들 몇을 석방시켜 주었소.」

「동정심 때문에? 아니면 그 아이들이 정말 죄가 없어서?」

「그 아이들은 형들을 보호해 주려고 했소.」

「그럼 당신은 그 아이들의 범행 은폐를 도와주었군요.」

「그게 전부는 아니오. 나는 얼마 뒤 검사로서 진범들이 체포될 수 있도록 조처를 했소.」

「검사 노릇도 했다는 말이군요.」 나는 이렇게 확인하면서 내 말이 비꼬듯이 들리지 않도록 다시 애쓴다. 「그 뒤 형사재판부에 잠입해서 그 일당들에게 직접 유죄 판결을 내렸다?」

바우만은 고개를 갸웃거린다. 「그러려고 했는데, 그 전에 증거 조작 혐의로 붙잡혔소.」

나는 한순간 침묵한다. 「그 외 또 어떤 직업들을 가졌습니까?」

바우만이 커피를 홀짝거린다. 「생각 좀 해봅시다. 음…… 폭파 전문가, 은행 직원, 핵물리학자, 소방대원, 선장, 기장…….」

「선장에 기장까지?」 이제 나는 바우만이 늘어놓는 갖가지 직업이 슬며시 재미있어지기까지 한다. 대체 어떻게 그 많은 직업들을 사칭할 수 있을까? 나중에 기회가 되면 샤빈스키 경감에게 관련 서류를 좀 보여 달라고 부탁할 생각이다. 그때까지는 대담하기 짝이 없는 바우만의 이 모험들이 그저 상상의 산물이기만 바란다.

「그렇소. 둘 다 했소.」 바우만이 심드렁하게 대답한다.

「비행기를 몰았다고요? 정말입니까?」 지금까지 명랑했던 내 태도가 당혹스러움으로 바뀐다. 「어떤 비행기였죠?」

「보잉 737기요.」

「설마. 화물기겠죠.」

바우만은 고개를 흔든다. 「아뇨. 여객기요.」

「여객기라고요?」 나는 어이가 없어 같은 말을 반문한다. 「그럼, 사람들을 태우고 정말 하늘을 날았다는 말입니까?」 나는 이제 이것이 제발 그의 망상이라고 믿고 싶다.

바우만이 고개를 주억거린다. 「100명은 안 됐소. 그것도 모로코로 향하다가 돌아왔소.」 그가 재빨리 덧붙인다. 마치 이렇게 말하면 사태가 좀 완화되기라도 한다는 듯이.

나는 세계의 개선을 바라는 바우만의 이런 시도들을 나 자신에게 대입해 본다. 만일 그의 이야기가 사실이라면 그는 자기 자신뿐 아니라 남들에게도 엄청난 위험이다. 그런 위험을 막으려면 그를 폐쇄된 공간에 집어 처넣든지, 아니면 그가 스스로 그런 도움 행위를 중지하게 만들어야 한다. 그것도 지금 당장.

「바우만 씨, 이런 말을 해서 미안하지만……」 나는 외교적인 어투로 시작한다. 「더는 남의 신분으로 위장해서는 안 됩니다. 그건 당신뿐 아니라 남들에게도 치명적인 결과를 낳을 수 있습니다.」

바우만은 실망한 눈치다. 그러나 나는 훈계를 멈추지 않는다.

「조종사 자격증도 없이 여객기 조종간을 잡는다는 건……」

「난 조종사 자격증이 있소.」 바우만이 사무적인 어조로 내 말을 무지른다.

「아, 그래요?」 나도 이번만큼은 빈정거리는 뉘앙스를 억누르지 못한다. 「그 자격증도 아주 오래됐겠군요. 법학이나 의학, 건축학 자격증처럼 말입니다.」

바우만은 생각에 잠긴 표정으로 까칠까칠한 수염을 매만진다. 「뭐 딱히 틀린 말은 아니지만……」 그가 당황해서 우물거린다. 하지만 곧 이렇게 덧붙인다. 「그렇다고 내가 그것들을 다 잊어버렸다고 생각해서는 안 됩니다.」

나는 좀 더 확실히 해둘 필요가 있다고 느낀다. 「내 말 잘 들으세요. 당신이 의사로 변장해서 환자들에게 용기를 주는 거야, 그래요, 아주 나쁘다고 볼 수는 없어요. 하지만 조종사 행세를 하면서 사람들을 태우고 여객기를 모는 건 정말 무책임한 짓입니다.」

바우만은 단호히 고개를 흔든다. 「내가 조종간을 잡지 않은 게 무책임한 짓이었을 거요. 기장의 실수로 비행기가 살짝 경로를 이탈하면서 다른 개인 비행기와 충돌할 뻔했단 말이오!」 바우만은 이 대목에서 잠시 말을 멈춘다. 「부주의로 인한 단순실수였지만 그런 재앙이 일어났다면 아무도 살아남지 못했을 거요.」 그는 정색을 하고 다시 반복한다. 「아무도.」

나는 바우만의 정신 상태에 대해 아직 결론을 내리지 못한 상태지만, 이제 그에게 심각한 문제가 있다는 사실만큼은 분명히 깨닫는다. 「그런 재앙이 일어날 거라는 걸 당신이 어떻게 압니까?」

「그냥 알아요.」

「당신이 무슨 영매(靈媒)라도 된단 말입니까?」 내가 슬쩍 떠본다.

바우만은 머리를 흔든다. 「아뇨. 그건 아니오.」

이 말 뒤에도 그가 자세히 설명할 기미를 보이지 않자 나는 약간 도발적으로 나가기로 마음먹는다. 도발이 있으면 그의 혀가 풀릴지도 모르니까. 「그럼 당신은 혹시 타임머신 비슷한 걸 만든 천재 물리학자입니까?」

바우만은 싱긋 웃으며 다시 머리를 흔든다. 「그것도 아니오. 물론 몇 가지 발명한 게 있긴 하지만 천재적인 건 없소.」

「아하! 그런데도 어떻게 신의 비밀스러운 계획을 아는 거죠? 혹시 당신이 신이라도 되나요?」

바우만은 눈에 띄게 움찔하더니 크게 웃음을 터뜨린다. 「정말 대단해!」 그는 이렇게 외치고는 마치 발작처럼 몸을 흔들며 다시 웃기 시작한다. 너무 웃어서 뺨 위로 눈물까지 흘러내린다. 「제대로 맞혔소, 야코비 박사. 내가 바로 신이오.」

나는 놀라 멈칫한다. 이걸 어떻게 받아들여야 할까? 이 인간의 망상일까, 아니면 내 유머에 대한 화답일까?

「지금 당신 앞에 신이 친히 앉아 있소.」 내 맞은편에 앉은 이가 이렇게 말하더니 너무 웃어서 흘린 눈물을 닦는다.

우리는 침묵한다.

「재미있군요.」 얼마 뒤 내가 말한다. 그러나 재미있어하는 얼굴은 아니다. 「신이 이런 모습일 줄은 몰랐어요. 늘 다른 모습으로만 상상해 왔는데.」

바우만은 집게손가락을 들더니 짐짓 엄한 표정으로 말한다. 「그건 금지되어 있소. 나에 대해 어떤 이미지도 떠올려선 안 되오.」

「호, 어쨌든 신도 유머가 있는 것 같군요.」

바우만이 고개를 끄덕인다. 「이제는 신도 세상의 모든 걸 유머러스하게 받아들이는 것 말고는 다른 할 일이 없소.」 그의 미소가 서서히 우수 어린 표정으로 변해 간다. 그는 묵묵히 바닥을 내려다본다. 「이건 진실이오, 야코비 박사. 나는 정말 그렇단 말이오.」 그가 몸을 내밀더니 내 눈을 똑바로 바라본다. 「난 신이오. 우리끼리 얘기지만 난 많이 망가졌소. 당신이 날 도와주면 좋겠소, 야코비 박사.」

나는 천천히 커피 잔을 잡은 뒤 유유히 입까지 가져가서는 한 모금 마신다. 그러고는 또 한 모금, 또 한 모금을 마신다. 시간을 벌기 위한 나만의 제식이다. 생각할 시간이 필요하지만 그 시간 때문에 상담이 중단되는 것을 원치 않을 때 나는 언제나 슬로 모션처럼 아주 천천히 커피를 잇달아 몇 모금 홀짝거린다.

나는 이제 머릿속으로 지금까지의 상황을 정리한다. 이 환자는 심각한 정신 분열병을 앓고 있다. 그것은 한편으론 세계를 구하려고 계속 자신의 신분을 바꾸어 가며 남 행세를 하는 것에서 드러나고, 다른 한편으로는 자신이 단순히 선택받은 사람이라는 환상을 넘어 신 자체라고 믿는 독창적인 망상에서도 드러난다. 그런데 여기서 지금 우리가 생각하는 신이 똑같은 대상을 지칭하는지는 불확실하다. 정계와 경제계, 혹은 연예계에도 자신을 신으로 여기는 사람들이 다수 존재하기 때문이다. 물론 그런 경우 성경과 연결된 신은 분명 아니다. 나는 여기서 쟁점을 분명히 밝히고 넘어가기로 작정한다. 「당신이 말하는 신은 정확히 누구를 말합니까? 아니 어떤 존재를 지칭

합니까?」

바우만이 웃는다. 「신의 어떤 부분을 이해하지 못하는 거요, 야코비 박사?」

「전지전능한 절대자로서의 신을 말하는 거냐고요?」 내가 질문을 구체화한다.

「전지전능한 절대자?」 바우만이 이렇게 반복하고는 이 말을 음미한다. 「안타깝지만 그건 오래전 이야기요. 나는 더는 전지전능하지 않소. 지금도 그렇다면 내가 여기 이렇게 앉아 있겠소?」

「신이 전지전능하지 않다고요?」 내가 의아해한다.

「결단코.」 바우만이 힘주어 말한다.

「옛날부터 쭉 그랬다고요?」 내가 이의를 제기한다.

「물론 항상 그렇지는 않았소. 문제가 일어날 조짐은 벌써 오래전부터 있어 왔지만 정말 상황이 나빠진 건 이십몇 년 전부터였소.」

이 대목에서 나는 바우만의 정신병에 직접적인 책임이 있거나, 아니면 최소한 모종의 중요한 영향을 끼쳤을 트라우마에 우리가 접근하고 있다는 예감이 든다. 「그런 일이 일어나게 된 구체적인 사건이나 계기가 있었군요.」

바우만은 고개를 끄덕인다. 그러나 머뭇거리며 더는 입을 열지 않는다.

나는 어서 말하라고 북돋우는 몸짓을 한다. 그러나 그는 머리를 흔들며 의자에 등을 기댄다. 「오늘은 안 되겠소. 우리에게 주어진 시간은 곧 끝날 테니까.」

나는 놀라 시계를 본다. 「아뇨. 시간은 충분해요. 게다가 난 어차피 다른 특별한 일이 없어요.」

「있소.」 바우만이 말한다. 「당신은 곧 석방될 거요. 나는 여기 좀 더 있어야겠지만. 뭐 그것도 큰 문제는 아니오. 저녁 무렵에 나가게 될 테니까.」

순간 나는 그 전에 내가 모르는 다른 무슨 일이 있었나, 하는 의심이 든다. 그래서 자리에서 일어나 유치장 문 상단의 쇠창살 창문으로 밖을 내다본다. 「아무도 없어요.」

그런데 숨 한 번 들이쉴 짧은 시간이 지나자 복도 끝에서 자물쇠 여는 소리가 들리더니 샤빈스키 경감이 다른 경관을 대동하고 나타난다.

나는 깜짝 놀라 바우만에게 시선을 돌린다.

그는 어깨를 으쓱한다. 「그 정도 재주는 아직 남아 있소. 명색이 신인데.」

유치장 문이 열리고 샤빈스키가 들어온다.

「당신은 나가도 좋습니다. 동생이 밖에서 기다리고 있습니다. 나중에 물어볼 게 있으면 연락드리겠습니다.」 경감이 이젠 바우만에게로 고개를 돌린다. 「미안하지만 당신은 좀 더 여기 있어야겠습니다. 하지만 오늘 밤 당신 집에서 잘 수 있도록 우리도 최대한 노력하겠습니다.」

「당신이 나한테 전화할 건가요?」 내가 바우만에게 묻는다.

그는 고개를 끄덕이더니 명함을 꺼내 내 손에 쥐여 준다. 「근처에 오면 들러요.」

나는 흘낏 명함을 내려다본다. 「전화번호가 없는데요.」

「전화 같은 건 필요 없소. 당신이 오는 건 언제든 알 수 있으니까.」

경감이 내게 걱정스러운 시선을 보낸다.

「내 환자가 농담하는 겁니다.」 나는 이렇게 말하며 목욕 가운 속에 명함을 챙겨 넣는다.

신 은 어 딘 가 로 가 는 중 이 다

　동생은 비싼 양복을 입고 고급 자동차에 느긋하게 기대서서 필터 없는 담배를 피우고 있다. 「꼴좋네.」 나를 보고 하는 첫인사다.

　「그래, 이런 꼴을 보여 줘서 미안하다.」 나는 이렇게 대꾸하며 얼른 조수석 차문을 연다. 얼음처럼 차가운 바람이 목욕 가운 속으로 사정없이 파고들었기 때문이다.

　요나스는 손가락으로 담배를 툭 튕겨 버리더니 차에 타 시동을 건다. 그러고는 씹는 담배를 꺼내 입 안에 쏙 넣는다. 「상상이 돼? 내가 요즘 이걸 하루에 스무 개로 줄였다는 게. 대단하지 않아?」 그는 막히는 거리로 서서히 차를 몰기 시작한다.

　「대단하네.」 내가 맞장구를 친다. 「네 기침 소리가 예전보다 한결 맑아진 것 같긴 하네.」

　동생은 흡족하게 고개를 끄덕인다. 「앞으로는 이것도 아예 뚝 끊어 버리려고. 하지만 지금은 안 돼. 스트레스가 너무 심해서.」

　우리는 한동안 침묵하며 힘겹게 한낮의 러시아워를 헤쳐 나간다.

「형?」

「음?」

「상황이 진짜 얼마나 심각한 거야?」목소리만 들으면 나를 무척 걱정하는 느낌이 뚝뚝 묻어난다. 연극과도 같은 이런 과장된 태도는 어머니한테 물려받았다.

나는 내 실패에 관한 이야기를 성공한 동생과 나눌 마음이 없기에 딴청을 피운다. 「괜찮아. 이젠 거의 안 아파.」

요나스는 못마땅하다는 듯 눈을 흘긴다. 「코 상태를 묻는 게 아니라는 걸 잘 알면서 왜 그래!」

「아니면?」 내가 짐짓 놀라는 척한다. 이건 의도적인 나쁜 과장이다.

요나스는 신경질적으로 눈살을 찌푸린다. 「내가 물은 건 당연히 형의 재정 상태지. 그것 말고도 이렇게 경찰서 앞에서 형을 보게 되는 것도 걱정스러워.」

「내 환자를 돕느라 이렇게 된 일이야. 그리고 내 재정 상태에 관해 얘기하자면 그럭저럭 견딜 만해.」

「그렇게 말할 줄 알았어. 정말 돈은 안 필요해?」

「응. 힘들기는 하지만 버텨 나가고 있어.」

「엄마가 형 걱정을 많이 해.」요나스의 목소리에 또다시 비장함이 묻어난다.

「나도 알아. 하지만 그건 엄마 취미야. 아버지가 돌아가신 뒤로. 나하고는 상관없는 일이야. 엄마는 더는 어머니 노릇을 해 줄 사람이 없다는 사실을 나를 통해 보상받으려는 것뿐이야.」

「엄마가 아버지한테 엄마 노릇을 했다는 거야?」요나스가 거세게 반발한다. 이런 이야기를 할 때면 늘 이런 식이다. 요나스는 진실을 보려고 하지 않는다.

「엄마는 아버지가 술을 마실 때 테이블 위에 동그란 유리잔 자국이 남지 않도록 잔 밑에 종이 받침대를 깔아 줬어. 게다가 술이 떨어지면 말없이 유리병에다 질 나쁜 브랜디도 가득 채워 줬고. 그래, 네가 궁금하다면 말해 주지. 엄마는 아버지를 그냥 어머니처럼 돌본 게 아니라 정말 진절머리가 나도록 어머니 노릇을 했어.」

요나스가 씩씩거린다. 「형, 그걸 지금 말이라고 해?」

「이런 말본새도 우리 가족 내력인 것 같은데.」

요나스는 내 말에 전혀 귀를 기울이지 않는다. 「형은 고마워할 줄 모르는 사람이야. 우린 그냥 형을 도우려는 것뿐이라고!」

그건 맞는 말이다. 그러나 그로 인해 내가 지불해야 할 대가는 너무 크다. 예를 들어 결국 어쩔 수 없이 동생에게 돈을 꾸어야 했을 때 나는 소비로 빚진 사람들의 도덕적 타락에 대해 일장 연설을 들어야 했다. 그 돈으로 홈쇼핑 상품을 닥치는 대로 사들이려고 했던 것도 아니고 그저 다음 달 월세를 내려고 했을 뿐인데 말이다. 더구나 당시 나는 내게 닥친 잇따른 불운이 그리 오래가지 않을 거라고 잘못 판단했다. 어쨌든 그날 나는 확실히 깨달았다. 동생은 내게 도덕적 우월감을 느끼기 위해서 은행원이 된 게 분명했다. 기본적으로 동생은 가난을 인간적인 나약함의 징표로 경멸했다.

만일 요나스가 지금 내게 인심을 쓰듯 자발적으로 돈을 주겠다고 한다면 그건 둘 중 하나다. 무언가 다른 꿍꿍이가 있든지, 아니면 자신의 도덕적 승리를 확신할 만큼 내가 끝없이 추락했다고 생각하기 때문이다.

「내가 플로리다로 가게 되면 형을 궁지에서 구해 주려야 구해 줄 수가 없어.」 이 말만 놓고 보면 마치 며칠에 한 번씩 내 목숨을 구해 준 사람 같다. 그런데 가만히 생각해 보면 동생이 경찰서에서 나를 건져 내려고 그렇게 귀한 점심시간을 허비한 건 특별한 일이기는 하다. 원래 요나스는 점심시간에도 쉬지 않고 일했기 때문이다.

「그러니까 돈이 필요하면 그냥 편하게 이야기해.」 요나스는 이렇게 말하고는 급히 덧붙인다. 「더 늦기 전에.」 동생은 창문을 내리고는 담배를 뽑아 불을 붙인다.

2초도 채 지나지 않아 날선 칼처럼 매서운 바람이 쌩쌩 불어온다. 나는 동생이 자기 차에서 담배 피우는 것까지 말릴 수는 없어서 그냥 닥치고 앉아 목욕 가운 속에 한껏 웅크린다. 그럼에도 체감 온도는 빙점 이하인 듯하다. 곧 입술이 마비된 것처럼 얼얼하고 몸도 덜덜 떨리기 시작한다.

「추워?」

「약간.」 나는 이를 딱딱 부딪치며 대답한다.

요나스는 담배를 밖으로 툭 던지고는 창문을 다시 올린다. 「이 인간아, 말 좀 해!」

「넌 이제껏 한 번도 나한테 돈을 주겠다고 한 적이 없어.」 체온이 정상으로 돌아왔을 때 내가 말한다. 「그리고 은행에 폭탄 폭발 위협이 있을 때도 넌 점심시간을 찾아 먹은 애야.」

요나스는 당혹스러운 눈초리로 나를 슬쩍 곁눈질한다. 무언가 불안한 눈치다.

「속내를 좀 솔직하게 털어놓을 순 없어?」

요나스가 움찔한다. 무언가 정곡을 찔린 눈치다. 그는 씹는 담배 두 개를 동시에 입 안에 쑤셔 넣고는 생각에 잠긴다. 나는 기다린다.

마침내 그가 헛기침을 한다. 「실은 요즘 금융 일이라면 넌더리가 나. 플로리다로 가는 건 맞지만 새 직장을 구해 놓고 가는 건 아냐. 사직서는 이미 은행에 냈어.」

어럽쇼! 뭔가 자잘한 새 소식이라도 하나 걸리면 다행이라고 생각했는데 이런 월척이 걸릴 줄이야! 어머니의 자랑스러운 모범생이 잘나가던 직장을 때려치우다니! 그것도 가족에 대한 위신보다 개인의 행복을 위해서. 존경스러운 일이다.

「엄마가 죽이려고 들 텐데.」

동생이 고개를 끄덕인다. 「그래서 엄마는 절대 알아선 안 돼. 병원에서 형이 엄마도 미국에 함께 가는 게 어떠냐고 빈정거렸을 때 난 심장이 떨어지는 줄 알았어. 생각해 봐. 엄마가 〈거참 좋은 생각이네〉 하고 맞장구를 쳤으면 어쩔 뻔했어? 지금 생각해도 가슴이 철렁 내려앉아.」

「엄마가 절대 그 사실을 알아선 안 된다고?」 내가 어이없는 표정으로 같은 말을 반복한다. 「다 큰 어른이 정말 엄마랑 그런 한심한 숨바꼭질을 하고 싶어?」

「형으로서 묻는 거야, 아님 심리 치료사로서 묻는 거야?」

좋은 반박이다. 그건 나도 숙고해 봐야 할 문제다.

「형도 잘 알 거야. 엄마가 선의의 충고로 사람을 얼마나 힘들게 하는지. 머릿속을 정리하려면 몇 개월은 걸릴 것 같아.」

「돈은 있어?」 내가 묻는다. 「형이 좀 빌려줘?」

요나스는 히죽 웃으며 콤비 저고리에서 담배 한 개비를 꺼내더니 도로 가장자리에 차를 세운다. 집에 도착한 것이다.

「이 일은 우리 둘만 알고 있는 걸로 해. 약속할 수 있지?」

「걱정 마. 말 안 할게. 데려다줘서 고마워.」

요나스는 만족스러운 표정으로 고개를 끄덕인다. 「더 필요한 건 없어?」

나는 고개를 흔들며 차문을 쾅 닫는다. 요나스는 인사의 뜻으로 손을 쓱 들고는 액셀을 밟는다.

나는 오후에 목욕을 하고 푹 쉰 뒤 근사한 페너글뢱 와인을 꺼내 놓고 부엌 식탁에 앉는다. 요란했던 하루를 이 와인 한 잔으로 마감하고 싶었던 것이다. 그때 초인종이 울리면서 나를 편안한 무기력 상태에서 휙 낚아챈다. 지금은 누구의 방문도 달갑지 않다. 그래서 초인종 소리를 무시한다.

다시 초인종이 울린다. 이번에는 신경질이 묻어난다.

「문 좀 열어, 야콥!」 엘렌의 목소리다. 「안에 있는 거 다 알아.」

나는 잠시 생각하다가 소리친다. 「나 혼자 있는 거 아냐!」

「개 풀 뜯어먹는 소리 하지 말고 어서 문이나 열어! 여긴 너무 춥단 말이야!」

나는 한숨을 내쉰다. 그러나 자리에서 일어나지는 않는다.

「좋아, 문을 열어 줄 마음이 없으면 내가 알아서 들어갈 수밖에.」 열쇠가 현관문 자물쇠에 꽂히는 소리가 들린다. 「야콥, 이 소리 들리지? 나 이제 들어간다.」

「그만둬!」 내가 소리친다.

잠시 침묵이 흐른다.

「오케이! 10초를 줄 테니 문 열어. 그래도 안 열어 주면 정말 들어갈 거야!」

또다시 숨을 몇 번 들이쉴 시간만큼의 침묵이 흐른다. 이어 열쇠가 자물쇠 안에서 돌아간다. 문이 끼익 열리더니, 곧 철커덕 도어체인에 걸리는 소리가 들린다.

「빌어먹을! 야콥!」 엘렌이 화를 못 이기고 욕을 한다. 「꼭 이렇게 해야 돼?」

그사이 나는 현관문 앞에 서 있다. 「당신 미친 거 아냐? 허락 없이 남의 집에 이렇게 들어오는 건 가택 침입이야! 아무리 집 주인이라고 해도 그럴 순 없어. 그다음엔 어쩔 건데? 날 몰아내려고 이 집을 불태워 버리기라도 할 거야?」

문틈으로 엘렌의 코끝이 보인다. 「당신이 화난 거 이해해. 내가 온 것도 그 때문이야. 당신한테 사과하고 싶어.」

그녀는 내 반응을 기다리지만 나는 침묵한다.

「이제 제발 문 좀 열어, 야콥! 샴페인도 가져왔어. 그것도 상당히 비싼 샤블리야. 아르민 일은 정말 미안해.」

역시 엘렌답다. 그녀는 내가 아르민에게 코를 한 방 얻어맞은 것을 아주 가볍게 생각하는 모양이다. 그래서 사과도 별 문제 아니라는 듯 쉽게 툭 내뱉는다. 그런 사과를 받아들이는 건 자존심이 상하는 일이지만 오랫동안 고급 샤블리 샴페인 맛을 보지 못한 내 입이 방정이다. 「문에서 코 좀 빼.」 내가 말한다.

그녀가 고개를 빼자 나는 도어체인을 벗기고 문을 연다. 엘렌은 질책의 뜻으로 혀를 찬다. 「솔직히 말해서 정말 이렇게까지 해야 돼?」

나는 그녀의 항변을 무시하고 샴페인 병을 받으려고 팔을 뻗는다. 「이렇게 방문해 줘서 고맙고 선물도 고마워. 당신 사과도 받아들이지. 그날 있었던 일은 그냥 잊자고.」

엘렌은 내 옆을 거칠게 지나 안으로 들어선다. 「당신은 그게 될지 몰라도 난 아냐. 나를 저 추운 바깥에 계속 세워 뒀으니 나도 최소한 샴페인 한 잔 정도는 마실 권리가 있겠지?」

내가 부엌에 따라 들어갔을 때 그녀는 벌써 병을 따고 있다. 「당신 코는 어때?」

「당신 결혼 생활은 어때?」

코르크 마개에서 뻥 소리가 난다. 우리 집엔 목이 긴 샴페인 잔이 없어서 그녀는 와인 잔 두 개에다 황금빛이 흐르는 액체를 채운다.

「아르민과 난 막 휴전에 들어갔어. 아르민은 너무…… 성질이 급하고 충동적이야. 게다가 우린 공식적으로 결혼한 사이도 아냐. 물론 결혼 서약은 했지만. 하지만 그건 몰디브에서의 일이야. 독일 법으로는 인정되지 않아.」

「그것까지 염두에 뒀다는 데 내 손가락을 걸지.」

그녀는 나를 빤히 바라보더니 잔을 들고 건배를 한다. 「날 정말 그렇게 계산적인 여자로 생각해, 야콥?」

「당연하지.」 나는 한 치의 망설임도 없이 속사포처럼 대답한다.

그녀는 천천히 고개를 흔든다. 「참 웃겨. 남자가 현실적으로 행동하면 직선적이고 주도면밀한 사람이라고 하면서 여자가 똑같이 하면 차갑고 계산적인 여자라고 해. 이상하지 않아?」

나는 전처가 차갑고 계산적인 여자인지를 두고 그녀와 토론할 마음이 추호도 없다. 게다가 속으로는 이미 그녀가 그런 여자라고 확신하고 있다. 하지만 싸울 생각이 없기에 말을 돌린다. 「다른 이야기나 하지.」

「내가 얘기했지? 아버지가 40년 가까이 같이 산 어머니를 하루아침에 알거지 상태로 내쫓은 거.」

나는 고개를 끄덕인다. 「그 이야기야 당신이 당신 삼촌의 재산을 왜 혼자 가져야 하는지, 그 이유를 나한테 설명하려고 할 때마다 한 소리지. 아니, 늘 입에 달고 살았지.」

엘렌은 생각에 잠긴 표정으로 고개를 끄덕인다. 「우리 둘이 그렇게 쉽게 포기한 게 참 이상해. 내 말은 그러니까, 당신은 어쨌든 부부 문제 상담 전문가잖아.」

100퍼센트 다 맞는 말은 아니다. 나는 현직이 아닌 전직 부부 문제 전문 상담가이니까. 희한하게도 고객들은 내가 이혼했다는 사실을 알고는 더는 나를 찾지 않았다. 남의 부부 문제를 해결하는 데는 이혼 경험이 있는 사람이 오히려 훨씬 유리할 수 있을 텐데 말이다. 물론 자신의 삶도 제대로 처리하지 못하는 심리 치료사한테 자신들의 부부 문제를 맡기고 싶지 않은 마음도 이해한다. 폭식증에 걸린 영양사나 뚱뚱한 헬스 트레이너를 원치 않는 건 누구나 마찬가지일 테니까.

「우리 결혼은 이미 끝났어. 지금 와서 우리가 어떤 기회를 놓쳤는지 따지는 게 무슨 의미가 있어?」 내가 말한다.

그녀는 잔을 쭉 비우고는 두 사람의 잔에 샴페인을 콸콸 따른다. 「다시 한 번 시도해 봐야겠다고 생각한 적은 없어?」

나는 속으로 깜짝 놀란다. 「없어.」

「정말? 한 번도?」

「없어. 단 한 번도. 물론 나중에 이런 생각은 했어. 당신이 그 결혼 계약서를 나한테 억지로 떠넘기지 않고 그때 오히려 솔직하게 이야기했으면 어땠을까……」

「당신한테 돈은 중요한 문제가 아니라고 생각했어.」 그녀가 날카롭게 내 말을 끊는다.

「물론 중요하지 않아. 다만 당신은 나를 믿지 않았어. 그게 핵심이야. 당신이 구체적으로 어떤 생각을 갖고 있었는지는 몰라. 혹시 내가 돈의 절반을 갖고 토낄 거라고 생각했을지도…….」

「그랬다면?」 그녀가 또 중간에 치고 들어온다. 「그런 일은 얼마든지 가능해. 그래, 어쩌면 난 불안했는지 몰라. 당신을 잃고 싶지 않았던 거지.」

「예상이 딱 들어맞았네.」

그녀는 항변을 꾹 눌러 참는 눈치다. 「그래, 알았어.」 그녀는 고개를 끄덕이며 말을 계속 이어 가려 한다. 「그때 내가 실수한 건 이 자리에서 분명히 인정할게. 당신하고 이야기를 했어야 했어. 그러지 못한 건 미안해.」

나도 모르게 속에서 화가 솟구친다. 「엘렌, 당신은 얼마 되지도 않는 그 알량한 몇백만 유로 때문에 우리 결혼을 망쳐 버렸어. 내가 그런 당신을 용서해 줄 거라고 생각해?」

「얼마 되지도 않는 알량한 액수가 아냐.」 그녀는 무덤덤한 얼굴로 내 말을 수정한다.

「얼마든 상관없어. 당신이 그 돈을 나한테 조금이라도 빼앗길까 노심초사했다는 게 중요하니까. 물론 어떻게 보면 지극히 당연한 일이기는 해. 내 삼촌이 아니라 당신 삼촌의 재산이니까. 하지만 그 망할 놈의 결혼 계약서에 내가 서명하도록 만들려고 거짓말까지 해서는 안 됐어.」

그녀는 묵묵히 나를 바라보더니 다시 입을 연다. 「1억 4천만 유로에 가까운 돈이었어.」

「뭐?」 나는 순간 내가 잘못 들었다고 생각한다.

「상속 재산이 1억 4천만 유로였다고.」 그녀가 반복한다. 「법적으로 따지면 당신은 그 돈의 절반을 가져갈 수도 있었어. 이제야 내 사정 알겠어? 당신이 몇백만 유로로 만족할지는 알 수 없었어. 그러지 않을 경우 나는 절반을 잃을 수도 있었어. 그 때문에…….」

「그만! 잠깐!」 내가 말을 중단시킨다. 「그러니까 최악의 경우에도 당신은 7천만 유로를 확보할 수 있었다는 말이지?」

그녀가 당연하다는 듯이 고개를 끄덕인다.

「빌어먹을, 그럼 날 왜 쫓아낸 거지? 보통 사람이 평생을 쓰고도 다 쓰지 못할 돈이 있으면서.」

「당신이 7천만 유로를 들고 당장 어떤 년이랑 눈이 맞아 도망쳐 버릴지 어떻게 알아? 난 그런 일은 반드시 막고 싶었어.」 그녀가 단호하게 대꾸한다.

「어찌 됐든 지금 우린 헤어진 상태야.」 내가 혼란스럽게 말한다. 「지금 와서 이런 얘길 하는 이유가 뭐지?」

「이유가 있지. 우리는 헤어졌지만 내가 당신한테 아직 7천만 유로를 주지 않았다는 거지.」

나는 루이스 부뉴엘의 초현실주의 영화 속에 들어와 있는 듯한 느낌을 떨칠 수 없다. 다시 현실 속으로 돌아가기 위해 샴페인을 쭉 들이켠다. 「그 경우에도 당신은 아직 어마어마한 부자라는 거지. 게다가 내가 당신 재산에 손을 대지 않을 사람이라는 걸 당신은 분명히 알고 있었어. 만일 당신이 나한테 솔직했더라면 그 돈만 전부 가질 수 있었던 게 아니라 우리의 결혼 생활도 지금까지 유지되었을 거야.」

그녀는 다시 우리 잔에 샴페인을 따르고는 빈 병을 옆으로 치운 뒤 또 다른 샤블리 병을 자기 쪽으로 좀 더 당겨 놓는다. 마치 병이 몰래 도망이라도 칠 것을 염려하는 사람처럼. 「그래, 내가 당신하고 얘기하고 싶었던 것도 바로 그거야.」 그녀가 회심의 미소를 짓는다.

「그거라니? 내가 뭐라고 했는데?」 나는 갈피를 잡지 못한다.

「우리 관계 말이야. 난 우리 결혼 생활이 그렇게 나빴다고는 생각 안 해.」

나는 이 전처라는 여자가 무슨 말을 하고 싶어서 이러는지 여전히 이해하지 못한다.

「난 우리가 다시 한 번 시도해 봐야 하지 않을까 하는 생각이 들었어. 당신의 신뢰를 악용한 년이라고 당신이 더 이상 나를 욕하지 않겠다고 하면 나는 당신한테 상당히 큰 돈을 부쳐 줄 용의가 있어. 나도 단순히 돈 때문에 그런 게 아니었다는 사실을 알아줬으면 하는 의미로. 그리고 그 돈은 선물이라고 생각해 줘. 무슨 대가를 기대하고 주는 건 절대 아니니까. 다만 부탁하고 싶은 건 있어.」

「지금 나를 돈으로 사겠다는 거야?」 내가 완전 어이가 없어 묻는다.

「100만 유로를 생각하고 있어.」 엘렌이 덧붙인다.

「호!」 나도 모르게 터져 나온 탄성이다.

「그 돈으로 뭘 하든 상관 안 해. 다만 우리 둘 관계에 진짜 마지막 기회를 주는 것이 어떨지 진지하게 생각해 보겠다고 약속해 줘.」 엘렌은 잔을 옆으로 치우더니 몸을 내밀며 내 눈을 똑바로 바라본다. 「야콥, 우린 좋은 시간을 함께 보냈어. 게다가 이젠 하고 싶은 건 무엇이든 할 수 있을 만큼 돈도 있어. 과거는 잊고 처음부터 다시 시작하자.」

나는 서랍에서 코르크 따개를 꺼내 엘렌이 사 갖고 온 샴페인을 딴다. 그녀의 말이 맞다. 우린 실제로 사이가 나쁜 부부는 아니었다. 그녀가 가진 돈이라면 이제부터 정말 즐거운 삶을 살 수도 있다. 그러나 안타깝게도 거기엔 아주 작은 장애가 있다. 내가 이혼한 아내의 정부가 되고 싶지는 않다는 것이다.

「그러니까 나더러 여전히 미련이 남은 〈과거의 남자〉 노릇을 해달라는 거야?」

그녀는 재미있어하는 눈치다. 나는 우리의 잔에다 술을 따른다. 그녀는 홀짝거리더니 자신의 샴페인 선택 능력에 무척 흡족한 표정을 짓는다. 나 역시 한 모금을 마시고는 품질을 인정하는 뜻으로 고개를 끄덕인다. 엘렌이 이 샴페인을 사는 데는 돈을 아끼지 않은 게 분명하다.

「그러기엔 너무 싼 거 아닌가?」 내가 말한다.

그녀는 싱긋 웃으며 침묵한다.

「당신이 나를 위해 100만 유로를 지출할 의향이 있다는 건 정말 나로선 황감한 일이지. 진심이야. 나를 장기 임대하거나, 법원 경매에서 값싸게 손에 넣는 방법도 있을 텐데 말이야.」

엘렌이 정색을 한다. 「야콥, 난 당신을 도와주고 싶을 뿐이야. 아까 말했듯이 100만 유로는 아무 조건 없는 돈이야. 다만 부탁인데, 우리 관계를 다시 한 번 진지하게 생각해 줘.」

사람들은 왜 항상 나를 도와줘야 한다고 생각하는 걸까?

「고맙지만 당신 도움은 필요 없어.」 나는 단호하게 말한다.

「당신 돈도 필요 없고.」

그녀의 입술이 활시위처럼 팽팽해진다. 「현재 당신 환자가 몇 명이나 남았어?」 그녀가 날카로운 저음으로 묻는다. 「열 명? 스무 명? 그래, 기껏해야 스무 명이겠지.」

「아니, 한 명.」 내가 진실을 말한다.

막 샴페인을 한 모금 마시려던 엘렌은 놀라 뚝 멈추고는 잔을 도로 식탁 위에 내려놓는다.

나는 확인의 뜻으로 고개를 끄덕인다. 「상담실 직원을 둘 형편이 되지 못하면서 예약 시간까지 뒤죽박죽이 됐어. 은행에서도 더는 신용 대출을 해주지 않으려고 하고.」

「그러면서 내 돈은 왜 안 받겠다는 거야?」

「당신이 나라면 그 제안을 받아들이겠어?」

그녀는 잠시 숙고한다. 「아니. 나 같으면 결혼 계약 같은 얍삽한 술수로 나를 속인 걸 생각해서라도 당신 음식에다 서서히 독을 타서 상속 재산을 몽땅 가로채려고 했을 거야.」

나도 모르게 피식 웃음이 나온다. 경망스러울 정도로 뻔뻔한 엘렌의 이런 말본새를 늘 좋아했던 것이다.

그녀가 계속 말한다. 「그래, 나라면 돈을 받았을 거야. 진심이야. 난 당신보다 현실적인 인간이니까.」 그녀가 나를 빤히 바라본다. 「야콥, 앞으로 어쩔 건데?」

나는 어깨를 으쓱한다. 「내 마지막 환자가 도와줄지도 몰라. 그 사람 말로는 자기가 신이래.」

「거참 재밌네. 요즘은 신도 무슨 문제가 있나 보지? 심리 치료사를 다 찾고.」 그녀가 키득거린다. 「해결하기가 쉽지 않겠는걸. 그 사람 경우는 당신이 평소 하던 대로 모든 걸 어릴 때의 트라우마나 부모와의 불화 같은 것으로 돌릴 수는 없잖아?」그녀는 다시 키득거리더니 의자에서 일어난다. 「잠시 실례. 곧 올게.」그녀는 키득거리면서 화장실 쪽으로 사라진다.

나는 멍하니 고개를 끄덕인다. 엘렌 때문에 문득 어떤 생각이 떠오른다. 아벨 바우만도 가족이 있을까? 그를 잘 아는 사람과 얘기해 보면 도움이 될까?

순간 휴대폰이 울리면서 나는 퍼뜩 생각에서 깨어난다.

「야코비입니다.」

「샤빈스키 경감입니다. 말씀드릴 게 있어서 전화했습니다. 당신 환자를 석방했습니다. 검사 양반이 그런 결정을 내린 건 바우만 씨가 당신 보호하에 있기 때문입니다. 게다가 막 그 사람 환자 차트를 받았는데 의학적으로는 모두 정상이더군요. 그 말은 곧 이제부터는 당신 차례라는 겁니다.」

「잠깐만요. 난 바우만의 심리 치료사이지 법적 보호자가 아닙니다. 그 사람이 또 이상한 짓을 벌이면 그건 전적으로 그 사람 책임입니다. 이 점은 분명히 해야 합니다.」

잠시 침묵이 흐르더니 샤빈스키가 헛기침을 한다. 사각사각 서류를 넘기는 소리가 들린다. 「오늘 낮에 했던 말하고는 다른 걸요.」다시 서류 넘어가는 소리가 들린다. 「방금 찾은 서류를 보니 버젓이 당신 서명까지 되어 있는데요.」

「내가 어디다 서명했다는 겁니까?」

「바우만이 위험한 사람이 아니라는 확인서요. 그것도 모든 점에서 그렇다고 되어 있군요. 제가 그 부분을 읽어 드려요?」

「아뇨, 됐습니다.」서류에 사인을 해놓고 뒤늦게 머리를 쥐어뜯으며 후회한 적이 많았기에 나는 샤빈스키의 말이 사실일 거라 짐작한다. 「그렇다면 이제부터 내가 바우만을 책임져야 한다는 말입니까?」

「정확히 말씀하셨습니다.」 샤빈스키가 쾌활하게 대꾸한다. 「그로써 나도 성가신 서류 더미에서 벗어나서 좋고요.」

「경감님은 그 사람이 위험인물이라고 생각하십니까?」

샤빈스키는 잠시 망설인다.

「순수하게 개인적으로 묻는 겁니다.」 내가 덧붙인다.

「뭐 굳이 그렇게 물으신다면 대답해 드리죠. 그 작자는 정신이 좀 돈 인간입니다. 지금껏 피해자가 없었던 건 정말 운이 좋았던 것뿐이죠. 여하튼 우린 고도의 보안이 요구되는 핵 발전소 안에서도 그 작자를 체포한 적이 있소. 그 작자가 어떻게 거기 들어갔는지는 나한테 묻지 마시고요.」

「평가 고맙습니다.」

「그 사람 환자 차트는 우편으로 보내 드리겠소. 오늘은 성과가 좋은 날이기에 내 특별히 당신 진술서도 복사해서 동봉하겠습니다. 당신이 최소한 어떤 서류에 서명했는지는 알아야 하지 않겠소? 내 용건은 끝났소. 좋은 시간 보내십시오, 야코비 박사.」

대화는 이것으로 끝났다. 나는 마뜩지 않은 심정으로 아랫입술을 깨문다. 어느 정도 명확한 판단을 내릴 만큼 바우만을 충분히 관찰할 시간이 없었다. 내가 그를 위험하지 않은 인물로 분류한 것은 그가 자신을 신으로 여기고 있고, 실제로 몇 번 그런 행동을 보인 것을 몰랐던 때의 일이다. 그가 한밤중에 승객을 가득 태운 점보제트기를 활주로로 몰고 갈 수도 있다고 상상하자 등골이 오싹해진다. 나는 벌떡 일어나 현관으로 가서 외투를 집는다. 동시에 화장실 문을 두드린다. 「엘렌, 미안하게 됐는데, 갑자기 일이 생겨서…….」

「나 여기 있어.」 엘렌의 목소리가 들린다. 열린 침실 문으로 그녀가 보인다. 엘렌은 윗옷을 모두 벗은 채 내 침대에 앉아 도발적인 자세로 팔짱을 끼고 있다.

「내 제안에 대해 어떻게 생각해?」 그녀가 승리를 확신하는 미소를 지으며 묻는다.

나는 외투를 걸친다. 「남의 집에 불쑥 찾아와 뜬금없이 100만 유로를 주겠다는 것도 모자라 이제 벌거벗고 나를 유혹하기까지 해? 충고 하나 하자면, 당신은 아무래도 다른 심리 치료사를 찾아봐야 할 것 같아.」

순식간에 엘렌의 얼굴이 어두워진다. 「난 당신한테 사과했어. 큰돈도 약속했고. 거기다 경제적 어려움에서 벗어날 수 있는 새로운 삶까지 제안했어. 뭘 더 원해?」

「나갈 때 문단속이나 잘 해줘.」 나는 차가운 밤공기 속으로 발을 내민다.

「내 말 무시하지 마, 야콥.」 뒤에서 엘렌의 위협적인 목소리가 들린다. 「더 가혹한 조치도 취할 수 있어.」

나는 뒤도 돌아보지 않고 문을 닫은 뒤 내 갈 길을 간다. 신이라는 작자가 제발 그사이 다른 쓸데없는 사고나 치지 않았기를 바라면서.

신 은 협 동 적 이 다

아벨 바우만의 명함에 적힌 주소는 존재하지 않는다. 집이 있어야 할 자리는 건물들 사이에 휑하니 비어 있다. 그런데 자세히 보니 거기도 사람이 살고 있다. 나무와 덤불, 쓰레기 더미 뒤로 모빌 트레일러 대여섯 개가 어슴푸레 보인다. 나무와 고철로 만든 수제 우체통도 하나 서 있다. 사인펜으로 긁적거린 주소는 바우만의 명함에 적힌 주소와 일치한다. 그렇다면 여기가 신이 사는 곳이 맞다. 불법 쓰레기장의 한 모빌 트레일러에 신이 살고 있는 것이다. 그의 제국이 이보다는 좀 더 장엄할 거라고 상상했는데 말이다.

희미한 휴대폰 불빛에 의지해 조심스레 트레일러 쪽으로 걸어가는데 갑자기 쥐 두 마리가 나타난다. 순간적으로 떠돌이 개 두 마리로 착각할 만큼 덩치가 크다. 나는 기겁을 하며 녀석들을 쫓아 버린다. 다행히 쥐들도 내가 녀석들에게 보인 존경심만큼이나 내게 똑같은 존경심을 품고 있어서 별 문제 없이 넘어간다. 기회가 되면 나는 신에게 물어볼 작정이다. 피조물들 중 몇몇은 대체 무슨 생각으로 만들었는지.

나는 한 트레일러의 문을 노크한다. 한참이 지나서야 모호크족 헤어스타일[1]로 머리를 기른 백발노인이 문을 열어 준다. 10제곱미터도 채 안 되는 공간을 지나오는 데 그렇게 많은 시간이 걸린 모양이다.

「무슨 일이오?」 그가 이렇게 물으며 불꽃에 휩싸인 십자가 문신이 있는 아래팔을 어루만진다.

「예쁜데요.」 내가 문신을 가리킨다. 「뭔가 뜻이 있을 것 같은데…….」

그가 고개를 끄덕인다. 「이건 내가 한때 젊고 멍청했다는 뜻이오. 내 엉덩이 쪽 문신도 보시려오? 미켈란젤로의 그 유명한 그림 있지 않소? 신이 아담을 창조한 장면 말이오. 그걸 엉덩이에다 문신했소. 그래서 내가 똥구멍에 힘을 주면 신과 아담의 집게손가락이 맞닿게 되어 있소.」

「아쉽지만 지금은 좀 바빠서요.」 내가 회피한다. 「혹시 어디가면 아벨 바우만을 만날 수 있는지 아십니까?」

모호크족 스타일의 노인이 고개를 끄덕인다. 「프레디 집에 가면 있을 거요. 그 집에서 오늘 결혼식 파티가 열리거든요. 아벨도 거기 구경 갔소.」

노인의 단어 선택에 나는 잠시 혼란스러워진다. 「구경 갔다고요? 초대도 받지 않은 결혼식에 갔다는 말입니까?」

노인이 다시 고개를 끄덕인다. 「그렇소. 뭐 늘 하던 짓이니까.」

「프레디라는 사람의 집은 어딥니까?」 내가 불안하게 묻는다. 청하지도 않은 남의 결혼식에 불쑥 가는 것이 사람들에게 불쾌감을 유발할 수 있을 거라고 생각했기 때문이다.

1 머리 중간 부분을 닭 볏처럼 기른 머리.

「당신 혹시 형사요? 아니면?」 노인이 시위하듯 가슴에 팔짱을 낀다. 일흔이 넘은 나이로 보이는데도 라운드 스웨터 밑의 근육이 탄탄하게 부풀어 오른다.

「아닙니다. 난 바우만의 심리 치료사입니다.」 내가 얼른 답한다.

노인의 얼굴이 확 밝아진다. 「아, 당신이군요! 이야기 들었소.」 그가 덥석 내 손을 잡는다. 「난 하인츠요. 〈아이젠 하인츠〉[1]로 더 많이 알려져 있죠. 차력 곡예사라는 뜻에서. 아벨과 난 서커스에서 알게 된 사이요.」 아이젠 하인츠가 바이스로 조이는 것 같은 엄청난 힘으로 내 손을 잡고 누른다. 진심 어린 반가움이 느껴진다. 「프레디의 피자 가게는 도로를 따라 내려가면 5분밖에 안 되는 거리에 있소. 근데 거기 가면 아무것도 안 먹는 게 좋을 거요. 그 집 안주인의 음식 솜씨가 개차반이 거든. 하지만 둘 다 사람은 정말 좋소.」

실제로 가게부터 호의적인 인상을 풍긴다. 프레디의 아내 발렌티나는 몸무게가 너끈히 150킬로그램은 나갈 것처럼 보인다. 그런데도 머리를 말끔히 넘기고 영화배우 아돌프 멘주처럼 콧수염을 기른 호리호리한 남편은 항상 아내를 사랑스럽게 〈우리 아가〉라고 부른다.

아벨 바우만은 출입구 부근의 하나밖에 없는 테이블에 앉아 있다. 카운터 바로 옆이다. 그 앞에는 그라파[2] 더블 한 잔이 놓여 있는데, 보통 피자 배달원이 배달을 나가기 위해 대기하는 장소처럼 보인다. 바우만은 서른 명 정도의 하객이 모인 피로

---

1 〈철의 하인츠〉라는 뜻.
2 이탈리아 브랜디.

연 공간을 흥미로운 시선으로 관찰하고 있다. 프레디와 두 종업원은 손님들 테이블로 부지런히 에스프레소와 디제스티프,[3] 티라미수 케이크를 나르고 있다. 새 신부가 신랑 접시에 디저트를 한가득 올려 준다. 20대 후반의 신부는 풍성한 검은 머리에 육감적인 몸매인데 반해 남편은 체구가 가냘프다. 나도 이윽고 바우만 옆에 앉는다.

「당신이 어디 있는지 아이젠 하인츠한테 들었습니다.」

「알고 있소.」 바우만이 피로연장에서 눈을 떼지 않고 무덤덤하게 대꾸한다.

「아, 맞아요. 깜박했습니다. 내가 올 거라는 걸 알고 있다고 했죠? 내 말이 틀렸습니까?」

바우만은 진지하게 고개를 끄덕이고는 그라파를 한 모금 마신다. 나는 바쁘게 곁을 지나가는 프레디에게 나도 같은 걸로 한 잔 갖다 달라고 한 뒤 바우만이 여기 왜 왔는지 알아내려고 촉각을 곤두세운다.

「신랑 신부가 아는 사람입니까?」

바우만이 고개를 흔든다.

「그럼 다른 아는 사람이라도 있습니까?」

「프레디와 발렌티나 말고는 없소.」

프레디가 내 앞에 그라파 잔을 내려놓는다. 나는 살짝 입만 댄다. 「당신이 뭘 하려고 여기 왔는지 나도 좀 알면 안 되겠습니까?」

「저기!」 바우만이 고갯짓으로 신랑 신부를 가리킨다. 신랑이 넘칠 듯한 접시를 들고 피로연 테이블에 앉는 것이 보인

3 식사 후 소화를 돕기 위해 마시는 술.

다. 반면에 신부는 사람들을 죽 훑어보고 있다. 모든 손님이 음식을 충분히 즐기고 있는지 확인하려는 듯이. 그런데 좀 더 유심히 살펴보니 신부는 생각이 완전히 딴 데 가 있는 사람 같다. 몽환적인 미소가 그걸 증명한다. 그녀는 이 순간의 환희를 만끽하고 있다. 몸의 모든 미세한 구멍으로 사랑과 영광이 가득한 이 순간을 즐긴다. 세속적 행복의 이 뇌쇄적인 순간을.

「지금이 저 여자 인생의 절정이오.」 바우만이 이렇게 말하며 마침내 내게로 고개를 돌린다.

나는 고개를 끄덕인다. 「지금까지는 그렇겠죠.」

바우만이 고개를 힘차게 젓는다. 「아니. 전 인생을 통틀어 바로 지금이 저 신부의 최고 순간이오.」

「그걸 어떻게 장담합니까? 앞으로 또 어떤 일이 생길지 누가 안다고.」 내가 당혹스러운 얼굴로 이의를 제기한다.

「난 알아요. 분명하게.」 바우만이 대답한다. 「저 여자는 아이를 원하지만 아이를 가질 수 없소. 몇 년 뒤에야 그 사실을 인정하고 체념할 거요. 그 무렵 저들의 결혼은 삐걱거릴 거요. 지금 저 여자와 결혼해서 코앞에 티라미수 케이크를 잔뜩 쌓아 두고 있는 저 남자는 애인이 생길 거고, 그 애인과 새 삶을 시작하기 위해 아내를 버릴 거요. 다른 여자의 몸속에선 벌써 저 작자의 아이가 자라고 있으니까. 그런데 다른 여자는 바로 저 아름다운 신부의 동생이오. 그 사실 때문에 신부는 평생 가슴이 미어지는 아픔을 안고 살아갈 거요.」

이놈의 환자가 또 정신병이 도진 게 분명하다. 「그래서 여기 온 거요? 미래의 불행으로부터 저 신부를 구해 주겠다는 신의 사명감으로?」

「내가?」 바우만은 재미있다는 듯이 되물으며 그라파를 한 입에 탁 털어 넣는다.

「해봐요!」 내가 손바닥을 펴서 내 쪽으로 까딱거리며 부추긴다.

그가 나를 유심히 살펴본다. 「지금 나한테 정말 내가…… 신임을 증명하라는 거요?」

나는 고개를 갸웃거린다. 바우만의 정신 상태를 개선하는 데 도움이 된다면 통상적이지 않은 방법도 못 쓸 이유가 없다. 그렇다고 그가 정말 세상의 운행을 바꿀 만큼 힘이 있다고 믿지는 않는다. 바우만은 아마 얄팍한 꼼수를 쓸 가능성이 높다. 마술사와 비슷한 손동작을 해 보이고는 자신이 저 신부의 삶을 더 나은 방향으로 바꿨다고 주장할 것이다. 나로서는 그렇게 되지 않았다는 것을 증명할 길은 없다. 수년이 지난 뒤에야 그걸 확인할 수 있을 테니까. 어쨌든 그럼에도 나는 내 환자가 이 곤란한 상황을 어떻게 빠져나갈지 궁금해서 상대를 도발하는 쪽을 택한다. 「그래요, 못 할 이유가 뭐 있습니까? 당신 입으로 신이라고 하지 않았습니까?」

바우만은 나를 빤히 바라보더니 내 청을 들어줘야 할지 곰곰이 생각하는 눈치다. 「뭔가 거창한 걸 원하시오? 아니면 그냥 맛보기만 보여 주면 되는 거요?」 그가 웃으며 묻는다.

「굳이 뭐 떠들썩하게 할 필요까진 없죠. 그냥 편한 대로 보여 주세요.」

「좋소. 생각 좀 해봅시다.」 바우만이 별것 아니라는 듯이 대답한다. 「하지만 그 전에 당신과 상의할 게 좀 있소.」

그는 프레디를 손짓으로 부르더니 「잘 마셨소, 잔돈은 됐소.」 하는 말과 함께 그의 손에 지폐를 한 장 쥐여 준다.

그러고는 외투 안주머니에서 봉투를 꺼내 내게 내민다. 「1,500유로요.」

「이걸 왜……?」

「당신이 나와 함께 뮌헨으로 동행하는 것에 대한 사례비요.」

나는 봉투를 내려다보고는 다시 바우만에게 시선을 돌린다.

「우린 모레 돌아올 거요. 사례비가 적다면 언제든 말하시오. 다른 비용은 당연히 별도로 지불될 거요.」

「뮌헨에 가서 뭘 생각인데요?」

「내 가족을 만날 거요. 나에 대해 더 잘 알려면 내 가족을 만나야 한다고 하지 않았소? 안 그렇소?」

「그런 말 한 적 없는데요.」

「생각은 했죠.」 내가 바우만의 말에 흠칫 놀라자 그가 덧붙인다. 「걱정 마시오. 나라고 해서 당신 생각을 자동으로 읽을 수 있는 건 아니니까. 당신이 나를 강렬하게 생각하거나 내가 당신한테 집중할 때만 생각을 읽을 수 있죠.」

나는 여전히 이해가 안 된다는 표정으로 그를 바라본다.

「생각해 봐요. 나는 어떤 식으로든 내 피조물들과 접촉을 해야 해요. 그건 내 피조물들도 마찬가지고.」

「그러니까 내가 그 생각을 한 게 당신한테는 일종의 기도로 들렸다, 그 말입니까?」 나는 내 환자의 영특함에 감탄한다. 내가 그의 가족 환경에 관심을 가질 거라는 생각은 쉽게 떠올릴 수 있다. 특별한 예지 능력과는 상관없는 일이다. 다만 그런 올바른 추측을 작은 기적처럼 꾸며 팔아먹는 재주가 놀랍다.

바우만은 어깨를 으쓱한다. 「그건 모르겠소. 그걸 당신이 뭐라 부르든 상관없소. 사실 난 종교를 별로 좋아하지 않아요. 게다가 대부분의 사람들은 내가 자신들의 문제를 해결해 주거나 천국에 한 자리쯤 마련해 주기를 바라는 마음으로 기도를 할 뿐이죠.」

그가 옆으로 손을 뻗더니 작은 트렁크를 들어 테이블 위에 올려놓는다. 「밤 기차를 타고 갔다가 내일 밤에 다시 기차로 돌아올 겁니다. 그래야 호텔비를 아낄 수 있으니까.」

나는 놀란 눈으로 그의 트렁크를 바라본다.

「꼭 필요한 물건들만 쌌소. 칫솔을 비롯해 여행에 필요한 다른 자질구레한 것들은 기차역에서 구입합시다. 그래도 당신 집에 들렀다 가는 게 편하다면 그렇게 하고.」

「아뇨, 괜찮습니다. 바로 가죠.」엘렌이 아직도 집에서 나를 기다리고 있을 것 같다는 생각이 퍼뜩 든 것이다. 내가 아는 엘렌은 쉽게 포기할 여자가 아니다. 그렇다면 이대로 밤 기차를 타고 뮌헨으로 떠나는 게 지금 상황에서는 오히려 나을 수도 있다.

「알았소.」바우만이 정리한다. 「아무튼 당신이 함께 가줘서 무척 기쁩니다.」

바우만은 이 말을 하면서도 피로연장에서 일어나는 일을 유심히 관찰한다. 나도 그를 따라 식도락을 즐기는 하객들에게로 시선을 돌린다. 특별한 일은 전혀 없다. 한동안 우리는 묵묵히 사람들을 구경하기만 한다.

「뮌헨에 가면 누구를 만나게 되는 겁니까?」내가 묻는다.

「아들이 하나 있소. 내가 심리 치료를 받으러 간다는 걸 녀석도 알고 있는데, 당신을 만나고 싶어 해요.」 아벨이 이 대목에서 잠시 말을 멈춘다. 「걔 어머니도 있소.」 그가 짧게 생각에 잠긴다. 「우린 최상의 관계는 아니오.」

「이혼했나요?」

「결혼도 하지 않았소. 아이는 연애 중에 생겼는데 걔 어머니 집에서 자랐소. 그 사람한테는 남편도 있고.」

내가 바우만의 가족 관계를 차분하게 생각해 보기도 전에 어디선가 무언가를 둔탁하게 내려치는 소리와 함께 쨍그랑 유리 깨지는 소리가 요란하게 들린다. 테이블 위의 유리잔들이 엎어지고, 그중 하나가 떨어져 산산조각이 나면서 내용물이 테라코타 타일 바닥에 흩어진다. 숨 막히는 정적이 흐른다. 피로연장에 있던 아이들조차 찍소리를 내지 못한다.

짧은 머리에 소박한 이브닝드레스를 입은 탄탄한 몸매의 젊은 여자가 이 정적을 불러일으킨 장본인이다. 조금 전 작지만 단단한 두 주먹으로 테이블을 쾅 내려쳐 유리잔을 자빠뜨리고 손님들을 침묵으로 몰아간 것이다.

이제 그녀는 분노로 벌게진 얼굴로 일어서서 입술을 꾹 다물고 있다. 여전히 꾹 움켜쥔 두 주먹을 테이블에 대고 몸을 버티고 있는데, 손등의 굵은 뼈마디가 하얗게 불거져 나온다. 이 젊은 여자의 몸에서 나온 팽팽한 긴장감이 피로연장 안을 가득 채우고 있어 누구 하나 감히 침묵을 깨지 못한다.

결국 이 침묵을 깨뜨린 사람은 그녀 자신이다.

「도저히 참을 수가 없어.」 그녀가 힘겹게 내뱉는다. 「마치 우리 사이에 아무 사랑이 없었던 것처럼 당신이 내 언니랑 결혼하는 걸 도저히 그냥 지켜볼 수가 없어!」

사람들의 얼굴이 순식간에 신랑에게로 돌아간다. 그와 동시에 다 함께 경악과 공포로 숨을 꿀꺽 삼키는 소리가 들린다.

신랑은 티라미수 케이크가 엄청나게 쌓인 접시 앞에 앉아 있다. 그는 젊은 여자가 폭발하기 직전에 케이크를 숟가락으로 떠서 입에 넣었는데, 지금 바로 그 자세로 굳어져 있다. 모두의 시선이 자신에게 쏠린 순간 그는 슬로 모션처럼 천천히 숟가락을 입에서 빼더니 입 안에 있는 것을 간신히 삼킨다. 그러고는 조심스레 신부에게로 시선을 던진다. 신부는 불안하면서도 희망을 잃지 않은 눈으로 그를 바라본다.

「거짓말이야.」 그가 갈라진 목소리로 말한다. 이 말은 곧 이런 뜻으로 들린다. 〈자기야, 이 문제는 나중에 얘기하자.〉

신부는 눈을 끔벅거린다. 두 눈이 벌써 물기로 반짝거린다.

「내 말 믿어 줘! 다 거짓말이야!」 그는 불안에 떨면서도 힘주어 말한다. 「우리 사이엔 아무 일도 없었어. 정말 깨끗해! 제발, 자기야, 난…….」

신랑의 말이 갑자기 뚝 그친다. 새 신부가 그만하라는 뜻으로 두 손을 들었기 때문이다. 그녀의 얼굴은 이제 돌처럼 굳어져 있다. 아마 여동생의 말이 진실이라고 믿는 듯하다. 아무 이유도 없이 결혼식을 망치는 사람은 없을 테니까.

여동생은 울먹이며 의자에 다시 앉는다. 「나쁜 새끼!」 그녀의 입에서 욕설이 튀어나온다. 「당신이 내 침대에 누워 이 결혼식을 거부하고 싶다고 달콤하게 속삭인 게 불과 사흘 전이야!」

한 늙수그레한 부인이 버림받은 여자의 어깨를 팔로 감싸며 조그만 레이스 손수건을 건넨다. 이제는 신부도 흐느끼기 시작한다. 「잠시 일이 있다는 핑계로 함부르크에 갔던 그 밤이군요!」

신랑은 어쩔 줄 몰라 하며 두 여자를 번갈아 바라본다. 머릿속으로는 이 사태를 어떻게 수습해야 할지 열심히 궁리하는 눈치다. 그사이 하객들도 처음의 경직된 충격 상태에서 벗어난다. 여기저기서 수군거리는 소리가 들린다. 신부 들러리로 보이는 젊은 여자 둘이 벌떡 일어나더니 상처받은 신부를 달랜다. 신부의 얼굴은 흘러내린 눈물로 화장이 번져 엉망이다. 같은 남자에게 배신당한 여동생은 늙수그레한 부인의 어깨에 기대어 눈물을 펑펑 쏟고 있다.

종업원들은 부산을 떨지 않고 조용히 깨진 유리 조각들을 치운다. 하객들을 진정시킬 목적으로 서둘러 술도 권한다. 프레디는 이 알코올의 힘으로 더는 소란이 생기지 않길 기대하는 모양이다. 그러나 그의 생각은 틀렸다.

나직이 윙 하는 소리가 들리더니 피로연 테이블에서 전기 휠체어가 떨어져 나온다. 예순 살쯤 돼 보이는 다부진 체격의 남자가 거기 앉아 있다.

휠체어가 놀랄 정도로 빨리 신랑을 향해 돌진하는 사이 휠체어에 탄 남자는 지팡이를 치켜들고 「이 망할 놈의 자식!」이라고 소리 지르며 난봉꾼 신랑의 골통을 향해 내려친다.

그러나 목표는 빗나간다. 신랑이 펄떡 뛰어오르며 지팡이를 피했기 때문이다.

하객들이 비명을 지르면서 장내에 소란이 인다.

「안 돼요, 아빠! 제발 그만해요!」 신부가 소리친다.

휠체어에 탄 남자의 귀에는 딸의 애원도 들리지 않는 듯하다. 남자는 지팡이를 내려친 힘을 이기지 못하고 앞으로 고꾸라진다. 가발이 흘러내리면서 시야까지 가려진다. 그는 급히 몸을 일으키더니 다시 지팡이를 치켜들려고 한다. 그런데 지팡이 끝이 신랑 가랑이 사이에 놓여 있고, 신랑은 쓰러진 의자 등받이에 발이 끼여 움직이지 못한다. 이때를 틈타 신부 아버지는 지팡이 끝을 있는 힘껏 밀어 올려 신랑의 생식기를 강타한다.

중요 부위를 맞은 신랑은 급작스러운 충격에 비명도 지르지 못하고 순식간에 얼굴만 새파랗게 질린다. 게다가 너무 아파 다리를 오므리는 바람에 이제 지팡이 끝이 사타구니 사이에 꽉 끼어 버린다. 분노에 눈이 먼 신부 아버지는 엄청나게 큰 지팡이 끝을 신랑 다리 사이에서 홱 빼버린다. 이번에는 신랑 입에서 「우우우」 하는 짐승 괴성 같은 소리만 연속으로 터져 나온다. 아마 여기 있는 사람들은 대부분 똑같은 생각을 하고 있었을 것이다. 차라리 머리통을 맞는 게 더 나았을 거라고.

한동안 아무 반응이 없던 신랑은 어느 순간 얼굴 위로 황홀한 미소 같은 것이 홱 스치고 지나가는가 싶더니 곧 무릎을 꿇고 접시 위의 티라미수 케이크로 코를 박는다. 손님들이 놀라 일어나고, 프레디는 전화통으로 급히 달려간다. 그걸 본 바우만이 테이블 위의 트렁크를 들더니 말한다. 「우린 경찰이 오기 전에 이쯤에서 빠지는 게 좋겠소. 여기 있어 봤자 괜히 성가신 일만 생기지 않겠소?」

나는 걱정스러운 표정으로 바우만을 바라본다. 「고환을 저렇게 세게 때리면 최악의 경우 치명적인 마비가 올 수도 있습니다.」

「걱정할 것 없소.」 바우만이 진정시킨다. 「이제 얼음찜질을

하고 좀 참으면 될 거요. 구토와 오한이 지나가면 최악의 상태
는 극복한 거요. 오늘 신혼 첫날밤은 잊어야겠지만.」 바우만이
고갯짓으로 문 쪽을 가리킨다. 「자, 이제 출발하지 않겠소?」

고속 전철이 전속력으로 달릴 무렵 나는 바우만의 속임수
를 분석하기 시작한다. 그리고 얼마 뒤엔 어느 정도 퍼즐을
맞추는 데 성공한다. 내 추측은 이렇다. 내 환자는 오늘 저녁
일이 그렇게까지 크게 번지리라고는 예상하지 못했다. 물론
작은 소동 정도는 예상했을 것이다. 바우만은 신랑과 신부 여
동생의 관계를 사전에 알고 있었던 게 분명하다. 아니, 그 자
리에 있었던 거의 모든 사람이 알고 있었을 가능성이 크다.
프레디까지 말이다. 바우만에게 그 사실을 알려 준 사람이 프
레디일 테니까. 이런 정황으로 볼 때, 바우만이 내게 뭔가 대
단한 것을 보여 주겠다고 한 약속도 결코 근거가 없지는 않았
다. 게다가 바우만은 자신이 경찰서에서 풀려나자마자 그 사
실이 내게 통보되리라는 것을 예상한 게 분명하다. 그렇다면
내가 프레디 가게에 나타나는 것은 시간 문제였다. 결국 이
모든 건 미래를 내다보는 능력하고는 아무 상관이 없는 일이
었다.
　나는 만족스럽게 와인을 홀짝거린다. 열차 레스토랑에 손님
이라고는 우리뿐이다. 늦은 시각이지만 바우만은 종업원에게
팁을 후하게 건네며 빵과 치즈를 준비해 줄 것을 부탁한다. 게
다가 우리 창가 테이블엔 0.25리터 레드 와인 다섯 병이 줄지
어 서 있다. 바우만이 「다 합쳐 봤자 일반 병 하나보다도 많지
않군요」 하면서 비축용으로 한꺼번에 사들인 레드 와인들이

다. 나는 바우만이 일부러 계산을 잘못했다고 생각한다.

기차역으로 가는 길에 첫눈이 내렸다. 불과 반 시간도 되지 않아 도시는 탐스러운 눈송이들로 하얗게 물들었다. 지금은 쌓인 눈의 외피가 담요처럼 얇지만 내일 새벽이면 두툼한 이불로 변해 있을지 모른다.

마치 밖에서 폭풍이라도 치는 것처럼 달리는 기차 유리창 옆으로 눈송이들이 어지럽게 춤을 추며 지나간다. 이 장관을 가만히 지켜보면서 나는 문득 크리스마스가 코앞이라는 생각을 한다. 올해라는 시간도 곧 역사의 서가 속으로 들어가 차곡차곡 먼지가 쌓여 갈 것이다. 시간은 참 이상한 녀석이다.

「외로움엔 술이 도움이 될 거요.」 바우만이 불쑥 이렇게 말하더니 내 잔에 와인을 가득 따라 준다.

나는 퍼뜩 생각에서 깨어난다. 「나한테 몇 가지 설명해 줘야 할 게 있다고 생각하지 않습니까?」

바우만은 고개를 끄덕인다. 「알아요. 내일 합시다. 지금은 일단 좀 먹고 마신 다음 푹 쉽시다. 대답은 내일 해주겠소.」 그러나 내가 지금 당장 대화를 원한다는 걸 눈치채고는 이렇게 덧붙인다. 「참 긴 하루였소.」

맞는 말이다. 나는 코 주변이 기분 나쁘게 땅기는 것을 느낀다. 그럼에도 오늘이 가기 전에 꼭 들어야 할 설명이 있다. 여행 경비며 내게 준 후한 사례비를 어떻게 마련했는지 꼭 듣고 싶다. 바우만이 불법적인 일을 저질렀다는 이유로 괜히 한밤중에 경찰에 이끌려 객차에서 내리고 싶지는 않았던 것이다. 오늘 저녁 결혼식 피로연에서 그런 소동이 없었다면 벌써 물어봤을 질문이다. 「여행 경비와 내 사례비 말입니다. 저금한 돈입니까?」

바우만은 동작을 멈추더니 잠시 생각에 잠긴다. 「아뇨. 근데 그건 왜 묻죠?」

나는 묵묵히 시험하듯 그를 바라본다.

바우만은 멈칫하더니 다시 생각에 잠긴다. 「내가 돈을 훔치기라도 했다고 생각하는 거요?」

나는 어깨를 으쓱한다. 「그건 모를 일이죠. 그러니 설명을 해달라는 거 아닙니까?」

「그런 거라면 걱정 마쇼. 내가 늘 바른길을 간 건 아니지만, 불법적인 일을 저지르지 않은 지는 오래됐으니까.」

「좋아요. 그럼 이 돈을 어떻게 마련했는지 말해 봐요.」

그는 와인 병 하나를 집어 들고 뚜껑을 딴 뒤 잔을 채운다. 「꼭 들어야 마음이 놓이겠다면 말해 주리다. 그 돈은 딴 거요.」

내 눈썹이 몇 밀리미터쯤 치켜 올라간다. 「땄다고요?」

「그렇소. 그것도 지극히 합법적으로. 내가 본격적으로 카지노에 손을 댔다면 이 세상 카지노들은 모두 망해 버렸을 거요. 하지만 그러고 싶지는 않소. 그냥 부족한 대로 눈에 띄지 않게 살고 싶으니까.」 그가 싱긋 웃는다. 「물론 그러다가도 갑자기 돈이 필요하면 근처 아무 카지노에나 들어가 돈을 약간 따 갖고 나오죠.」

「신이 노름꾼이라고요? 거참 흥미롭네요. 예전에 아인슈타인이 이런 말을 했죠. 신은 주사위를 던지지 않는다고.」

「나도 알아요. 아인슈타인은 낄 데 안 낄 데 모르고 아는 척하기 좋아하는 인간이죠. 신은 주사위를 던질 뿐 아니라 룰렛도 아주 좋아해요. 블랙잭은 물론이고. 심지어 가끔 포커도 쳐요. 생각해 봐요. 도박꾼이 아니라면 어떻게 인간 같은 족속을 만들 생각을 했겠소?」

우리가 침대칸으로 이동했을 때는 자정이 한참 지난 시각이었다. 바우만이 빌린 곳은 침대칸 중에서도 특실이었다. 그 말은 곧 두 침대칸이 얇은 문으로 연결되어 있다는 뜻이다. 그래서 우리는 문을 닫은 상태에서도 목소리를 높이지 않고 조곤조곤 대화를 나눌 수 있다. 그러나 둘 다 무척 피곤했기에 대화는 차츰 잦아든다. 얼마 뒤 옆 칸에서 바우만이 요란하게 칫솔질하는 소리가 들려온다. 이어 수도꼭지에서 물이 쏴 하고 흘러내리고, 잘 자라는 취침 인사와 함께 전등 스위치가 딸깍 내려진다.

「잘 주무세요.」 나도 마찬가지로 불을 끈다.

지금처럼 피곤한 상태라면 눕자마자 몇 초 안에 눈꺼풀이 감겨야 할 텐데 이번에는 그렇지 않다. 나는 말똥말똥한 정신으로 어둠 속을 응시하며 아벨 바우만과 함께 보낸 하루를 꼼꼼히 되짚어 본다. 가장 중요한 질문에 한 걸음 다가가고 싶었던 것이다. 아벨 바우만은 과연 누구일까? 신이 아닌 것만큼은 분명하다. 그러나 단순한 사람들에게 꽤 깊은 인상을 줄 만큼 교묘한 트릭을 몇 가지 능숙하게 부릴 줄 안다. 어쩌면 서커스에서 만난 예언가로부터 특별한 영업 비밀을 전수받았는지 모른다. 아니면 광대로 직종을 전환하기 전에 그 자신이 마술사였을 수도 있다. 그도 아니라면 사이비 학문에 몸 바치려고 이전의 학문적 경력을 포기한 전직 심리학자일지도 모른다. 바우만이 정신적으로 문제가 있는 심리학자일 거라는 추측은 결코 불가능한 상상이 아니다.

「너무 골머리 썩이지 마쇼.」바우만이 옆 칸에서 말한다.

나도 모르게 피식 웃음이 나온다. 이번에도 내가 자신을 생각하고 있다고 미리 짐작한 모양이다. 이것은 예지나 투시력과는 별 상관이 없다. 차라리 나는 이 환자가 아주 탁월한 마술사라고 생각하고 싶다.

옆 칸에서 부스럭거리는 소리가 나더니 곧 바우만이 노크를 한다.

「알았어요. 이젠 생각 안 합니다. 약속해요.」

문이 열리더니 내 침대칸으로 빛이 쏟아져 들어온다. 바우만이 빛을 등지고 등장한다. 그의 손엔 위스키 병과 잔 두 개가 들려 있다.

「이게 내 제안이오. 한 잔 합시다. 아니 두 잔도 괜찮고. 둘 중 한 사람의 눈꺼풀이 감길 때까지 당신의 모든 질문에 답해 주겠소.」

나는 침대 가장자리에 앉는다. 「공평하게 들리네요.」

그는 작은 쥐색 테이블에 잔을 올려놓더니 테이블에 딸린 작은 의자에 비집고 앉아서는 술을 따른다. 「솔직하게 대화하려면 말을 놓는 게 어떻소? 그래 준다면 오늘 밤 잠을 포기할 준비가 돼 있소.」

이 말과 함께 그가 잔을 내민다. 「난 아벨이야.」

나는 이 제안을 받아들이는 것이 심리 치료사와 환자의 관계에 긍정적 영향을 끼칠 수 있다고 생각한다. 「난 야콥.」 내가 그에게 건배를 청한다.

우리는 술을 들이켠다. 진한 원액이 찌릿찌릿 뜨겁게 목구멍을 타고 내려간다. 속이 화끈거린다.

「오케이, 야콥. 자, 시작해 볼까? 뭘 알고 싶어?」

　나는 잔을 내민다. 「일단 한 잔 더 마시고. 인간이 신과 말을 놓는다는 게 흔히 경험할 수 있는 일은 아니잖아!」

신 은 좌 절 한 다

「그냥 맨 처음부터 시작하지.」 내가 제안한다.

아벨은 막 위스키를 마시려다가 잔을 도로 내려놓는다. 「빅뱅부터? 아님 어디서부터?」 그가 마치 시험 문제를 제대로 이해하지 못한 학생처럼 묻는다.

나는 싱긋 웃는다. 원래 내가 듣고 싶었던 건 아벨 바우만의 인생사였다. 그런데 신의 전기는 보통 사람들의 것과는 비교가 안 될 정도로 웅장하고 화려할 것이다. 게다가 어쩌면 그 과정에서 아벨은 우리 인간들이 옛날부터 궁금해 하던 몇 가지 의문에도 대답해 줄지 모른다. 예를 들면 이런 것들이다. 우리는 어디서 와서 어디로 가는가? 세상은 왜 이 모양 이 꼴일까?

「자네의 역사가 시작된 지점부터 이야기해야지.」 내가 외교적으로 답한다. 「생각해 봐. 자네가 세상을 만들었을 때 난 거기에 없었잖아.」

그는 이해한다는 듯 고개를 끄덕인다. 「알았어. 그럼 빅뱅부터 시작하지.」 그가 손가락을 주물럭거린다. 「빅뱅은 나의 첫 개인적 불꽃놀이라고 생각하면 돼. 빅뱅을 통해 난 아늑한 밤을 창조했어. 하늘과 땅도 그때 만들었지. 처음에 땅은 휑하고 황량했어. 오늘날의 달과 비슷했지. 하지만 태초의 지구에는 땅의 대부분을 뒤덮은 거대한 바다가 하나 있었어. 주위는 칠흑 같았고. 그래서 나는 빛부터 만들기로 마음먹었고, 그다음에……」

「아벨?」 내가 그의 말을 끊는다.

그가 긴장한다. 「왜? 무슨 일인데?」

「성경에 나오는 내용과 똑같잖아.」

「그게 어때서? 성경에 나오는 내용이 다 틀린 건 아냐.」 그가 빙그레 미소 짓는다.

나는 의심스러운 시선으로 그를 살펴본다. 「나는 왜 자네가 창세기 내용을 자네 이야기로 교묘하게 둔갑시키고 있다는 느낌이 들지?」

아벨은 내 시선을 몇 초도 견디지 못하고 창으로 눈을 돌린다. 그러고는 당황스럽게 머리를 어루만지더니 잔을 들어 단숨에 비운다. 「뭐 그럴지도.」 그는 떨떠름한 표정으로 툭 내뱉는다. 「자네가 내 속을 정확히 꿰뚫어 봤어. 진실을 말하자면, 난 이제 세상을 창조한 기억조차 안 나. 그러니 세상을 어떻게 만들었는지도 당연히 모르지.」 그가 자기 잔에다 술을 채운다. 「하긴 벌써 수백만 년이 지난 이야기잖아. 더 오래됐을 수도 있고.」

나는 알량한 우주물리학 지식을 바닥까지 박박 긁는다. 「내가 알기로, 빅뱅 이전에도 영겁의 텅 빈 공간이 있었다고 주장하는 사람들이 있어. 신이라면 그때도 분명 존재하지 않을까? 신은 우주 자체만큼이나 영원한 존재니까. 그렇다면 자네는 수백만이나 수십억 년이 아니라 영원한 시간 이전부터 여기 있었을 거야. 그래야 말이 되지.」

아벨의 이마에 깊은 주름이 잡힌다. 「그 말을 듣고 보니까 최소한 내가 우주를 왜 만들 생각을 하게 되었는지는 설명이 되겠군. 아무것도 없는 텅 빈 공간에 혼자 있다고 생각해 봐. 그것도 영원히. 술도 없고 영화도 없고 책도 없어. 잠시 잡담을 나눌 사람조차 없다고. 내가 그런 곳에 살았다면 분명 미치도록 심심했을 거야.」 그가 생각에 잠긴 얼굴로 위스키를 홀짝거린다.

똑똑한 정신병자들은 자기 세계의 세세한 부분을 모두 설명해서는 안 된다는 것을 안다. 그래서 상대가 그 반대되는 것을 증명할 수 없을 정도로만 설명하고 만다. 그러나 나한테는 그게 통하지 않는다.

「좋아, 그렇다고 쳐. 아무튼 빅뱅 이후에도 많은 일이 일어났어.」 내가 슬쩍 지나가듯이 물어본다. 「혹시 그 낙원은 아직 기억나?」

「최초의 인간들 말하는 거야?」

내가 고개를 끄덕인다. 「그것도 그렇고.」

「기억나.」 아벨이 신속하게 대답한다. 「아직도 난 가끔 그 최초의 인간들이 살던 동굴을 방문했던 꿈을 꿔. 정말 꿈같은 시절이었지.」

「그러니까 자네는 최초의 인간들과 함께 돌아다녔다는 거로군.」 내가 사무적인 어조로 확인한다. 「어떻게 그렇게 했는지 물어봐도 돼?」

「뭐 얼마든지. 그 이후로도 줄곧 그랬으니까. 난 어떤 때는 인간으로, 어떤 때는 동물로 나타나기도 했어.」

「변신을 했다는 말이군.」

아벨은 고개를 흔든다. 「변신이라기보다…… 몸을 빌렸다는 게 더 정확하겠지.」

「빙의 같은 거?」

「그렇게 말할 수도 있겠지.」

「그러니까 자네는 규칙적으로 몸을 바꾸었고, 그런 식으로 태초의 인류 이후 지상에 함께 있었다, 그 말이군.」 흥미로운 이론이라는 생각이 든다. 반박하기도 어렵고.

「물론 잠깐잠깐 쉬기도 했지. 기억나지 않는 것도 더러 있고.」

「아무튼 어떤 식이었다는 거지? 예를 들어, 고대 이집트에서는 자네가 기자 피라미드를 만들기 위해 돌을 끌었고, 프랑스 혁명 때는 폭도들과 함께 바스티유 감옥으로 쳐들어갔고, 타이타닉호가 침몰할 때는 사람들이 구명보트로 옮겨 타는 것을 도와줬다 그런 식인가?」

아벨이 고개를 갸웃거린다. 「예를 들면, 난 고대 이집트에선 부인들의 애완견이었고, 그다음엔 서기였고, 나중엔 아이를 여럿 낳은 엄마였어. 바스티유 감옥이 습격당했을 때는 맨체스터의 한 가정에서 하녀로 일했어. 주인 남자가 정말 끔찍할 정도로 치근거렸지. 타이타닉호가 침몰했을 때는…… 음…… 내가 어디서 뭘 하고 있었는지…… 생각 좀 해봐야겠어.」 그는 집중해서 생각한다. 「기억이 안 나. 잊어버렸어.」 그가 이렇게 확인하고는 어이가 없다는 듯 고개를 절레절레 흔든다. 이렇게 집중해서 생각하는데도 불과 100여 년 전 4월 밤의 일을 기억하지 못한다는 게 스스로도 믿기지 않는 모양이다.

「원칙적으로 자네 말이 맞아.」 그가 말을 이어 간다. 「나는 수십만 년 동안 마치 원숭이가 손을 바꾸어 가며 이 나뭇가지에서 저 나뭇가지로 넘어가듯 인간 역사를 함께 지나왔어. 재미가 아주 쏠쏠했지. 그런데 안타깝게도 그때 내가 간과한 것이 있어. 무언가 통제 불능 상태에 빠지고 있다는 사실을 알아채지 못한 거지.」 아벨은 다시 잔을 채우려고 하다가 갑자기 동작을 멈추더니 위스키 병을 내려놓고는 빈 잔과 함께 옆으로 밀쳐 둔다. 「이젠 커피를 한잔 마시면 딱 좋을 것 같군. 자네는 어때?」

나는 어깨를 으쓱한다. 「나야 마다하지 않지. 아주 좋아. 하지만 지금은 한밤중이야. 여기 일하는 직원들도……」

갑작스러운 노크 소리에 나는 말을 멈춘다. 문 앞에는 객차 서비스 직원이 커피 두 잔을 들고 서 있다. 시킨 것도 아닌데 이렇게 불쑥 커피를 대령한 것에 나는 원래라면 깜짝 놀라야 했다. 그러나 이제 나는 안다. 아벨이 쇼맨십이 있는 인간임을. 그는 서비스 직원에게 미리 돈을 쥐여 주면서 자기가 연락하면 커피를 갖다 달라고 부탁했을 것이다. 그러고는 방금 몰래 문자 메시지를 보냈을 것이다. 나라면 그랬을 거라는 말이다.

나는 아벨의 이 깜찍한 쇼맨십에 대해 일부러 한마디 주석도 달지 않고 커피만 홀짝거린다. 순간 납덩이처럼 무겁게 짓누르던 피곤기가 스스로 풀린다. 다행이다. 이 상담이 중단되는 걸 결코 원치 않았기 때문이다. 나는 우리가 정말 중요한 지점에 이르렀다는 느낌이 든다. 아벨의 정신병을 야기했을 트라우마에 성큼 다가섰을 가능성도 있다.

「자네는 방금 뭔가가 통제 불능 상태에 빠졌다고 했어. 그게 정확하게 뭐지?」

「글쎄. 나도 그걸 알면 얼마나 좋겠어. 인류가 잘못된 길로 접어든 것은 분명한데, 아무리 머리를 쥐어짜도 정확하게 뭐가 잘못되었는지 모르겠어. 언제부터 그렇게 잘못되었는지도 모르겠고.」

「인간이 원죄 때문에 낙원에서 쫓겨났다고 주장하는 사람들도 있어.」

「터무니없는 소리!」 아벨이 힘차게 고개를 젓는다. 「나는 이제껏 누구한테도 뭘 하지 말라고 금지한 적이 없어. 사과는 물론이고!」

「원죄란 그냥 비유일 수도 있어. 게다가 인류가 사도(邪道)에 빠졌다고 생각하는 사람은 자네만이 아냐. 인권 침해와 전쟁, 환경 오염, 그리고 다른 비행들을 비난하고 저지하기 위해 노력하는 단체들도 많아.」

「알아. 나도 그런 운동들을 충분히 후원해 왔으니까. 그것도 전 인간 역사를 통틀어 말이야. 물론 성과는 없었어. 요즘은 이런 생각이 들어. 만일 인간이 정확히 언제부터 모든 일에서 분수를 잃었는지 알게 되면 혹시 우리가 나아가는 데 도움이 되지 않을까 하고 말이야.」

그는 내 얼굴에 떠오른 물음표를 보더니 이렇게 보충한다. 「아직도 떠오르는 게 없어? 인간은 언제 만족해야 하는지 몰라. 어디서든 어떤 일에서든 그래. 먹을 때도 그렇고, 일할 때나 술 마실 때나 돈 문제에서도 그래. 잘사는 사람은 더 잘살길 바라고, 더 잘사는 사람은 또 그보다 더 잘살길 원해. 가난

한 이들은 백만장자가 되고 싶어 하고, 백만장자는 억만장자가 되고 싶어 해. 또 억만장자가 되면 자기들 중에서 최고 부자가 되려고 해.」 그가 빈 커피 잔을 내려다본다.

「뉴욕 억만장자들이 가진 돈이면 빅 애플[1]의 모든 거지들을 백만장자로 만들 수 있을 거라는 글을 어디선가 읽은 적이 있어. 재미있지 않아?」

나도 마지막 남은 커피 한 모금을 마신다. 「커피 한 잔씩 더 하는 건 어때?」

「난 아직 있는데.」 아벨이 가득 채워진 자기 잔을 가리킨다. 그러고는 슬쩍 테이블 위로 시선을 던지더니 덧붙인다. 「자네도 있는데.」

「아냐, 난 방금……」 다 마셨는데, 하고 말하려다가 그만 말문이 막혀 버린다. 내 잔에도 찰랑찰랑 넘칠 정도로 커피가 가득 채워져 있기 때문이다.

아벨은 시치미를 뚝 떼고 커피를 홀짝거린다. 나는 의심스러운 눈초리로 그를 살핀다. 내 눈빛을 의식한 그의 얼굴에도 잠시 후 히죽 희미한 미소가 피어오른다.

「자네 같은 사람이라면 이렇게 손도 안 대고 커피를 채운 걸 보고도 전혀 놀라지 않을 거라고 생각했는데. 사실 이 트릭은 그리 간단하지는 않지만 나처럼 뛰어난 마술사한테는 어려운 일도 아니지.」

그가 정색을 하더니 내 눈을 똑바로 바라본다. 「그러니까 내 정신 상태를 의심할 하등의 이유가 없다는 말이지. 안 그런가, 야코비 박사?」

1 Big Apple. 뉴욕의 또 다른 이름.

도발적인 그의 말이 좁은 공간에 팽팽하게 퍼진다. 침묵.

「오케이.」나는 약간 예민해진 상태로 말한다. 「우리 이제 솔직하게 얘기하자고.」

아벨은 전의가 불타는 표정으로 고개를 끄덕인다. 내가 말을 이어 간다. 「자네가 정말 신이라면 자네 심기를 건드리는 것들을 왜 모두 바꾸어 버리지 않지? 이 세상을 만든 게 자네라면서? 그럼 세상을 통째로 없애 버리거나 최소한 일부는 바꿀 수 있어야 하는 것 아냐? 어디에 문제가 있어서 그렇게 못 하는 거지?」

「오호, 지금 자네의 이 말을 우리가 서서히 진짜 내 문제로 방향을 틀고 있다는 은근한 암시로 이해해도 되겠나?」 아벨이 비꼬듯이 묻는다.

「난 우리가 내내 그래 왔다고 생각하는데.」 나는 괜한 말을 보태서 상황을 더 꼬이게 할 필요가 없다고 생각하고 어조를 약간 누그러뜨려 대답한다.

「절대 그러지 않았어.」 아벨이 딱 잘라 말한다. 「그러려면 내 말이 진실인지 어떤지, 심사숙고하는 태도를 보였어야 하는데 자네는 내 이야기를 그저 정신병자의 미친 소리 정도로밖에 여기지 않는 것 같았어. 그렇다면 자네는 날 도울 수 없지.」

지적인 정신병자들이 자신의 세계관을 납득시키기 위해 사용하는 수단은 실제로 옳은 경우가 많다. 나는 다른 사례들에서 그걸 경험했다. 그래서 아벨이 내게 요구한 것도 아주 새롭지는 않다.

그는 몸을 뒤로 기대고 창밖으로 눈을 돌린다. 나도 그를 따라 차창 밖을 내다보면서 커피를 홀짝거리고는 미친 듯이 휘

몰아치는 눈송이를 관찰한다. 눈발이 점점 굵어진다.

우리 사이에 한동안 침묵이 흐른다.

「좋아. 자네가 신이라고 진지하게 믿어 보겠어.」내가 말한다.

「심사숙고하라는 거지, 믿어 달라는 말은 아냐. 나를 믿는 사람들은 엄청나게 많아. 지금 자네보다 내 존재에 대한 단서를 훨씬 적게 갖고 있는데도 말이야.」

「난 과학자야.」나는 효과적인 방어책으로 생각하고 이 말을 했지만, 뱉어 놓고 보니 뭔가 구린 데가 있는 핑계처럼 들린다.

아벨도 그걸 눈치챈다. 「과학자라?」그가 깔보듯이 반복한다. 「그래. 근데 과학자라고 뭘 알지?」

「예를 들면, 모든 걸 믿어서는 안 된다는 건 알지.」

아벨의 시선이 내 빈 잔으로 향한다. 「커피 좀 더 하겠나?」상냥하게 들리지만 목소리에서 도발의 냄새가 난다.

나는 몸을 내민 채 잔에서 눈을 떼지 않는다. 먹이를 노리는 맹금류의 날카로운 눈빛이 내 눈에서 번뜩인다. 「좋지.」

팽팽한 침묵이 흐른다.

그런데 나는 온 신경을 모았음에도 결정적인 순간을 놓치고 만다. 잠시 한눈이라도 판 것처럼 어느새 모락모락 김이 나는 향기로운 커피가 내 잔 속에 가득 채워져 있다.

나는 황당한 눈으로 아벨을 바라본다. 그가 어깨를 으쓱한다. 「내가 뭐라고 해줄까, 야옵? 물론 이래도 믿지는 않겠지만.」

「노력해 보지. 자네 설득에 넘어갈 수도 있으니까.」

아벨은 회의적으로 고개를 갸웃거리다가 마침내 설명하기로 마음먹었는지 다시 입을 연다. 「눈 깜박할 사이에 일어난 일이야. 자네 뇌는 눈을 깜박이기 전 영점 몇 초 사이 스스로의 눈 깜박임을 의식하지 않으려고 인지 기능을 잠시 꺼둬. 때문에 그 순간에 일어나는 일은 놓치고 말지. 사람은 누구나 그래.」

「그러니까 내가 눈을 깜박이는 사이에 커피를 따랐다?」

「비슷해.」 아벨이 히죽 웃는다.

「레스토랑 웨이터가 됐으면 성공했겠군.」 내가 빈정거린다. 「그 정도 속도로 커피를 따르는 사람이 있으면 어디서든 싹싹 빌어서라도 데려가려고 할 테니까.」

아벨이 부드럽게 웃는다. 「지금 우리 둘이 앉아 있는 이 행성은 눈 한 번 깜박하는 동안 우주 공간에서 15킬로미터 가까이를 이동해. 이건 나의 지혜로움으로 밝혀낸 것이 아니라……」 그는 다음 말을 즐기듯이 강조한다. 「과학이 알아낸 지식이지. 이제 뭐가 좀 더 기묘하게 느껴지나? 내가 마법으로 자네 잔에다 커피를 더 따른 게? 아니면 우리 둘이 이 순간에도 세계와 함께 거의 분속 2천 킬로미터의 속도로 이 시커멓고 무한한 우주 공간을 내달리고 있는 게?」

우리는 불신에 가득 찬 눈으로 서로를 주시한다. 마치 빙빙 돌면서 결정타를 노리는 두 복서 같다고 할까? 결과는 명예롭지 못한 무승부처럼 보인다.

「자네는 아직 내 질문에 대답을 안 했어.」 내가 말한다. 「자네가 정말 신이라면 손바닥 뒤집듯 이 세계를 자네 생각대로 바꿀 수 있었을 텐데 왜 그렇게 하지 않았지?」

「그게 왜 궁금하지?」 아벨이 무뚝뚝하게 되묻는다. 「자네는 어차피 내가 신이라고 믿지도 않잖아.」 그가 가슴에 팔짱을 끼더니 어두운 표정으로 창밖의 눈보라를 내다본다.

나도 다시 차창으로 고개를 돌려 미친 듯이 휘날리는 눈송이를 지켜본다. 우리가 이렇게 대화하는 동안에도 수백 킬로미터씩 우주 공간을 질주하고 있다고 생각하니 정말 묘한 기분이 드는 건 사실이다. 우리 인간은 무언가를 알고 있다고 믿기에 그것을 믿는다는 것이 놀랍다.

「나는 우리가 함께하는 동안은 내 스스로 일종의 직업적 정신 분열 상태에 빠지도록 노력해 볼 용의는 있어.」

내 말에 아벨은 살짝 긴장하는 눈치다. 내가 말을 이어 간다.

「그 말은 곧, 내가 심리학자로서는 앞으로도 계속 아벨 바우만이라는 사람이 중증 정신병자라는 과학적 확신을 버리지 않겠다는 뜻이야. 그래서 위험한 상황으로 치닫는다는 판단이 서면 이 확신을 토대로 결정을 내릴 거야.」

「하지만……?」

「하지만 내 속엔 심리학자 말고 개인으로서의 야콥 야코비가 있어. 이 야코비는 하늘과 땅 사이에 인간이 설명할 수 없는 일들이 존재한다는 사실을 부인하지 않아. 어쩌면 이 세상에 모종의 불가해한 힘들이 존재한다는 사실도 인정할 준비가 되어 있는지 몰라. 물론 그걸 신에 대한 개인적 믿음이라 부를 수 있을지는 미지수지만.」

「아무튼 그게 출발점이지.」

「하지만 우리의 힘만으로는 통제할 수 없는 상황이 오면 나로서는 외부의 힘을 빌릴 수밖에 없다는 점을 이해해 줬으면 좋겠어.」

아벨은 고개를 끄덕인다. 「자네는 자네가 잘하는 일을 하고, 나는 내가 잘하는 일을 하면 되지.」

내가 멈칫한다. 「성경에 나오는 말인가?」

아벨은 고개를 젓는다. 「아니. 〈히트〉라는 영화에 나오는 말이지. 로버트 드 니로와 알 파치노가 처음으로 함께 나온 영화야.」

나는 걷잡을 수 없이 몰려올지도 모를 다음 피곤기를 아예 싹부터 자르려고 커피 잔을 집어 든다. 「우리는 자네의 핵심 문제에 대해 이야기하는 중이었어.」

아벨은 고개를 끄덕인다. 「맞아. 그러던 차에 자네는 내가 왜 이 세계를 내 생각대로 바꾸지 않는지 궁금해 했지.」 그는 태연한 미소를 지으려고 하지만 어쩐지 그 미소에선 씁쓰레함이 느껴진다. 「이유는 슬프면서도 아주 간단해. 내게는 그럴 능력이 없다는 거지. 나는 힘이 점점 떨어지고 있음을 느껴. 컨디션이 좋지 않을 때는 시간 단위로 점점 약해지는 느낌이야. 게다가 예전만큼 활발하지도 않아. 그래서 정말 무서울 정도로 빠르게 움직이는 인간들의 속도를 따라갈 수가 없어.」

나는 순간적으로 내가 잘못 들은 게 아닌지 생각한다. 「신이 자기가 만든 세상과 더 이상 보조를 맞출 수 없다고?」

아벨이 고개를 주억거린다. 「맞아. 사실이야. 내가 왜 부정맥이 있다고 생각해? 내가 왜 자발적으로 심리 치료를 시작했다고 생각해? 나도 이 행성의 많은 것들을 바꾸고 싶어 미치겠어. 믿어 줘. 그건 진심이야. 하지만 그럴 힘이 없어. 손발이 묶인 느낌이라고. 그것도 내가 아벨 바우만의 몸속으로 들어온 그날부터.」

이야기가 너무 빨리 진행되는 느낌이 든다. 충분히 잠을 잔 상태에서도 아벨이라는 인간의 복잡한 정신 상태를 파악하기는 쉽지 않을 텐데 말이다. 「아벨 바우만의 몸으로 들어갔다는 게 그의 몸을 빌렸다는 말이야? 정말?」 내가 힘겹게 그의 말을 정리한다.

「맞아.」

「그렇다면 또 다른 의문이 떠오르는데. 만일 신이 누군가의 몸속으로 들어가면 그 사람의 영혼은 어떻게 되는 거지? 함께 있는 거야? 영혼도 신이 함께 있는 걸 알아?」

「영혼은 산책을 나가지.」 아벨은 망설임 없이 대답한다.

「산책을? 무슨 뜻이지?」

「꿈과 비슷해. 인간의 영혼은 꿈속에서 종종 산책을 나가. 머나먼 곳으로 가고 싶다는 열망이 클 때도 영혼은 그리로 갈 때가 많아. 몸은 제자리에 있지만.」 아벨이 나를 의심스러운 눈초리로 훑어본다. 「내 말을 믿지 않는군. 맞지?」

「뭐…… 지금까지 난 인간이 죽어야만 영혼이 육체를 떠난다고 생각해 왔어.」

아벨이 손사래를 친다. 「제발 그건 잊어 줘! 영혼은 예측할 수 없어. 정말이야! 영혼은 자기 하고 싶은 대로 해. 어떤 것들은 주위를 떠돌아다니면서 하나의 육체에 구속되길 원치 않고, 어떤 것들은 반드시 한 번은 환생하고, 또 어떤 것들은 식물이나 동물, 물, 혹은 원소 속에서도 살아가. 어떤 영혼들은 새 떼처럼 어지럽게 움직이고, 어떤 것들은 코끼리 무리처럼 둔중하게 움직이기도 해.」

나는 끙 하고 한숨을 내쉰다. 「거 꽤…… 신선한 이론인걸.」

「자네가 궁금해 하니까 말해 준 거야.」 아벨이 어깨를 으쓱한다.

나는 고개를 끄덕인다. 「좋아. 아무튼 자네가 아벨 바우만의 몸을 빌렸을 때 무언가 통제 불능 상태에 빠지고 있다는 걸 알아차렸다는 거지?」

「맞아. 물론 그 문제들은 오래전부터 잠복해 있었는데, 내가 그걸 즉각 알아채지 못했어. 선의에서 출발한 내 행동이 문제였지. 엄밀하게 보면 지구상에서는 수백만 년 동안 실질적으로…… 아무 일도 일어나지 않았어. 혁신은 눈곱만큼도 없었지. 초창기의 인간들이 상당히 우둔해서 그랬어. 생각해 봐. 그 순박한 인간들은 주먹 도끼 하나 만드는 데만 60만 년이 걸렸어. 60만 년이라니! 상상이 가? 고작 주먹 도끼 하나 만드는 데 그런 긴 시간이 걸린 거야. 그래서 나는 어린 양들에게 자비를 베풀기로 마음먹고 발명품을 몇 가지 선사했어. 화살, 활, 의복, 부싯돌, 바퀴 같은 것들이었지. 이것들도 당연히 수천 년에 나누어 선사했어. 인간들에게 한꺼번에 너무 무리한 요구를 할 수는 없잖아!」아벨은 까칠까칠한 수염을 매만진다. 「고백하자면 거기엔 내 이기심도 어느 정도 작용했어. 1밀리미터도 더 앞으로 나아가지 못하는 인간들을 지켜보는 게 정말 환장할 정도로 쓸쓸했거든. 어쨌든 내가 인간들에게 준 선물은 일종의 기폭제 역할을 한 것 같았어. 시간이 지나면서 인간들은 스스로 발명가가 되었으니까. 그리고 그 성공은 내가 어느 날 다시 개입해야 할 만큼 엄청났어. 인간들은 유익하고 합리적인 물건만 발명한 게 아니라 서로를 효과적으로 속이고 매수하고 죽이기 위해 수많은 이념들까지 만들어 냈으니까.」

「개입을 했다는 게 벌을 줬다는 말인가?」

「내가 왜 벌을 줘? 난 예전부터 인간들에게 아무것도 금지

하지 않았어. 그러니 인간들이 처음부터 못할 짓을 한 건 아냐. 게다가 사실 당시 내 생각이 순진했어. 내 품 안에서 잘 돌보면 인간을 올바른 길로 이끌 수 있다고 생각했거든. 때문에 나는 인간의 고결한 노력들을 북돋워 주려고 애썼어. 중요한 발명이나 발견뿐 아니라 절세의 예술 작품 탄생이나 중요한 정치적 결단, 혹은 시대 전환적인 연설에서도 인간들을 도와줬어. 세상을 좀 더 좋은 방향으로 이끌 수 있을 거라는 희망으로 말이야.」

「구체적으로 어떤 일들을 했다는 거지?」 나는 지치기도 하고 멍하기도 한 상태에서 묻는다. 「미켈란젤로의 몸속으로 잠시 들어가 다비드상을 대신 조각이라도 해줬다는 건가?」

아벨이 웃는다. 「미켈란젤로는 내 도움이 필요 없던 몇 안 되는 인간들 가운데 하나였지. 내가 인간들을 위해 해줬던 건 예를 들면 발자크가 〈인간 희극〉을 쓸 때 커피를 끓여 줬다거나…….」

순간 나도 모르게 피식 웃음이 나온다. 「내가 알기로 발자크는 커피를 너무 많이 마셔서 죽었을 텐데.」

「그래, 그건 멍청한 짓이었어. 특히 발자크의 그 연작 소설에 대한 기대가 아주 컸기 때문에 더더욱 화가 났지. 발자크를 돕는 대신 차라리 그 젊은 루이 피랑드로를 도울 걸 그랬어.」

「처음 듣는 이름인데. 내가 알아야 하는 사람이야?」

아벨이 고개를 젓는다. 「무명으로 살다 간 사람이야. 하지만 무척 훌륭한 작가였지. 발자크와 같은 시대에 살기도 했고. 아마 내가 피랑드로를 도왔더라면 아주 뛰어난 걸작들이 몇 권 세상에 나왔을 거야. 하지만 그 친구는 평생 책 한 권 내지 못하고 부모의 가게를 물려받아 평범하게 살다 갔어.」

나는 아직 잠들고 싶지 않지만 이젠 커피조차 육신의 고단함을 오래 잡아 두지 못할 것 같다는 느낌이 든다. 「나쁜 놈들이 나오는 걸 그냥 차단해 버리면 될 텐데 왜 그렇게 하지 않았어?」 내가 궁금해 한다. 「네가 나쁜 놈들의 몸속으로 들어가 좋은 인간으로 만들면 되잖아.」

「물론 그런 방법도 있지. 하지만 그건 일시적인 해결책일 뿐이야. 효과는 단기에 그쳐. 영혼의 프로그램을 바꿀 방법은 없어. 영혼은 스스로 배워야 해. 몇 년이 걸릴 수도 있고, 몇십 년, 몇백 년이 걸리기도 하지만. 게다가 나는 이제 세상 곳곳에 동시에 나타날 수가 없어. 초창기에만 해도 내가 한 영혼을 구제하는 동안 내 품에서 규칙적으로 빠져나간 영혼이 몇십 개밖에 안 됐지만, 오늘날엔 그 수가 구제 불능일 정도로 어마어마해. 생각해 봐. 자네가 어떤 몹쓸 인간을 올바른 길로 인도하려고 애쓰는 동안 이 세상엔 그보다 훨씬 몹쓸 인간들이 수천 명씩 생겨나고 있다고. 이러다가는 어떻게 될지 나도 정말 모르겠어.」

아벨은 커피 잔을 옆으로 밀치더니 유리잔에다 위스키를 따른다. 「막잔이야. 이것만 마시고 잘 거야.」

나도 말없이 빈 잔을 테이블 위로 밀어 놓는다. 아벨이 술을 따르자 우리는 건배를 한다.

「게다가 나는 이런 질문을 스스로에게 여러 번 던졌어. 선은 뭐지? 악은 뭐지?」 아벨은 피곤하게 위스키를 홀짝거린다. 「이 술도 어떤 상황에서는 약이 되지만 어떤 상황에서는 사람을 개망나니로 만들기도 해. 돈도 그렇지 않아? 사람들은 돈으로 진짜 슬기로운 물건들을 많이 구입하지만, 돈은 지구상의 모든 나라를 혼란 속에 빠뜨릴 수도 있어. 아무리 아름답고 고결한 일도 마음만 먹으면 얼마든지 추악하고 비열한 것으로 바꿀 방법이 있다고.」 아벨의 얼굴이 어두워진다. 「그래. 내 상황이 그래. 나는 세계사를 인간과 함께 건너오면서 모든 걸 더 나은 쪽으로 바꾸려고 노력했지만 결과는 어떻게 됐어? 헛수고였어. 아무것도 나아진 게 없어! 결국 나는 완전히 실패했어. 세계를 둘러봐! 어디에서건 굶주림과 전쟁, 자연 재앙, 탄압, 불의, 환경 파괴가 판을 치고 있잖아. 또 뭐가 있지?」

나는 침대 위에서 피곤한 몸을 간신히 버틴다. 「아벨, 이 세상이 꿀처럼 달콤하지 않을 때도 있다는 것까지 설명해 줄 필요는 없어. 어쨌든 이 행성에 사는 대부분의 사람들은 그럼에도 인생을 그리 나쁘게 생각하지 않아.」

아벨이 나를 바라본다. 「그러니까 자네 말은 내가 이런 어리석은 망상을 버리면 아주 잘 살 수 있다는 뜻이군.」

「뭐…… 생각해 봐. 불행한 신으로 사는 것보다 행복한 서커스 광대로 사는 게 더 나을 수도 있지 않겠어?」 내가 약간 목소리를 높인다.

「불행하더라도 난 신이야. 신으로 살 수밖에 없어. 그럼 어떻게 해야 하지?」

「어떻게 해야 하냐고?」 내가 되묻는다. 「신도 스스로 돕지 못하는 일을 평범한 인간이 어떻게 돕겠어?」

아벨이 몸을 내민다. 「야콥, 인간들 없이는 내가 뭐겠어? 인간이 없으면 난 아무것도 아냐. 나는 가능한 한 많은 사람들이 나를 믿을 때만 움직일 수 있어. 아무도 선에 대한 관심이 없다면 나는 힘을 쓸 수가 없다고. 그게 바로 내 문제야. 내가 지금 느끼는 이 무기력증은 믿음을 잃어 가는 사람들이 하나둘 늘어날수록 점점 커지고 있어. 이해하겠어? 나의 탈진은 곧 세상의 탈진이고, 나의 의욕 상실은 곧 세상의 의욕 상실이야!」

침묵. 나는 생각한다. 아벨이 아주 근사한 이론을 짜 맞추어 냈다고. 「내가 자네를 위해 정확히 뭘 해줬으면 하고 바라는 거야?」

「내가 뭔가 실수를 한 게 분명해. 인간들이 다시 나를 믿을 수 있도록 그 실수가 뭔지 찾아낼 수 있게 도와 줘.」 그가 절박한 표정으로 나를 바라본다. 「하지만 그 전에 자네가 나를 먼저 믿어 줬으면 좋겠어. 내 심리 치료사조차 나를 미치광이로 여기는 마당에 내가 어떻게 인류에게 나를 믿으라고 할 수 있겠어?」

나는 아벨의 시선을 피하지 않는다. 그러나 입을 열지도 않는다. 내가 그의 망상을 진실로 받아들여야만 그를 치료할 수 있다는 논리는 정말 유례를 찾아보기 힘들 정도로 영리한 노림수다.

그가 웃는다. 「잘 생각해 보게, 야콥. 나는 자네 생각을 읽을 수 있어.」

「잘됐군. 굳이 설명하지 않아도 되니까.」

신 의 애 인

「늦었군요.」 우리에게 문을 열어 준 40대 중반의 여자는 숱
많은 새까만 머리에 눈 화장이 짙다. 굉장히 큰 젖가슴이 돋보
이는 파란색 디른들[1]을 입고, 목에는 소박한 가죽끈에 엄청나
게 큰 십자가상 목걸이를 걸고 있다. 마치 십자가에 매달린 인
물이 그녀의 가슴골을 흘낏 내려다보고 있는 것 같다고 하면
너무 발칙한 상상일까?

「기차가 연착했소.」 아벨이 짧게 대꾸한다.

「잘 왔어요.」 여자는 우리가 들어올 수 있게 옆으로 비켜선다.

현관부터 음식 냄새가 짙게 배어 있다. 복도는 십자가, 성화,
묵주, 마리아상 같은 성물들로 가득하다. 그런데 인물상은 각
각의 인물 크기에 딱 맞는 받침대 위에 서 있어서 마치 이 복도
전체가 거대한 모판 같은 인상을 풍긴다. 복도 끝에는 가정용
제단이 마련되어 있고, 양쪽에는 팔뚝 굵기만 한 초 두 자루가
켜져 있다.

---

1 독일 바이에른 지방과 오스트리아 여성들의 민속 의상. 소매가 봉긋한 블
라우스에 앞치마 달린 원피스를 걸쳐 입는다.

「당신이 아벨의 영혼 치료사군요.」 여자가 반갑게 인사한다. 「나는 마리아예요. 더 늦기 전에 아벨을 돌봐 줄 사람이 나타나서 정말 다행이에요.」 그녀가 벽에 붙은 작은 청동 성수반을 가리킨다. 「박사님께서도 이용하고 싶으시면……」

「고맙지만 전 됐습니다. 신앙심이 그리 깊지 못해서요.」

「이 집의 규칙입니다.」 그녀가 무뚝뚝하게 말한다. 어떤 항변도 용납하지 않을 어조다.

나는 얼른 손가락 끝을 성수반에 담그고는 재빨리 성호를 긋는다. 뒤에서 똑같은 과정을 밟던 아벨이 무척 재미있어하는 표정을 짓는다.

내가 말끔하게 정돈된 성상들을 가리키며 말한다. 「누군지 몰라도 굉장히 수고를 많이 하셨군요.」

「모두 요셉이 했어요. 내 남편이에요.」 그녀가 이렇게 설명하며 우리를 부엌으로 안내한다. 「요셉은 목수죠.」

식탁 위에는 흰 소시지가 담긴 쟁반과 브레첼 과자 광주리, 달콤한 겨자를 담아 놓은 큼직한 유리잔이 놓여 있다. 마리아는 「빨리 가서 맥주와 주스를 가져올게요」 하는 말과 함께 사라진다.

나는 아벨에게 수상쩍은 시선을 던진다. 「두 사람의 이름이 마리아와 요셉이라고? 설마 농담이겠지? 아니야?」

「농담 아냐. 왜? 이상해?」 아벨이 답한다. 「여긴 바이에른이야. 여기선 다른 이름이 더 이상하게 들려.」

「이 집 남자의…… 직업도 목수라면서?」

「목수가 어때서? 목수라는 직업에 무슨 편견이라도 있어?」

「그런 게 아니라…… 어쨌든 정리하자면 마리아와 자네 사이에 우연히 생긴 아들을 요셉이 양자로 입양했다?」 내가 묻는다.

「그래, 우연히 생겼지. 그때 마리아는 이혼한 세 명의 남편에게서 얻은 아이가 셋이나 있었으니까. 요셉은 결코 친부가 아냐. 언제부터인가 요셉은 아내가 규칙적으로 다른 남자의 아이를 임신하는 것을 받아들였어. 자네는 잘 모르겠지만 두 사람은 신앙심이 무척 두터워. 요셉은 신이 자신을 시험한다고 믿고, 마리아는 요셉이 불임이라서 신이 자신에게 자꾸 다른 남자들을 보내고 있다고 믿어.」

「아, 그건 몰랐어. 미안해.」

「미안해할 것 없어. 어차피 그건 마리아가 잘못짚은 거니까. 요셉은 사실 불임이 아냐. 두 사람은 그냥 생물학적으로 안 맞는 것뿐이야. 예전에 요셉은 이웃집 여자와 바람을 피워 아이를 하나 낳았어. 물론 여자가 숨기는 바람에 그 사실을 모르고 있지만.」

「자네 아들 이름은 혹시 예수 아닌가?」 내가 슬쩍 떠본다.

「아니. 크리스티안이야.」 아벨이 수정한다.

「크리스티안한테 무슨 일 있어요?」 막 부엌으로 들어서던 마리아가 묻는다.

「그게 아니라 우리 둘이 크리스티안과 만나기로 약속을 했다고.」 아벨이 대답한다. 「나중에.」

그녀는 고개를 끄덕인다. 그러나 우리 계획이 썩 마음에 드는 눈치는 아니다. 그녀는 갖고 온 병들을 식탁 위에 내려놓는다. 「주스 할래요? 맥주 할래요?」

「주스.」 아벨과 내 입에서 동시에 터져 나온 말이다. 지난밤의 노독과 숙취가 아직 뼛속 깊이 박혀 있었기 때문이다.

부엌문에서 삐걱 소리가 나더니 솥뚜껑만 한 손을 가진 딱 바라진 체구의 남자가 들어온다. 가죽 바지에다 체크무늬 셔츠를 입고 있는데 셔츠 사이로 잿빛 가슴털이 보인다. 「안녕들 하시오!」

「반갑소, 요셉!」 아벨이 환하게 인사한다.

마리아의 남편은 좌중을 둘러보더니 고개를 끄덕이고는 음식이 차려진 식탁에 앉아 성호를 긋는다. 「자, 다 같이 기도합시다.」

그는 다들 손을 모으고 고개를 숙이길 기다린다.

「주님께서 저희를 먹이려 하십니다. 주님께서 저희를 마시게 하십니다. 이제 저희의 눈을 조용히 내리깔게 하시어 당신의 손님들을 떠올리게 하소서.」

나는 깜찍한 기도라는 생각과 함께 헛기침을 하며 막 〈아멘〉이라고 말하려고 한다. 그러나 순간 질책하는 듯한 요셉의 시선이 내게 꽂힌다. 아직 기도가 끝나지 않은 모양이다. 나는 재빨리 다시 경건한 자세로 돌아간다.

「당신의 손님들을 떠올리게 하소서.」 요셉은 마지막 부분을 힘주어 반복한다. 「풀밭의 노루를, 호수 속 잉어를, 꿀 향기 속의 벌을, 창공의 참새를……」

나는 아벨에게 흘낏 시선을 던지며 지금 이게 무슨 상황이냐고 묻는다. 그러나 그는 아무 반응이 없다.

「……가시 덩굴 속의 뱀을, 곡식 낱알 속의 들쥐를……」 요셉은 기도를 무척 좋아하는 것 같다. 처음의 진지했던 표정이 이제는 점차 황홀한 미소로 변해 가고 있기 때문이다. 「……숲 속의 곰을, 높은 절벽 위의 독수리를……」

나는 이렇게 고향의 동물들을 일일이 나열했다가는 몇 시간도 모자랄 것 같다는 생각을 한다. 그의 나열은 나름 운까지 맞추고 있다. 나는 속으로 이 기도자의 머릿속에서 모든 동물들의 이름이 얼른 바닥나기만을 간절히 기도한다.

「……광야의 여우를, 풀밭의 암소를, 공원의 토끼를, 지저귀는 비둘기를……」

맙소사, 대체 이걸 누가 멈출 수 있을까?

「……논의 딱정벌레를, 옥수수 밭의 까마귀를……」

나는 재채기를 한다. 요셉은 기도를 멈추더니 차분히 기다린다. 이윽고 모두들 헛기침을 하고 다시 경건한 고요 속으로 빠져든다. 그런데 그가 막 백과사전식 기도를 계속하려던 순간 그의 이마에 고민의 주름이 잡힌다. 내 불경한 재채기로 인해 자신의 기도가 어느 지점에서 중단되었는지 잊어버린 듯하다.

「옥수수 밭의 까마귀를.」 내가 재빨리 말해 준다. 요셉이 그 지점을 찾지 못하면 처음부터 기도를 다시 시작하지 않을까 두려웠기 때문이다. 충분히 그러고도 남을 인간 같다. 어쨌거나 다행히 그의 얼굴이 환해진다. 다시 기억이 난 모양이다. 나는 흘끗 아벨에게로 눈을 돌린다. 그의 얼굴에 도저히 참을 수 없는 웃음이 피어올라 있다.

「논의 딱정벌레를, 옥수수 밭의 까마귀를……」 요셉이 다시 시작한다. 「……나무줄기의 뻐꾸기를, 언덕 위의 염소를, 물가 초목지의 황소를, 수탉을, 공작을, 사자를, 가젤을, 누를, 잠자리를, 연못 속의 개구리를……」

나는 곁눈질로 흰 소시지를 내려다본다. 아무래도 오늘이

가기 전에 저걸 맛보기는 그른 듯하다.

「……가난하든 부자든……」 내 귀가 갑자기 쫑긋해진다. 이건 뭐지? 주제가 바뀐 걸까? 아니면 동물들의 목록이 바닥난 걸까? 나는 제발 이 기도가 저녁 되기 전에는 끝났으면 하고 바란다.

「……초원이든 숲이든, 젊든 늙든, 사람이든 동물이든, 파리든 황소든, 크든 작든……」 요셉이 이 대목에서 잠시 말을 멈춘다. 순간 내 입에서 멍청하게도 지겨워 죽겠다는 듯한 한숨이 새어 나오고 모두들 그걸 듣는다. 그러나 기도자는 이것을 무시한다. 「주님께서 우리 모두를 초대하시고, 우리 앞에 음식과 마실 것이 풍성하게 차려져 있나이다. 이에 우리는 주님께 감사의 기도를 드리나이다.」

마리아는 「아멘」 하고 내뱉고는 번개같이 성호를 긋는다. 더 늦기 전에 참석자들에게 소시지와 음료를 나누어 주기 위해서다.

할렐루야! 예배 시간에서 가장 좋았던 것은 예배가 끝나는 순간이었다. 이건 엄마 손에 붙잡혀 교회로 끌려가던 시절에 벌써 깨달은 일이었다.

「맛있게 드십시오!」 내가 공손하게 소망한다. 아벨은 묵묵히 고개를 끄덕인다. 그런데 마리아와 요셉은 마치 내가 무례한 농담이라도 한 것처럼 나를 빤히 바라본다. 그러고는 이렇게 설명한다. 자기들은 식사할 때 말하는 것을 좋아하지 않는다고. 지루하기 짝이 없는 긴 기도는 괜찮고, 식사 중 밥맛을 돋우는 대화는 안 된다? 참 희한한 논리라는 생각이 든다. 어쨌든 다행히 곧 식사가 시작된다. 그러지 않았다면 또 이 이야기로 한참을 끌었을지 모른다.

식사 후 요셉과 마리아가 아벨을 놔두고 나 혼자만 아늑한 방으로 안내한다. 바라던 바다. 나도 어차피 두 사람에게 아벨 이야기를 물어보려고 했기 때문이다.

「드디어 주님께서 우리의 불쌍한 아벨을 돕기 위해 길을 열어 주셔서 얼마나 기쁜지 모르겠소.」요셉이 문을 닫더니 촌스러운 담배 파이프 거치대에서 유난히 못생긴 파이프 하나를 집어 들고 담뱃잎을 꾹꾹 눌러 담기 시작한다. 「내 조부, 그러니까 예레미아스 할아버지께서는 20년 넘게 침대에 묶여 지내셨소. 하나 물어봅시다. 그게 할아버지한테 나쁜 일이었을까요?」

「아, 그분한테는 정말 나쁜 일이었을 것 같은데요.」내가 신중히 대답한다. 「다행히 최근 몇십 년 사이에는 치료 방법이 완전히 바뀌어서……」

「아니오. 그건 할아버지한테 결코 나쁜 일이 아니었소.」요셉이 목청을 돋워 내 말을 무지른다. 그러고는 설교자의 자세로 말을 이어 간다. 「그건 주님의 계획에 따를 때만 우리의 영혼이 구원받기 때문이오. 성 바오로께서 우리에게 좋은 사례를 남기셨소. 형제자매들이 모두 한마음으로 바오로에게 박해자의 손아귀에 들어가지 말기를 애원했을 때 그분이 뭐라고 했는지 아시오? 〈너희가 왜 울어 내 마음을 무겁게 하느냐? 나는 예루살렘에서 저들에게 묶일 준비만 되어 있는 것이 아니라 우리 주 예수 그리스도를 위해 죽을 각오도 되어 있느니라〉.」

「아멘.」마리아가 재빨리 성호를 긋는다.

「그래서 바오로도 침대에 묶였습니까?」나도 모르게 불쑥 튀어나온 말이다.

담배 파이프에 막 불을 붙이려던 요셉은 뚝 멈추더니 대경실색해서 마리아를 바라본다. 마리아도 어쩔 줄 몰라 어깨만 으쓱한다.

요셉은 불쾌한 눈길로 나를 노려보더니 파이프에 불을 붙인다. 몇 초 뒤 달콤하면서도 역겨운 담배 연기가 방 안에 떠다닌다.

「아벨이 두 분께는 자신의 문제점을 뭐라고 하던가요?」 내가 묻는다.

「많은 이야기는 없었소.」 요셉이 답한다. 「그래도 내 의견을 듣고 싶다면 말해 주리다. 마리아가 임신했을 때 아벨은 책임지기가 싫어서 도망치려고 했소. 자기가 신이라고 말도 안 되는 헛소리를 지껄여 댄 것도 그 때문이죠. 사실 그런 인간들은 주위에 많아요. 군대 가기 싫어서 자기가 게이나 정신 이상자라고 주장하는 것들과 뭐가 다르겠소?」

「음, 제가 알기로 요즘은 동성애자라고 해서 군대에 안 가는 것은 아닌 걸로…….」 나는 중간에 얼른 말을 끊고는 손을 내젓는다. 지금 이 자리에서 동성애자의 군대 문제로 요셉과 토론을 벌이는 것은 무의미한 짓 같았기 때문이다.

「혹시 아벨이 자신이 신이라고 처음으로 주장한 게 언제인지 아십니까?」 내가 묻는다.

이번에는 마리아가 대답한다. 「크리스티안이 여름에 스물한 살이 되니까 햇수로 따지면 22년 전이군요.」 그녀는 다시 성호를 긋는다. 마치 아벨 바우만과 자신의 연애 사건에서는 하늘의 조력도 마다하지 않겠다는 듯이.

「당시 두 분은 아벨을 도우려고 해봤습니까?」

요셉이 힘차게 고개를 끄덕인다. 「외팅거 주임 신부님한테 내가 직접 아벨을 끌고 갔소. 하지만 신부님도 그 친구를 어쩌지 못했소. 그래서 신부님은 교구청에 이 사실을 통보했고, 곧 주교님으로부터 답장이 왔소. 이 문제는 교회 소관이 아니라고 말이오. 만일 아벨이 악마에 씌었다면 악령을 내쫓으면 그만이지만 신에게 씐 사람을 바티칸이 뭘 어쩌겠느냐는 거죠.」

「그다음에 우린 아벨을 슈핀들러 교수에게 데려갔어요.」 마리아가 나서서 설명한다. 「정신과 의사였죠. 그분 말로는 아벨이 단순 무식하기는 하지만 정신 병원에 가둘 만큼 우둔하지는 않다고 했어요. 사실 바이에른에는 자기가 신이라고 믿고 그렇게 행동하는 사람들이 많아요. 아벨은 그런 사람들 중에서 별로 위험하지 않은 경우래요. 교수님 말이요.」

나는 바이에른이 그렇게 단순 무식한 동네라는 사실이 놀랍다.

「정말이에요. 우린 모든 걸 다 해봤어요.」 마리아가 결론을 내린다.

「암, 다 해봤지.」 요셉은 맞장구를 치더니 파이프 담배를 맛있게 쭉 빤다. 「이제는 방법이 없소. 전능하신 그분만이 도울 수 있을 게요. 우리 다 함께 불쌍한 아벨을 위해 묵주 기도를 드립시다.」

기도를 드리자는 말에 나는 얼른 발을 뺀다. 「저도 정말 함께하고 싶지만 바빠서요. 우린 곧 떠나야 합니다. 더구나 저는 아벨이 말썽을 피우지 않도록 돌봐야 합니다. 물론 두 분께서 우리를 위해 기도하는 건 절대 해가 되지 않을 겁니다. 식사 잘

했습니다. 감사합니다.」

요셉이 「그럼 주님의 가호가 있기를!」 하는 격려의 말을 내뱉을 때 나는 벌써 문을 열고 나가는 중이다. 저 하늘의 힘과 건설적인 대화를 나누는 것까지 반대하지는 않지만, 줄곧 하늘의 치맛자락만 붙들고 늘어져서는 안 된다는 것이 내 생각이다.

「자네 보기에 어때? 그 두 사람 말이야.」 아벨이 묻는다. 우리가 탄 교외선 기차가 눈 내린 풍경 속을 천천히 지나가기 시작한 지 얼마 되지 않았을 때였다. 「좀 피곤하게 하는 스타일이지?」

난 이 말이 나 듣기 좋으라고 하는 수사임을 알기에 굳이 대답하려고 하지 않는다. 대신 이렇게 묻는다. 「자네 아들이 뮌헨에 살지 않는 게 그 때문이야? 엄마와 계부가 귀찮게 해서?」

아벨이 웃는다. 「차라리 그랬으면 다행이게! 크리스티안은 최악이야. 녀석은 그 두 사람도 신앙심이 부족하다고 봐. 그래서 수도사가 됐지. 그건 나도 말릴 수가 없었어.」 아벨이 시계를 본다. 「게다가 크리스티안은 엄밀하게 보면 내 아들이 아냐. 아벨 바우만의 아들이지. 얘기했다시피.」

「아니, 얘기 안 했어. 어쨌든 제대로 얘기하지는 않았어.」

아벨이 흠칫 놀란다. 「응? 정말?」

나는 고개를 끄덕인다. 「정말.」

그는 다시 시계를 본다. 「오케이. 이제라도 얘기하지 뭐. 내가 아벨 바우만의 몸속으로 들어갔을 때 사실 난 거기 몇 분만 있으려고 했어. 그런데 한번 나간 아벨의 영혼은 돌아올 생각을 안 했어. 그래서 기다렸지. 처음에는 몇 시간을. 그리고 그 날 밤 바우만과 마리아의 밀회가 있었어. 마리아가 집에 들러 아벨을…… 그러니까 나를…… 바우만의 몸속에 있던 나를…… 유혹했어.」

「그래서 마리아와 잤군.」 내가 깔끔하게 정리한다.

「맞아, 그거야. 바우만의 영혼이 다음 날 아침에도 돌아오 지 않자 나는 하루를 더 기다렸어. 그래도 안 돌아오면 바우만 의 몸을 떠날 생각이었지. 할 일이 태산 같았거든. 게다가 안 타깝기는 하지만 이 모든 게 본인 잘못이라고 생각했어.」

「바우만 잘못이라고?」

아벨이 고개를 끄덕인다. 「전에도 얘기했지만 몸은 영혼 없 인 살 수 없어.」

나는 이 말을 곱씹다가 몇 초 뒤에야 그 의미를 깨닫는다. 「뭐? 그럼 자네는 아벨 바우만의 죽음을 감수할 생각이었어?」

아벨이 나를 뚫어지게 바라본다. 「야콥, 단언건대 난 신이 야. 난 그렇게 해도 돼.」 아벨이 다시 시계를 본다. 「게다가 그 건 바우만 잘못이었어. 난 호의를 베풀려 했지만 바우만 본인 이 그걸 망쳤다고.」

아벨이 일어나 문으로 걸어가더니 밖을 내다본다. 「그건 그 렇고……. 자네도 알다시피 나는 그 뒤에도 아벨의 몸을 떠나지 않았어. 마리아와 아기가 잘 지내는지 확인하고 싶었던 거지.」

「그러니까 자네가…… 아니 바우만이 그날 밤…… 마리아를 임신시켰다는 거야?」

「그래 보였어.」 아벨이 밖으로 시선을 돌린다.

「지밍까지는 아직 20분가량 남았어.」 내가 말한다.

「알아. 마지막 구간은 버스를 타고 가야 돼.」

그가 다시 시계를 보더니 비상용 브레이크 위에 슬그머니 한 손을 올린다.

「아벨?」 내가 경고의 뜻으로 이름을 부른다.

그는 아무 반응을 보이지 않는다. 대신 시계만 계속 집중해서 들여다본다.

「아벨!」 내가 소리치고는 벌떡 일어난다. 그러나 이미 늦었다.

그가 비상용 브레이크를 홱 잡아당긴다. 끼이익! 이 소리와 함께 나는 좌석으로 볼썽사납게 쓰러진다. 갑자기 멈춘 기차의 관성으로 좌석에 푹 파묻혀 있는 동안 나는 환상과 비슷한 것을 본다. 아벨에게는 물리 법칙이 적용되지 않았던 것이다. 다시 말해 그 역시 나와 마찬가지로 갑작스러운 제동과 함께 내동댕이쳐졌어야 할 텐데 그는 여전히 끼이익 소리를 내며 정지하는 기차 통로를 유유히 걸어오더니 마치 아무 일도 없었다는 듯이 자리에 앉는다.

기차는 크게 한 번 덜컹하더니 마지막 끼익 소리와 함께 완전히 멈추어 선다. 순간 나는 의자에서 바닥으로 미끄러지고, 이내 깜짝 놀라 벌떡 일어난다.

「자네가 지금 무슨 생각을 하는지 알아.」 아벨이 싱긋 웃는다. 「내가 물리 법칙에서 잠시 벗어난 것을 보고 이런 생각을 했겠지. 저 인간이 정말 신일까? 아님 그냥 서커스단에서 배운 기술일까? 그래, 인간 피라미드 곡예를 벌이던 인간들한테서 배웠을 수도 있어. 이런 생각을 하고 있었겠지.」

「기차를 왜 멈췄어?」 내가 다급하게 숨을 몰아쉬며 묻는다.

「이 기차는 2분 후에 탈선하게 돼 있어.」 아벨이 차분히 설명한다. 「우리 앞 선로 바로 밑에 제2차 세계 대전 때 폭격기에서 떨어진 불발탄이 묻혀 있거든. 갑작스러운 추위에 폭약이 팽창해서 곧 폭발하게 되어 있었어.」

「아하!」 내가 나직이 말한다.

이어 통로 문이 열리더니 찬 바람과 함께 철도 승무원 복장의 둥그스름한 남자가 객차 안으로 들어선다. 얼굴이 벌겋게 달아오른 게 몹시 화가 난 듯하다.

「누가 여기 비상용 브레이크를 당겼습니까?」

아벨이 나를 가리킨다. 「이 사람이오.」

나는 어처구니가 없는 표정으로 아벨을 바라본다.

「농담이야.」 아벨이 속삭인다. 「걱정하지 마. 우린 어차피 조금 있다가 여길 빠져나갈 테니까.」

「비상용 브레이크를 왜 당겼는지 물어봐도 되겠습니까?」 무척 피곤해 보이는 승무원이 정중하면서도 엄한 어조로 묻는다.

나는 무슨 말을 해야 할지 몰라 그냥 입을 다물고 있다. 귀에서는 낮은 바람 소리만 쌩쌩 들린다.

그사이 아벨은 다시 시계를 내려다보더니 잠시 우뚝 멈추고는 입 모양으로 〈쾅〉 소리를 낸다.

그와 동시에 겨울의 고요를 깨뜨리는 엄청난 폭발음이 진동한다.

승무원은 깜짝 놀라 소리가 나는 쪽으로 고개를 돌리더니 「아니 이게 뭔 일이람? 젠장!」 하는 말과 함께 휭하니 우리 시야에서 사라진다.

「자, 우리도 그만 가지.」 아벨이 말한다. 「버스는 우릴 기다려 주지 않아.」

얼마 뒤 무릎까지 빠지는 눈 속을 걸을 때 아벨은 기분이 최고로 보인다. 만끽하듯 차가운 겨울 공기를 들이마시며 계속해서 주변의 산과 숲으로 눈길을 던진다. 「야콥, 정말 아름답지 않나? 내 창조가 최소한 부분적으로는 성공을 거두었다는 걸 나도 인정할 수밖에 없어. 자네 생각은 어때?」

나는 어두운 표정으로 눈밭만 바라보며 묵묵히 걷는다. 아벨이 내 심리 치료사 면허를 위험에 빠뜨린 거야 아무래도 상관없다. 어차피 나는 조만간 내 직업을 포기할 생각이었으니까. 하지만 아벨 때문에 경찰서 문을 들락거리고 싶지는 않다. 게다가 아벨이 방금 이 일을 어떻게 꾸몄는지 도저히 납득이 되지 않는 것도 화가 치민다. 그 폭탄이 정말 제2차 세계 대전 당시의 불발탄이었을까? 아니면 그 시각에 폭발이 있었을 거라는 계획이 있었고, 아벨이 그 시간표를 정확히 알고 있었던 것일까? 그렇다면 당국은 왜 승객을 태운 열차가 폭발물 근처로 운행하는 것을 허락했을까? 혹시 아벨이 직접 폭발물을 설치하고 원격 조종한 것은 아닐까? 하지만 이 경우, 그의 이런 불법 행위는 결국 드러날 수밖에 없고, 나는 나중에 언론을 통해 그의 불발탄 이야기가 날조임을 알게 될 것이다. 그렇다면 이것도 가능성이 낮다. 내 환자는 다른 방식으로 이 일을 꾸민 게 분명하다. 하지만 그게 뭘까? 도무지 감이 안 잡힌다.

「야콥? 괜찮아?」 아벨이 걱정스레 묻는다.

「아니, 하나도 안 괜찮아. 내가 말했지. 일이 통제 불능 상태에 빠지면 나로선 당국에 통보할 수밖에 없다고.」

아벨이 우뚝 멈추어 선다. 충격을 받은 눈치다. 「무슨 뜻이야?」

나도 걸음을 멈춘다. 「아벨, 난 자네가 사고를 치지 않게 할 책임이 있어. 만일 자네가 비상용 브레이크를 당기고 폭탄을 터뜨릴 생각이 있었다면 나한테 먼저 말했어야 하지 않을까?」

아벨은 어깨를 으쓱한다. 「내가 뭐라고 말했어야 하는데? 〈저 앞 선로 밑에 불발탄이 있어서 내가 곧 비상용 브레이크를 당길 거야〉 이렇게? 자네가 사정을 알 수 있도록 이렇게 말했어야 했다는 거야?」

「응. 예를 들면.」

아벨은 가슴에 팔짱을 낀다. 「그럼 자네는 뭐라고 대답했을까? 〈오케이, 아벨. 튕겨 나가지 않도록 꼭 붙잡고 있을게〉 이렇게 말했을까?」

우리는 전의에 불타는 눈으로 서로를 노려본다.

「아니, 난 분명 브레이크를 당기지 못하게 말렸을 거야.」

「거봐.」 아벨은 이렇게 말하고는 계속 터벅터벅 걷는다. 「나는 우리 둘의 목숨 줄이 끊기는 걸 막고 싶었기 때문에 강제로라도 자네를 행복의 길로 이끌어야 했어.」

「아마 그게 자네의 잘못된 사고방식 중 하나일 거야.」 내가 뒤에서 소리친다. 「불행의 길이 됐건 행복의 길이 됐건 인간은 남에 의해 강제로 끌려가는 걸 원치 않을 수도 있어!」

그가 다시 걸음을 멈추더니 의아한 얼굴로 돌아보며 묻는다. 「조금 전에 죽었을지도 모르는데, 그래도 괜찮다는 뜻이야?」

「물론 그건 아냐!」 내가 소리친다. 「하지만 설사 그렇다고 해도 그게 자네하고 무슨 상관이야? 제발 부탁인데 자네 일이나 신경 써. 물론 자네야 죽든 말든 상관없겠지만.」

그가 멈칫한다. 「무슨 뜻이지? 나는 죽는 게 상관없을 거라는 거야?」

「안 그래? 아벨 바우만이 죽든 말든 자네하고 무슨 상관이겠어? 어차피 자네는 이 육체에 매어 있지 않잖아. 게다가 내 영혼이야 밥숟갈을 놓고 뒈질 수도 있지만, 자네 영혼이야 걱정할 게 전혀 없지 않아? 어쨌든 자네는 신이니까. 영혼 여행에서 자네는 일등석 티켓을 갖고 있는 거랑 다름없잖아!」

나는 그를 유심히 관찰한다. 어쩌면 나의 도발이 그의 솔직한 감정을 이끌어 낼지 모른다.

그는 나를 빤히 바라보더니 갑자기 어깨가 축 처진다. 「야콥, 사실은…….」 그가 말을 멈춘다. 뱉어 낼 고백이 몹시 힘든 모양이다. 「사실 난 죽음이 너무 무서워.」

나는 황당한 표정으로 그를 바라보다가 어이없는 웃음을 터뜨린다. 「살다 살다 별소리를 다 듣네. 신이 죽음을 무서워하다니.」

아벨은 얼굴도 찡그리지 않고 내가 진정할 때까지 진득하게 기다린다. 문득 나는 그의 말이 농담이 아님을 서서히 느끼기 시작한다.

「내가 영혼에 대해 했던 얘기는 사실이야. 모든 영혼은 죽지 않아. 하지만 그중 일부는 상식적으로 살아 있는 상태라고 보기 힘든 상태에 빠져. 꿈도 꾸지 않는 수면 상태라고 할까? 일종의 의식 불명 상태라고 할 수 있지. 가끔 이 상태에서 깨어나는 영혼도 있지만, 언제 깨어날지 알 수 없을 만큼 오랫동안 잠만 자는 영혼도 더러 있어. 왜 그런지는 솔직히 말해서 나도 몰라. 하지만 이게 죽음의 상태와 아주 가까운 건 사실이야.」

「일종의 열반인가?」내가 묻는다.

「완벽한 고요의 상태라는 점에서는 그렇게 말할 수도 있지.」

「흥미롭군. 그럼 불교 이론도 맞는 거네.」

아벨이 고개를 끄덕인다. 「세계 종교치고 관점이 완전히 틀린 건 없어. 다만 결정적인 부분에서 약간 틀릴 뿐이지.」바람이 거세진다. 아벨은 털모자를 귀까지 내려 쓴다. 「어쨌든 지금 내 비참한 꼬락서니로 보건대 나 역시 열반에 든다고 해서 이상할 게 전혀 없어. 나에 대한 인간들의 믿음이 점점 줄어들고 있으니까. 나는 시나브로 약해지다가 마침내 완전히 사라질지 몰라. 그래서 가끔 난 이런 느낌이 들어. 〈신〉이라는 존재는 인류가 머릿속에서 지워 버리려고 하는 어떤 생각 같은 게 아닐까 하고 말이야. 더구나 느낌상으로는 내 시간이 얼마 남지 않은 것 같아.」

「신이 아벨 바우만의 몸을 빌렸을 때 그런 증상이 시작되었다는 거군.」나는 요점을 짚으며 이제 아벨의 트라우마에 성큼 다가섰다고 생각한다.

그는 고개를 끄덕인다. 「당시 난 하룻밤 같이 지낸 뒤에 마리아가 임신한 걸 즉각 알아차렸어. 마리아도 그걸 아는 것 같았어. 이튿날 나를 찾아와 우리 관계를 끝내자고 했거든. 아마 마리아는 내가 흔적도 없이 도망쳐 주기를 바랐을 거야. 그래야 요셉이 아무 문제없이 아이의 친부임을 인정할 테니까.」

「하지만 신은 흔적도 없이 도망치지를 않았어.」

아벨이 나를 보더니 한숨을 내쉰다. 「그보다 훨씬 더 나빴어. 나는 며칠 뒤 사라지려고 했지만 그럴 수가 없었어. 그땐 정말 도망치고 싶었어. 일주일도 채 지나지 않아, 그 아이가 앞으로 마리아와 요셉에게서 잘 자랄 거라는 확신이 들었거든. 그런데 바우만의 영혼은 여전히 돌아오지 않았어. 그래서……」그가 손으로 비행기가 이륙하는 시늉을 한다.

「그래서 슬쩍 내빼려고 했다는 거군.」내가 그의 말을 마무리해 준다.

아벨이 고개를 끄덕거린다. 「하지만 그러질 못했어. 갑자기 내가 그 몸속에 단단히 붙들려 버린 느낌이었어. 바우만의 몸에서 나가려고 안간힘을 쓸수록 더더욱 몸속으로 미끄러져 들어가는 것 같았어. 처음엔 일시적 현상이라고 생각했어. 혹시 신으로서 내가 겪는 무기력증의 부작용은 아닐까? 우주 질서의 일시적 불안정 때문은 아닐까? 그러나 날이 가고 달이 갔는데도 전혀 변화가 없었어.」

「영혼 이동이라는 게 그렇게 복잡해?」내가 궁금해 한다.

「아니, 절대 그렇지 않아. 문을 여닫는 것보다 쉬워. 하지만 아벨 바우만의 경우는 마치 열쇠를 딴 데 두고 잊어버린 것 같은 그런 기분이었어. 그 이후 문은 다시 열리지 않았어.」

「그럼 20년 넘게 이 상태가 바뀔 기다려 온 거야?」

「겨우 20년 갖고 뭘 그래? 물고기 한 마리가 용기를 내어 뭍으로 올라오기까지도 수억 년이 걸렸어. 게다가 난 할 일이 무척 많았어.」

「기차를 세우고 비행기를 나포하느라?」

「예를 들면 그렇지.」아벨이 인정한다. 「출산 직전에 난 마리아와 요셉에게 내 문제를 털어놓았어. 내 문제를 이해해 줄 사람이 있다면 두 사람이라고 생각했거든. 그런데 착각이었어.」

「안 그래도 오늘 두 사람한테 자네 얘기를……」

「알아, 두 사람이 무슨 이야기를 했는지.」아벨이 내 말을 자른다.

「오, 텔레파시?」

그가 고개를 흔든다.「아니, 이번엔 그냥 문에 귀를 대고 들었어.」

눈이 조금씩 내리기 시작한다.

「요즘 나는 20년 넘게 나를 묶어 둔 이 몸이 나만큼이나 점점 힘이 떨어지는 걸 느껴. 그래서 언젠가 이 몸이 죽게 되면 어떤 일이 일어날지 걱정이 돼.」

나는 하늘을 올려다본다. 눈송이가 소리 없이 대지로 떨어진다. 마치 쉴 새 없이 쏟아지는 별똥별들 사이로 내가 날아가고 있는 듯한 느낌이랄까!

「무슨 생각해?」아벨이 잠시 후 묻는다.

「내 생각을 읽을 수 있다고 하지 않았어?」

「항상 그럴 수 있다는 뜻은 아냐.」

「자네가 참 인간적인 문제로 힘들어하고 있구나, 하고 생각했어.」

「신한테는 어울리지 않게 말이지.」아벨이 화답한다.

「만일 내가 자네라면 정신 이상자인 게 더 좋을 것 같아. 자네가 정말 신이라면 누구도 자네를 도와줄 수 없을 테니까.」

아벨이 한숨을 쉰다.「그건 그래.」

신 의 아 들

성(聖) 존힐트 폰 지밍 수도원 공동체는 수공업과 농업에 종사하는 열세 명의 수도사로 이루어져 있다. 나는 이 사실을 접견실에 비치된 수도원 안내 책자에서 알게 되었다. 안내 책자를 꼼꼼히 들여다볼 시간은 충분했다. 아벨의 아들이 우리를 한 시간 전부터 기다리게 했기 때문이다.

수도원 안내 책자에서 나는 두 가지 중요한 정보를 얻는다. 하나는 이 수도원이 후계자 양성 문제를 겪고 있다는 사실이다. 책자에는 수도사들의 사진이 실려 있는데, 열셋 수도사 가운데 최소 아홉은 곧 죽어도 전혀 이상할 게 없어 보인다. 심지어 한 사람은 사진을 찍을 당시에도 아직 살아 있었는지 의심스러울 정도다. 아벨의 아들은 금방 눈에 확 들어온다. 몇 안 되는 젊은 수도사들 가운데 아벨을 쏙 빼닮은 얼굴이 하나 있었기 때문이다.

또 다른 중요한 정보는 성인 명부에 오르려면 엄청난 능력을 지녀야 한다는 사실이다. 나는 책자에 실린 성담(聖譚)을 보고 어안이 벙벙했다. 책자에 따르면 존힐트 폰 지밍은 16세기에 이 지방에서 마법의 액체로 사람과 동물을 고쳐 주었을 뿐 아니라 이 지방을 여행하던 중 말에서 떨어져 다 죽어 가는 주교까지 살려 냈다고 한다. 그것도 이미 숨이 끊어진 주교를 몇 시간 만에 존힐트가 살려서 부축해 일으켰다고 한다. 흔한 전설처럼 믿기 어려운 이야기지만 나는 아벨을 떠볼 좋은 기회라고 생각한다.

「자네 혹시 이 수도원 이름의 주인공인 여성이 자네보다 훨씬 많은 기적을 행한 걸 알고 있나? 커피를 몰래 생기게 하는 마술과는 차원이 달라. 존힐트 폰 지밍은 죽은 사람까지 소생시켰어! 그 사람한테 배워야 하는 거 아냐?」

아벨은 진지하게 고개를 끄덕인다. 「맞아. 존힐트는 재능이 뛰어난 의사였지. 하지만 주교를 살릴 때는 내 도움이 좀 필요했어. 당시 주교 그 친구는 찍소리 한 번 내지 못하고 죽었지. 투실투실한 몸뚱이에 겁은 또 얼마나 많던지 말에서 떨어지는 순간 너무 무서워 심장이 뚝 멎어 버린 거야.」

「이 책엔 몇 시간 전에 죽은 사람을 살려 냈다고 적혀 있어.」 내가 안내 책자를 치켜든다. 「내가 알기로 심장이 멈춘 경우 살릴 수 있는 시간은 사고 후 몇 분밖에 되지 않아. 그 시간이 지나면 땡이야.」

아벨이 나를 불쌍하다는 듯이 바라본다. 「야콥, 지금 진심으로 하는 말이야? 내가 신이라는 건 믿지 않으면서 수도원 홍보 책자에 나온 16세기의 정보는 어떻게 그리 철석같이 믿지?」

정곡을 찔렀다. 나는 안내 책자를 테이블 위에 툭 던져 놓는다. 「그건 그렇고, 사람을 이렇게 오래 기다리게 할 거면 최소한 커피는 내놓아야 하는 거 아냐?」

「크리스티안이 일부러 우리를 기다리게 하는 거야. 여기서는 시간이 바깥세상과 다르게 흘러간다는 걸 우리에게 가르쳐주려는 녀석만의 방식이지.」 아벨도 물론 이런 대접이 결코 마음에 드는 것 같지는 않다. 「여기선 세속의 논리가 통하지 않는다는 걸 자네도 알아야 돼. 최소한 내 아들은 그렇게 믿어.」

「그게 뭐가 잘못됐지? 모든 수도원이 신에게 귀의하려고 세상을 등지는 건 당연한 일 아닌가?」

「그래, 잘못된 건 없어. 다 괜찮아. 내 경우만 빼고.」

육중한 나무 문이 끼익 소리를 내며 열리더니 수도복을 입은 젊은 남자가 들어선다. 실제로 보니 사진보다 아버지를 한층 더 닮았다.

「기다리게 해서 죄송합니다. 그런데……」 아벨을 발견하는 순간 청년은 나머지 말을 목구멍 속으로 꾹 밀어 넣는다. 화가 난 듯하다. 「어머니가 얘기하지 않던가요? 오지 않는 게 더……」

「얘기 들었다. 네가 나를 안 보려고 한다는 것도 안다.」 아벨은 간단하게 몇 마디로 설명하고 만다. 실망감을 숨기려고 안간힘을 쓰는 게 고스란히 드러난다. 「내가 온 건 여기 야콥을 데려오기 위해서였다. 밖에 눈도 내리고……」 아벨이 어색하게 웃는다. 「물론 너를 보고 싶은 마음도 있고.」 그가 잠시 망설이더니 이렇게 덧붙인다. 「솔직히 말해서 너랑 짧은 대화라도 나눌 수 있지 않을까 기대했다.」

크리스티안은 아벨의 대화 제안을 노골적으로 무시하고는 내게 손을 내민다. 「선생님이 야코비 박사군요. 이렇게 만나

뵙게 되어 반갑습니다. 수도원 시설을 안내해 드릴까요? 얘기도 좀 나누시고요.」그가 나가자고 손짓하며 문을 연다.

「좋죠. 근데 당신 아버지도 같이 가는 게⋯⋯」

「아버지는 이곳 수도원을 이미 잘 아세요.」크리스티안이 내 말을 중간에 끊는다. 그러고는 아벨에게 시선을 던지며 덧붙인다. 「자하리아스 형제님께 커피라도 갖다 드리라고 부탁할게요. 먹을 것도 좀 갖다 드릴까요?」

아벨은 슬픈 표정으로 손을 내젓는다. 「됐다. 커피면 충분해.」

두 사람은 서로를 보고 고개를 끄덕인다. 나는 아벨의 표정에서 아들이 최소한의 애정 표현이라도 해주길 기대하고 있음을 알아챈다. 다정한 말 한마디가 아니라면 짧은 악수나 엷은 미소라도.

그러나 아들은 아버지에게 눈길 한 번 주지 않고 냉정하게 등을 돌려 방을 나가 버린다.

「형제님은 왜 아버지한테 그렇게 노골적으로 거리감을 두죠?」얼마 뒤 우리가 수도원 집회실에 들어섰을 때 내가 묻는다. 지금까지 우리가 들른 모든 공간들처럼 이곳도 소박한 형태에 가구는 거의 없다. 나무 십자가 하나만 회칠도 안 한 돌벽을 외로이 장식하고 있을 뿐, 나머지 벽들은 모두 휑하다.

수도원 시설을 지나 여기까지 오는 짧은 시간 동안 나는 이런 십자가를 벌써 여러 번 보았다. 아마 수도원 문을 세울 때 단체로 주문했을 거라는 생각이 든다. 크리스티안은 내가 그리스도 수난의 상징인 십자가를 유심히 관찰하는 것을 보고는 이렇게 설명한다.

「수도원 안에 목공소가 따로 있습니다. 거기서 십자가를 만들죠. 우린 이걸 팔기도 합니다. 자랑은 아닙니다만 정말 인기가 좋죠. 라틴 아메리카까지 팔려 나가니까요. 이 모델은 소박하면서 아주 저렴합니다. 원할 경우엔 십자가에 미리 축복까지 내려 줍니다.」

「바이에른의 기도가 특히 효험이 좋아서 그런가요?」

「힘든 노정도 마다하지 않고 사제의 축복을 받기 위해 먼 길을 찾아오는 사람들이 많아서 그렇죠.」 크리스티안이 너그럽게 내 말을 수정해 준다.

나는 잠시 생각에 잠긴다. 「흥미롭군요. 혹시 죄악을 미리 사해 주는 것과 관련한 시장도 있을 것 같다고 생각하지 않습니까? 고해실이 너무 멀어서 갈 수 없는 사람들이나, 너무 바빠 도저히 시간을 낼 수 없는 사람들을 위해서 말입니다. 그러니까 지은 죄를 제로로 만들어 주는 작은 공책 같은 것을 파는 겁니다. 그래서 그걸 한 장씩 찢어 버릴 때마다 죄도 하나씩 없어지는 그런……」

「그만하십시오!」 크리스티안이 화가 나서 내 말을 중단시킨다. 「무슨 말인지는 알겠지만 그런 몰상식한 농담을 더는 듣고 싶지 않습니다!」

「그렇다면 아버지가 대체 얼마나 큰 죄를 지었기에 그 멀리서 왔는데도 아들이라는 사람이 다정한 말 한마디 해주지 않는 거죠? 그 이유는 말해 줄 수 있습니까?」

나는 크리스티안의 입꼬리가 신경질적으로 실룩거리는 모습을 보며 속으로 흐뭇한 미소를 짓는다. 이 수도사는 지금 기분이 상한 게 분명하다. 아니, 제대로 화가 나 있다. 내가 노린 게 바로 이거다. 우리의 대화에서도 자기 아버지를 대할 때처럼 그렇게 냉정하게 감정을 통제한다면 내가 여기서 새롭게 알아낼 사실은 없을 것이다. 그렇다면 일부러라도 그의 평정심을 흩뜨려 속내를 끄집어낼 필요가 있다. 그래야 아들과 아버지 사이에 어떤 정서적 고리가 있는지 알게 될 테니까. 나는 생각할 틈을 주지 않고 몰아붙인다.

「부모를 공경하라는 건 십계명에도 나오지 않나요?」 내가 위선적으로 묻는다.

크리스티안의 입꼬리가 점점 심하게 실룩거린다. 이제 나는 그가 언제든 수도사의 본분을 잃고 폭발할 수 있으리라 예상한다.

그런데 놀라운 일이 벌어진다. 크리스티안은 두 눈을 감고 숨을 깊이 두 번 내쉬더니 처음의 평정심으로 되돌아간다.

「박사님께서 자기 환자를 변호하시는 심정은 이해할 수 있습니다.」 그가 태연히 대답한다. 「하지만 제 입장도 이해해 주셨으면 합니다. 접견실에서 우리를 기다리는 그 남자는 자기를 신으로 여기는 사람입니다. 그건 크나큰 죄악일 뿐 아니라……」

「형제님은 꼭 아버지를 남 이야기하듯 하시는군요.」 내가 말을 가로챈다.

크리스티안은 어깨를 으쓱한다. 「그건 사실이기도 합니다. 이제껏 아버지 얼굴을 한 번도 제대로 보지 못했으니까요. 세상을 구한답시고 늘 바쁘게 돌아다닌 사람이 아버지였죠. 그런 점에선 차라리 제 양부가 아버지에 더 가깝습니다. 그렇다고 친부가 그런 상황을 바꾸려고 노력한 기억도 별로 없습니다. 그런데도 박사님은 여기 불쑥 나타나 제가 그 사람한테 뭔가 빚진 것이 있는 것처럼 말하고 있습니다. 어떻게 그런 이상한 생각을 하게 되셨는지 궁금하군요, 야코비 박사님.」

「그건 지극히 당연하지 않을까요?」

크리스티안이 기대에 찬 표정으로 내 설명을 기다린다.

「당신 아버지는 중증 정신 이상자입니다. 그런 아버지를 돌보는 건 당신처럼 독실한 기독교 신자라면 지극히 당연한 일 아닐까요? 혈연관계를 떠나 기독교의 이웃 사랑에서라도 말입니다.」

「자신을 신으로 여기는 사람은 당연히 상담에 대한 저항이 큽니다. 결국 아버지의 병도 남들이 자신을 돌봐 주는 걸 싫어해서 생긴 거죠. 안타까운 일이죠. 어머니와 저는 아버지가 치료를 받게 하려고 여러 번 시도했습니다. 하지만 지금까지는 아무 소용이 없었죠.」

「아벨은 나한테 자발적으로 도움을 청했습니다. 그렇다면 두 모자분의 노력은 결코 헛되지 않았습니다.」

「우리가 아버지와 관계를 끊었기 때문에 그랬겠죠. 몇 개월 전 이야기입니다. 그러니까 아버지는 자신이 바뀌지 않는 한 우리를 영영 볼 수 없을 거라는 걸 알고 있었습니다.」 크리스티안은 벽에 걸린 소박한 나무 십자가를 마치 신비스러운 현대 예술 작품인 것처럼 찬찬히 관찰한다.

침묵.

「혹시 아버지의 이야기에 일리가 있다는 생각은 해본 적이 없습니까?」

크리스티안이 깜짝 놀란 표정으로 나를 빤히 바라본다. 「지금 무슨 말씀하시는 겁니까? 내가 아버지를 정말 신이라고 생각하기라도 했느냐는 겁니까? 아니면?」

나는 어깨를 으쓱한다. 「당신 아버지가 신과 어떤 특별한 관계일 수도 있다는 거죠. 무슨 말이냐 하면, 이 수도원도 신과 특별한 관계에 있던 한 여성분을 기리기 위해 만든 거라고 알고 있습니다. 그렇다면 당신 아버지도 그 여성분과 비슷한 경우일지 모른다는 거죠.」

「진심으로 하는 말입니까? 지금 우리 접견실에 앉아 있는 사람이 성인일 수도 있다고요? 서커스 광대로 일하는 사람이요? 그것도 내 친아버지가요?」

「왜 안 되죠? 당신을 포함해서 여기 수사님들은 약 5백 년 전에 이 지방에서 죽은 사람을 살려 냈다는 그 여성분의 이야기를 철석같이 믿고 있어요. 남들은 믿기 어려운 일을 믿는 데도가 튼 사람들 아닌가요?」

「지금 날 놀리는 겁니까?」

「아뇨. 난 그저 당신 아버지의 정신 상태가 단순한 심리적 원인 이상일 수도 있다는 점을 지적하는 겁니다. 물론 가설일 뿐이지만.」

크리스티안이 나를 찬찬히 살펴본다. 「좋습니다. 그럼 박사님 제안은 뭐죠?」 그가 비아냥거리듯이 묻는다. 「교황 성하께서 직접 보고 판단할 수 있도록 아버지를 로마에라도 보낼까요? 아니, 그럴 것까지 없죠. 필요하면 여기서도 아버지를 성인품으로 올릴 수 있으니까요. 그것도 아니면, 우리가 아버지를 일단 경배하는 것으로 충분하다고 생각하십니까? 어쩌면 다른 방법도……」

「그만하시죠.」 내가 중단시킨다. 「형제님도 쓸데없는 농담을 계속 만들어 나갈 필요 없습니다. 무슨 뜻으로 그러는지는 나도 잘 알고 있으니까요.」

크리스티안의 얼굴이 순식간에 다시 진지해진다. 「박사님께서는 세 번째 가능성을 놓치고 있습니다. 논리적으로 볼 때 아버지는 정신병자도 아니고……」 그가 잠시 말을 멈춘다. 「……성인도 아닌 제3의 인물일 수 있다는 거죠.」

그는 흠칫 놀라는 내 모습을 보고 만족스러워하는 눈치다.

「이 세 번째 가능성은 고려하지 않으셨죠, 야코비 박사님? 아버지는 이 세상 모든 사람과 사물을 철저히 갖고 놀려는 냉소주의자일 수도 있습니다.」

나는 할 말을 잃는다. 실제로 이 가능성은 생각해 보지 못했다. 이 진단은 그리 어려운 게 아니다. 아벨은 자아도취적 인격장애일 수도 있었던 것이다. 지금껏 왜 그 생각을 하지 못했는지 스스로도 이상하다.

크리스티안은 내 생각을 읽은 듯하다. 「아버지는 남을 조종할 수 있는 수상쩍은 재능을 가진 사람입니다. 아버지의 서커스 공연 십팔번은 바로 인생입니다. 여기서는 웃기고 저기서는 속이죠. 그러면 관객들은 박수갈채를 보냅니다. 대개 그렇다는 말입니다. 하지만 아버지는 안타깝게도 현실을 버텨 낼 끈기가 없습니다. 문제가 생기면 해결할 생각을 않고 지금껏 늘 도망치기에 바빴죠.」

크리스티안은 의자에 앉더니 두 손을 모아 무릎 위에 올려놓는다. 입가에 너그러운 미소가 피어오른다. 「아버지가 박사님을 무엇으로 호렸나요? 음료수를 불어나게 하는 기술로요? 눈 깜박할 사이에 속이는 기술로요? 아니면 누군가의 삶에서 절정의 순간을 알아맞히는 예언으로요?」

그는 곤혹스러움으로 일그러지는 내 표정을 놓치지 않는다. 「오, 제가 제대로 짚었나 봅니다. 이거 너무 빠른데요. 그 밖에 다른 능력도 있는데. 예를 들면 남의 생각을 읽는다든지, 환자의 몸에 손을 올려 병을 낫게 한다든지. 혹시 또 이것도 알고 계신가요? 아버지는 마음만 먹으면 세상의 카지노를 모조리 문 닫게 할 수 있다고 합니다. 물론 세상의 문제들을 돈으로 해결하는 것보다 훨씬 중요한 일을 해야 하기 때문에 그런 짓은 하지 않는다고 하죠. 많은 돈으로 세상의 많은 불행을 없앨 수도 있다고 믿는 사람들도 있지만요. 어쨌든 그런 건 곁다리에 불과합니다.」 그가 침묵하면서 말의 여운을 즐긴다. 「저는 아버지에 관한 신문 기사를 찾을 수 있는 건 다 찾아봤습니다. 아마 아버지가 그 이상한 일에 빠지지만 않았다면 제2의 후디니[1]가 될 수도 있었을 겁니다. 원하신다면 그 자료들을 보여 드릴 수도 있습니다. 그걸 보면 아버지가 손 마술의 대가였다는 걸 알게 되실 겁니다. 물론 딱 거기까지이지만요.」

긴 침묵.

「음, 들어 보니……」 내가 적절한 말을 찾는다.

「환상이 확 깬다는 말씀이시죠?」

「뭐 어느 정도는. 난 아벨이 성인이라고는 생각하지 않았습니다. 신은 물론이고요. 하지만 가끔 아벨에게서 특별한 에너지가 나오는 걸 느꼈어요. 드문 사람들에게서만 느낄 수 있는 내적인 빛 같은 거였죠.」 나는 크리스티안이 이 말에 공감하지 않는 것을 알아챈다. 「물론 그건 착각일 수도 있습니다. 우리

---

1 Harry Houdini(1874~1926). 신기에 가까운 탈출 묘기로 세계적인 명성을 떨친 헝가리계 미국인 마술사.

인간은 끊임없이 다른 세계를 암시하는 모종의 신호를 찾으려고 하니까요.」

크리스티안은 이해한다는 듯 고개를 끄덕인다. 「예, 그런 환상이 깨지는 건 달가운 일이 아니죠. 하지만 박사님, 가끔은 그럴 때가 필요합니다. 씁쓸한 일이지만.」

나도 이제 마찬가지로 의자에 앉아 묵묵히 밖을 내다본다. 눈을 뒤집어쓴 떡갈나무 때문에 창문 앞이 어둡다.

복도 돌바닥을 빠르게 걸어가는 누군가의 발소리 때문에 나는 퍼뜩 생각에서 깨어난다. 크리스티안도 의아한 표정으로 열린 문 쪽으로 눈을 돌린다. 한 수사가 수도복을 휘날리며 후다닥 지나간다. 발소리는 점점 멀어지다가 거의 잦아들더니 곧 문을 여닫는 소리가 연이어 들린다. 그리고 얼마 뒤 다시 종종걸음 치는 소리가 서서히 다가온다.

크리스티안은 벌떡 일어나 가슴 앞에 두 손을 모으고는 기다린다. 아까 잰걸음을 치던 수사가 두 번째로 문 앞을 후딱 지나가는 순간 크리스티안의 힘찬 목소리가 낡은 건물 안에서 쩌렁 울려 퍼진다. 「벤야민 수사? 맞죠?」

수사는 갑자기 걸음을 멈추느라 비척거리는 것 같더니 곧 뭔가가 퍽 하고 바닥에 부딪히면서 쨍그랑, 차르르 소리가 연이어 들린다. 마치 돼지 저금통이 박살 날 때 나는 소리 같다.

크리스티안과 나는 무슨 일인가 싶어 얼른 복도로 나간다. 햇병아리 같은 수사가 황급히 동전을 모으고 있는 것이 보인다. 벤야민 수사가 들고 가던 도자기 저금통이 깨지면서 그 안에 든 동전이 사방으로 흩어진 것이다.

「죄송합니다. 너무 급해서.」 햇병아리 수사가 말한다. 「데메트리우스 신부님이 최고 카드를 잡았거든요. 그래서 다들 가진 돈을 모으는 중이에요.」

「최고 카드?」 크리스티안이 아무 억양 없이 반복한다.

「예, 지금 포커를 치고 있어요. 형제님 아버님이랑요. 데메트리우스 신부님과 단둘이서요. 이제 드디어 형제님 아버님을 잡을 기회예요.」

「최고 카드로?」 크리스티안이 반복한다. 그의 입꼬리가 다시 예민하게 실룩거리는 것이 보인다. 「지난여름에 주님의 은혜로 아흔아홉 살을 넘기신 데메트리우스 형제님 말하는 겁니까?」

나는 이 데메트리우스라는 분이 내가 수도원 안내 책자 사진을 보면서 지금은 죽은 사람일 거라고 생각한 그 신부라고 짐작한다.

햇병아리 수사는 열심히 고개를 끄덕인다. 「예세 형제님은 주님께서 이런 방법으로라도 한량없는 은혜를 베푸시어 저희에게 새로운 배달 차를 선물해 주시려나 보다 믿고 계세요.」 벤야민은 말을 하면서도 부지런히 바닥에 흩어진 잔돈을 긁어 모은다. 「형제님, 좀 도와주시면 안 돼요?」

크리스티안은 이 요청을 무시한다. 그의 얼굴은 어느새 추기경 모자 색깔처럼 새빨개졌고, 아랫입술도 진도 8로 파르르 떨린다. 그는 신성한 수도원 내의 도박판을 완전히 박살내 버리려는 듯 결연하게 발을 내민다. 나도 이런 구경거리를 놓칠수 없어 얼른 따라붙는다. 잔돈을 부지런히 줍는 불쌍한 벤야민만 혼자 남겨 두고서.

수도원 부엌에는 진기한 장면이 펼쳐져 있다. 수사들이 긴 테이블의 한쪽 끝을 에워싸고 있고, 아벨과 고령의 데메트리우스 신부는 미동도 없이 마주 앉아 있다. 두 사람은 다섯 장의 카드를 들고 있는데 테이블 위에는 현금이 수북하다. 그 옆에는 맥주와 와인을 비롯해 수도원에서 직접 담근 소주, 브랜디, 위스키, 따지 않은 큰 샴페인 병이 놓여 있다. 구경꾼들은 대부분 담배를 피운다. 그 때문에 부엌은 담배 연기로 자욱하다. 몇 군데 약간만 손보면 카지노 도박판이 따로 없을 듯하다.

「다들 미쳤습니까?」 크리스티안이 벌건 얼굴로 호통을 친다. 「여기가 어디라고 지금 이러시는 겁니까? 〈내 성전은 모든 민족이 내게 기도를 올릴 수 있는 장소가 되어야 한다〉고 쓰여 있지 않습니까?」

「쉿!」 한 늙수그레한 신부가 집게손가락을 입에 댄다. 다른 이들도 도박판에서 눈을 떼지 않고 묵묵히 고개만 끄덕인다. 아벨만 당혹스러운 듯 고개를 들어 분노의 화신 같은 아들을 올려다보더니 한순간 이 노름을 그만두어야 할지 생각하는 눈치다. 그러나 곧 다시 카드로 눈길을 돌린다.

「여러분은 지금 이 성전을 도둑 소굴로 만들고 있어요.」 크리스티안은 그 신부의 제지에도 아랑곳하지 않고 할 말을 한다.

「알았어. 알았으니까 진정 좀 해, 크리스.」 허리가 구부정한 늙은 신부가 말한다. 그는 한 손으로는 지팡이를 짚고 다른 손으로는 브랜디 잔을 든 채 균형을 잡고 서 있다. 「조금만 기다리게. 곧 끝나니까.」

크리스티안은 좌절한 채 의자에 털썩 주저앉으며 기도를 하려고 두 손을 모은다. 그와 동시에 부엌문이 소란스럽게 열리더니 벤야민 형제가 뛰어 들어와 지폐 몇 장을 급히 테이블 위에 올려놓는다. 「300유로예요. 오다가 저금통이 떨어져서 깨졌어요. 잔돈을 다 모으면 200유로는 될 거예요.」

데메트리우스는 지폐를 집어 들고 흔들면서 아벨에게 눈으로 묻는다. 아벨은 고개를 끄덕인다. 「저 형제가 말한 200유로까지 받겠습니다.」

데메트리우스는 테이블 위에 지폐를 올려놓는다. 손이 파르르 떨리는 것이 긴장해서 그런지, 아니면 백 살을 눈앞에 둔 나이라서 그런지는 알 수 없다. 아무튼 데메트리우스가 마침내 입을 연다. 「좋소. 그럼 그쪽부터 패를 까보시오.」

숨 막히는 정적. 아벨이 천천히 테이블 위에 카드를 내려놓는다. 〈킹〉과 〈퀸〉 투 페어다. 꽤 높은 족보다.

데메트리우스도 떨면서 카드를 내린다. 〈7〉 두 장, 〈9〉 한 장, 〈잭〉 한 장이다. 다섯 번째 카드는 〈잭〉에 가려 보이지 않는다. 데메트리우스가 천천히 〈잭〉을 옆으로 밀어 가려진 카드를 내보인다. 〈7〉이다. 그렇다면 〈7 트리플〉!

「오, 주를 찬양하라!」 누군가의 입에서 기쁨의 외침이 터져 나온다.

「하늘과 지상, 이 순간과 영원의 시간 속에 주의 영광 가득하소서. 아멘!」 다른 누군가가 화답한다.

아벨은 인정의 뜻으로 데메트리우스에게 고개를 끄덕인다. 「잘 치시는군요, 신부님.」

노신부는 흡족하게 웃으며 테이블 위의 돈을 벤야민 앞으로 쓱 밀어 놓는다. 「형제, 세어 보게.」 그러고는 스카치 더블을 잔에 따르더니 목구멍 속으로 탁 털어 넣는다.

크리스티안은 방금 일어난 일이 아직도 파악이 안 되는 모양이다. 「데메트리우스 신부님이 이긴 겁니까?」 그가 내게 나 직이 묻는다.

「어림잡아 1만 6천 유로는 땄을 거야.」 아벨이 대신 대답한다. 테이블 주위에 선 사람들이 수군댄다.

「그럼 이제 중고 배달 차도 살 수 있는 거야? 아니지, 목공소 연장도 새로 살 수 있어!」 한 신부가 행복한 표정으로 외친다.

「그뿐인가? 베드로 신부님을 위해 정형외과용 매트리스도 들여놓을 수 있어!」 다른 사람이 맞장구를 친다.

「쓸데없는 소리! 난 그런 매트리스 따위 필요 없어.」 허리가 구부정한 신부가 지팡이를 휘두르며 쉰 목소리로 말하고는 자 기 잔에 브랜디를 더 따른다. 「마을 돌팔이 의사가 뭘 알지도 못하면서 괜한 소리를 지껄인 거야. 내 나이가 어때서? 난 늙 지 않았어!」

크리스티안은 멍하니 좌중을 둘러본다. 이제야 조금씩 사태 가 이해되는 모양이다. 어느 틈엔가 아벨은 주위를 돌아다니 며 우리 모두에게 술잔을 하나씩 쥐여 준다. 그러더니 잔을 들 고 외친다. 「데메트리우스 신부님을 위하여! 이 성전의 진정한 신시내티 도박사[1]를 위하여!」

「우리가 건 돈을 빼면 정확히 1만 6,750유로입니다.」 벤야 민 형제가 의기양양하게 소리친다. 곳곳에서 감격의 탄성이 터 진다. 이어 누군가 샴페인 코르크 마개를 뻥 소리를 내며 딴 다. 벤야민은 두툼한 돈다발을 주먹코 형제에게 건넨다. 주먹 코 형제는 돈다발을 받자마자 옆구리에 끼고 있던 금고 속에

---

1 1965년에 만들어진 미국 도박 영화의 제목. 늙은 프로 도박사와 젊은 도 전자 사이의 대결을 다룬 이야기이다.

냉큼 집어넣는다. 그러고는 금고에 커다란 맹꽁이자물쇠를 채운다.

「왜 그랬죠?」크리스티안이 아버지에게 묻더니 자기 잔을 마시지도 않고 옆으로 밀쳐 놓는다.

아벨은 무슨 소리냐는 듯 순진한 표정을 짓는다.

「내가 뭘 어쨌는데?」

「우리가 재미 삼아 마우마우¹ 카드놀이를 해도 번번이 지는 사람이 데메트리우스 신부님이에요. 그런 사람이 오늘 갑자기…… 포커의 왕이 된다는 게 말이 돼요?」

아벨이 어깨를 으쓱한다. 「글쎄, 신의 뜻은 항상 가늠할 수 없을 만큼 깊으니까.」이 말과 함께 그는 막 좌중에 돌고 있는 브랜디 병을 받으려고 몸을 돌린다. 크리스티안은 내게 수상쩍은 시선을 던진다.

나 역시 어깨를 으쓱한다. 「그 돈이 어디서 났는지 나도 모르죠. 하지만 합법적으로 획득한 거라면 하늘의 선물로 생각해도 무방하지 않겠습니까?」

---

1 2~5명이 하는 카드놀이로 손에 쥔 카드를 빨리 터는 사람이 이긴다.

신 의 증 거

「크리스티안과의 대화가 도움이 좀 됐나?」아벨이 묻는다. 이튿날 아침 우리는 특실 침대칸에서 간단하게 아침을 먹는다.

어제 우리는 아슬아슬하게 기차를 타서는 피곤에 절어 곧장 침대에 쓰러졌다. 새 포커 킹의 등극을 축하하는 수도원 파티에서 너무 많이 마신 대가였다.

그러나 지금은 이른 아침에 개운한 상태로 일어나 아침을 먹고 있다. 기차가 베를린에 도착하려면 아직 반 시간은 남았다.

「우리가 자네 이야기만 하고 있었다면 자네는 무슨 대화가 오갔는지 알고 있어야 하는 것 아닌가? 자네 논리대로 하자면 말이야. 텔레파시에 무슨 구멍이라도 생겼나?」

「내가 자네 생각을 읽는 게 자네에 대한 예의가 아니라고 생각했어.」

「당연히 예의가 아니지. 그런데 그렇게 생각하는 사람이 지금까지 대놓고 그런 짓을 해왔어?」내 대답이 도전적이다.

「그러나저러나 지금은 상관없어. 어쨌든 어제는 포커에 집중하느라 두 사람의 대화를 들을 수 없었어. 나는 모르는 둘만의 비밀 대화였다는 뜻이지.」

「흥미롭군.」 내가 과장된 톤으로 툭 내뱉고는 등을 기댄다.

「뭐가 흥미롭다는 거지?」 아벨이 의심스럽게 묻는다.

「자기한테 꼭 불리할 때만 자네의 능력이 작동하지 않는다는 사실이.」

아벨은 가슴에 팔짱을 끼고는 한동안 나를 유심히 살펴본다.

「크리스티안이 자네한테 뭐라고 했는지 맞춰 볼까?」 그가 도전적으로 나를 노려본다.

나는 양손을 펴서 내 쪽으로 까딱거린다. 「그래, 해봐. 긴장되는걸.」

「좋아. 내 아들의 주장은 이랬겠지. 아버지라는 인간은 사기꾼이다. 아니, 어쩌면 어른이 되길 원치 않는 냉소주의자라고 불렀을 수도 있겠군. 혹은 영원한 광대라고 그랬나? 세상을 놀려 먹는 재미에 빠진 광대라고 말이야.」

그의 얼굴이 〈어때, 내 말이 맞지?〉 하고 묻는다. 내가 고개를 끄덕이자 그는 말을 이어 간다. 「내가 하는 건 모두 구린 마술일 뿐이다. 거기엔 속임수와 기예, 그리고 심리학적인 측면이 조금씩 섞여 있다. 구체적인 건 알 수 없다. 아무튼 겉으로 기적처럼 보이는 그런 행위들은 결코 합리적으로 설명할 수 없는 게 아니다. 요컨대, 그런 몇몇 마술이 내가 신이라는 증거가 되지는 못한다. 그런 증거는 아직 나온 적이 없다. 그것도 20년 넘게. 내가 정말 신이라면 그 정도 증거는 손바닥 뒤집듯 쉽게 내보일 수 있을 텐데 말이다.」

「호, 대단한걸. 누가 들으면 꼭 우리 대화를 엿들은 줄 알겠군.」

「크리스티안은 내가 왜 끊임없이 세상을 놀려 먹는 이상한 취미를 갖게 되었는지도 이야기했겠군.」

「아니. 하지만 그건 굳이 이야기할 필요가 없겠지. 만일 자네가 신이 아니라 정신적 문제를 가진 인간이라면, 자네는 정체성 상실에 대한 공포가 있고, 그래서 자기기만적인 태도를 드러내고 관계 장애를 겪고 있다는 결론에 이를 수 있으니까.」

「오, 그다지 건강하지 못한 인간처럼 들리는군.」 아벨은 아주 재미있다는 듯이 말한다.

「그래, 건강하지 못하지. 그런 증상들은 경계성 인격 장애나 자아도취적 인격 장애와 연결되니까.」

아벨의 얼굴에서 명랑한 기색이 싹 사라진다. 그는 잔을 들어 커피를 한 모금 마시며 생각에 잠긴 표정으로 차창을 지나가는 비현실적으로 아름다운 겨울 풍경을 본다. 「내 아들 말은 믿고 내 말은 믿지 않는다는 뜻이군.」

「신을 믿으려면 많은 것이 필요해. 그것도 자네 같은…….」 나는 그가 죽음과 삶을 관장하는 설득력 있는 지배자가 될 수 없음을 어떻게 부드럽게 납득시킬지 고민한다.

「……나 같은 인간을 신으로 믿으려면?」 아벨이 내가 못다 한 말을 마무리 짓는다.

나는 침묵으로 그의 짐작에 동의를 표한다. 그가 다시 목가적인 겨울 풍경을 내다본다. 난감한 표정이다.

「자네가 신이라는 결정적인 증거를 왜 크리스티안에게 보여 주지 않았지?」 내가 상냥하게 달래는 어조로 묻는다.

그가 나를 뚫어지게 바라본다. 「정말 크리스티안에게 그런 증거를 보여 주지 않은 이유가 궁금한 거야, 아니면 자네가 그런 증거를 보고 싶다는 거야?」

나는 어깨를 으쓱한다.「아무튼 설명되지 않은 의문들이 아주 많다는 거지.」내가 외교적으로 답한다.

「그래? 예를 들면 어떤 것들이지?」

「예를 들어, 자네는 마음만 먹으면 세상의 모든 카지노 돈을 딸 수 있다고 해놓고 왜 그러지 않았지? 그 돈이면 정말 좋은 일들을 많이 할 수 있잖아! 그랬다면 자네의 삐딱한 아들조차 그게 알량한 서커스 마술 따위로는 할 수 없는 일이라는 걸 인정하지 않았을까?」

「어제 난 상당한 액수를 수도원에 잃어 주고 왔어.」

「그것도 카지노에서 딴 돈이야?」

아벨이 고개를 끄덕인다.

「자네한테 그게 그렇게 쉬운 일이라면 왜 좀 더 큰 규모로 하지 않지? 돈이 많으면 바꿀 수 있는 일도 많아.」나는 이런다고 해서 아벨이 돈의 출처를 고백할 거라고는 예상하지 않았지만, 이런 도발은 충분히 시도해 볼 만한 가치가 있다. 최소한 자신의 논거에 허점이 있다는 사실은 인정할지 모르니까.

아벨은 깊은 한숨을 내쉰다.「좋아, 자네 말대로 내가 그렇게 했다고 쳐. 그다음엔 무슨 일이 벌어질까? 기자들이 나를 졸졸 따라다니면서 카지노 돈을 어떻게 그렇게 몽땅 털 수 있는지 묻겠지. 경찰도 당연히 내 대답에 관심이 높을 테고. 그럼 어떻게 해야 할까? 진실을 말해야 할까?」

나는 침묵한다.

「그래, 기왕 말이 나왔으니 끝까지 가보지.」아벨이 말을 이어 간다.「내가 사람들에게 진실을 말했다고 쳐. 실은 내가 신이어서 그 정도 일은 아무것도 아니라고 말이야. 그럼 무슨 일이 벌어질까? 카지노들을 차례로 망하게 한 게 내가 세상의 본원적 지배자라는 사실을 믿게 할 충분한 근거일까? 세계 종교의 지도자들이 내 말을 진실이라고 믿을까? 그래서 나를 공동의 신으로 떠받들까? 아니면 그전에 어떤 종교를 갖고 있든 상관없이 그날부터 모든 인류에게 또 하나의 신이 생겼다고 생각할까?」

「지금으로선 나도 확신이 안 드는군.」

「그건 나와 의견이 같군. 아마 그보다는 이런 일이 벌어질 가능성이 높겠지. 사람들은 나를 깎아내리거나 고소를 하거나, 심지어 나를 죽이려고 할 거야. 대부분의 사람들은 자네나 내 아들처럼 단순한 해결을 믿지 않으니까. 그건 어떤 종교를 갖고 있든 상관없어. 크리스티안의 예에서 알 수 있듯이 말이야. 원한다면 성경을 펴봐. 그 부분에 있어서는 성경 말이 맞아. 인간들에게 신을 보내면 인간들은 신을 십자가에 못 박을 합당한 이유를 찾아낼 거라고 했으니까.」

나는 침묵하다가 얼마 뒤 입을 연다. 「그래도 자네가 신이라는 증거는 한층 더 인상적이고 장엄해야 하지 않을까? 어떤 식이 됐건…… 좀 더 신에 걸맞은 형태로 말이야. 인류에게 자네의 실존을 증명하기 위해서는 카지노 몇 개를 망하게 하는 것으로는 부족하다는 생각이 들어.」

「아, 그래? 그럼 세상을 무엇으로 바꿀 수 있다고 생각해? 자연 재앙?」

나는 어깨를 으쓱한다. 「모르겠어. 뭐, 가능할지도.」

「좋아. 어떤 걸 원해?」 아벨이 비아냥거리듯 묻는다. 「대홍

수? 전염병? 가뭄? 메뚜기 떼의 습격? 아님 일식으로 충분하겠어?」

나는 어이가 없는 표정으로 그를 바라본다. 「모르겠어.」

「명심해, 야콥. 인간들을 올바른 길로 이끌 기적은 결코 쉽지 않아. 예를 들어 남극과 북극의 얼음이 실은 지구 온난화 때문이 아니라 내 지시로 녹는 것이라고 해도 인간들은 그 때문에 신을 믿지는 않아. 아니, 오히려 그 반대지.」

나는 열심히 머리를 굴린다. 「뭔가 예언을 해보는 건 어때?」 내가 제안한다. 「보통 사람들은 도저히 알 수 없는 무언가 세계를 움직이는 사건을 예언하는 거지.」

「보통 사람이란 게 뭐지?」 아벨이 되묻는다. 「세계를 움직이는 사건을 미리 안다면 우선 비밀 정보와 연계된 사람이라는 의심부터 받을 거야. 아닐까? 만일 내가 어떤 작은 나라에서 내전이 일어날 거라고 미리 말했다고 쳐. 그럼 무슨 일이 일어날까? 아주 간단해. 저들은 날 군대 내의 특별 수용소로 끌고 가 그 정보를 내가 어떻게 입수했는지 고문을 통해서라도 알아내려고 할 거야. 거기서 내가 신이라는 해명이 통할 것 같아? 어림없는 소리지.」

「그런 폭발성이 강한 정보를 공개하라는 게 아니라……」 나는 이렇게 말한 뒤 머릿속으로 여러 가능성을 가늠해 본다. 「그래, 자연 재앙을 예언하는 게 나을지 모르겠어.」

아벨이 싱긋 웃는다. 「좋아. 가까운 미래에 로스앤젤레스에서 엄청난 지진이 일어난다고 내가 예언하고, 실제로 그 예언대로 종말론적 규모의 대재앙이 일어났다고 가정해 봐. 지진 해일에다 집중 호우로 인한 홍수까지 겹쳐 도시의 대부분이 바다에 잠길 거야. 그러면 매스컴에서는 마치 할리우드 영화를 찍듯 최고의 특수 장비를 투입해 도시의 수장 모습을 생생하게 카메라에 담으려고 혈안이 되겠지. 그러는 사이에도 할리우드 간판은 서서히 태평양으로 가라앉을 테고.」

「나쁘지 않아.」 나는 인정의 뜻으로 고개를 끄덕인다. 「그 말대로만 된다면 자네가 신이라는 걸 증명할 수 있잖아.」

아벨은 재미있다는 듯 고개를 끄덕인다. 「하지만 그럴 경우 내가 그 재앙을 왜 막지 않았을까 스스로 의문을 가질 수밖에 없어. 충분히 가능한 의문이지. 자신의 존재를 입증하기 위해 수백만 명을 희생시키는 신이 과연 인간에게 필요할까?」

나는 침묵한다. 아픈 곳을 찔린 느낌이다.

아벨이 어깨를 으쓱한다. 「그게 내 문제야. 만일 내가 이 몸에 붙잡혀서 시나브로 힘이 떨어지지만 않는다면 분명 자네를 납득시킬 만한 신의 증거를 보여 줄 수도 있어. 하지만 그런 일은 일어나지 않을 거야. 자네는 내가 이 증거를 제공할 수 있도록 도와주기 전에 먼저 나한테 내 실존의 증거를 요구하기 때문이지.」

「맞아. 고양이가 자기 꼬리를 물려고 빙빙 도는 꼴이지.」 내가 시인한다.

우리는 한동안 침묵한다. 기차 바퀴 굴러가는 소리만 나직이 들린다. 바깥에선 이 소리조차 겨울 풍경에 파묻히는지 지평선에서 아득한 정적이 느껴진다.

「자네 속마음은 어때?」 아벨이 묻는다.

나는 어깨를 으쓱한다. 「어떤 때는 이랬다가 어떤 때는 저랬다가 갈팡질팡해. 그래서 직감에 귀를 기울이기보다는 그냥 사실에 매달릴 거야.」

「내가 두려워한 것도 그거야.」 아벨은 마지막 남은 커피를 마신다. 「혹시 여기서…… 그만두고 싶나?」

그의 기습적인 제안에 나는 움찔한다.

「난 자네가 그래도 충분히 이해할 수 있어. 신도 수십 년 동안 어쩌지 못한 문제를 인간이 어떻게 며칠 새에 풀 수 있겠어?」

「내일까지 시간을 줘. 솔직히 말해 자네를 어떻게 도와야 할지 전혀 감조차 안 잡혀.」

「오케이.」 아벨이 말한다. 「차분히 생각해 보고 다시 만나자고. 자네가 이쯤에서 그만둔다고 해서 문제 될 건 없어. 전 인류의 행복과 우주의 미래가 자네하고 무슨 상관이겠어?」

「그렇다면 잘됐네.」

집에 도착하자 불쾌한 일이 기다리고 있다. 누군가 내 집 현관문 앞에 잡동사니를 잔뜩 갖다 놓은 것이다. 이 물건들은 포장으로 덮여 있는데, 포장 위엔 눈이 잔뜩 쌓여 있다. 꼭 눈사태가 현관문을 살짝 터치한 느낌이다. 나는 이게 불법으로 버린 쓰레기가 아닐지 불안해진다. 그럴 경우 내가 직접 치워야 하는 성가신 일이 생기기 때문이다.

열쇠가 꽉 끼어 돌아가지 않는다. 순간 나는 불같이 화가 치민다. 그러나 침착하자고 스스로를 달랜다. 흥분해 봤자 좋을 건 없다. 혹시 잘못해서 열쇠가 부러지기라도 하면 그때는 정말 낭패다. 어쩌면 잠금장치가 단순히 얼어서 그런지 모른다. 아니, 그럴 가능성이 높다고 생각한다. 그런데 눈에 슬쩍 들어

온 것은 정반대다. 난 당혹스러운 표정으로 뭔가 이상한 점을 목격한다. 잠금장치가 새 걸로 바뀐 것이다. 좀 더 자세히 살펴보아도 내 열쇠와 같은 회사 제품이 아니다.

혹시 집을 잘못 찾았나? 나는 집이 맞는지 확인하려고 뒤로 물러선다. 순간 조금 전까지 쓰레기 더미라고 여기던 물건에 눈이 이르고, 동시에 불길한 예감이 전신을 휘감는다. 나는 포장 일부의 눈을 털어 내고 조심스럽게 들춰 본다. 이제 예감이 확신으로 변한다. 포장 아래 있는 것은 조촐한 내 가재도구다. 서류와 책, 옷, 그림 몇 점과 작은 비품을 담은 이사용 박스 몇 개가 전부다. 나는 엘렌과 헤어지면서 갖고 나온 것이 많지 않다. 특히 가구는 실패한 결혼 생활이 떠오를까 봐 갖고 나오기 더욱 싫었다. 가구가 비치된 아파트를 빌린 것도 그 때문이다. 물론 지금 돌아가는 꼬락서니를 보건대 내 임대차 계약도 이미 끝난 듯하다. 현관문의 잠금장치가 새것으로 교체되었다면 더 이상 말해 뭣하겠는가! 내가 없는 사이 엘렌이 새 걸로 바꾼 게 분명하다. 이런 식으로 통보도 없이 임대차 계약을 해지하다니, 역시 엘렌답다. 이제 내 사무실도 잠금장치가 바뀌었는지 확인해 봐야 하지만, 그런 짓은 그만하고 싶다. 엘렌은 뭐든 한번 시작하면 끝장을 보는 성격이다. 사무실 설비도 어차피 그녀의 보증하에 리스 회사에서 빌린 것들이기에 신발털이조차 이제 내 물건이 아니다.

하늘하늘 눈이 내리기 시작한다.

나는 엘렌의 음성 사서함에 대고 분노의 화살을 날릴 수도 있고, 아니면 한겨울에, 그것도 크리스마스를 코앞에 두고 이렇게 길바닥으로 쫓겨난 내 처지를 하소연할 수도 있다. 그러

나 두 반응 다 마뜩지 않다. 내가 돈뿐 아니라 섹스 제안까지
받아들이지 않음으로써 그녀에게 상처를 줬듯이 그녀도 이렇
게 나를 내쫓음으로써 똑같은 상처를 줬다고 확신할 것이기
때문이다. 그렇다면 그런 내용의 메시지를 남기는 것은 그녀
의 복수가 통쾌하게 성공했다는 것에 대한 완벽한 증거만 될
뿐이다.

엘렌에게 그런 쾌감까지 안겨 주고 싶지는 않다. 나는 엘렌
의 음성 사서함이 시작되자 짐짓 쾌활하고 상냥하게 말한다.
「하이, 엘렌. 나 야콥이야. 내 물건을 밖에 내놓은 거 방금 봤
어. 힘들었을 텐데 고마워. 어차피 버리려고 한 것들이야. 서류
쪼가리랑 당신의 연애편지, 그리고 우리 결혼사진들뿐이거든.
그런 잡다한 것들은 모두 쓰레기통에 버려도 돼. 참, 치우는
비용이 들거나 내가 직접 치워야 하면 얘기해. 어쨌든 고마워!
잘 지내고! 곧 다시 볼 수 있길!」

나는 말을 끝내고 깊은 숨을 들이마시며 맑고 차가운 겨울
공기를 만끽한다. 그런 다음 콜택시를 부르고 포장을 들추어
당장 필요한 것들을 찾는다. 신발주머니와 속옷 트렁크, 옷을
담은 가방을 발견한다. 나는 그것들을 결연하게 챙겨 든다. 됐
어, 이 정도면.

나머지 잡동사니는 엘렌이 정말 불태워 버려도 상관없다.
입을 옷도 충분하고, 거기다 아벨이 영수증도 요구하지 않고
준 1,500유로도 수중에 있다. 이 정도면 충분하다. 더 나쁜 조
건에서 새 삶을 시작하는 사람들도 많다.

시내까지 들어가는 데는 근 한 시간이 걸렸다. 왜 동생이 꼭
중심가에서만 살려고 하는지 알다가도 모를 일이다. 그곳엔

나무가 별로 없는 대신 곳곳에 우글거리는 관광객들을 상대하는 카페와 상점만 빼곡하다. 그 때문에 거리는 시끄럽고 분주하다. 단지 어디에 산다는 것만 과시하려고 이 모든 걸 감수해야 할까?

무슨 놈의 초인종 명판(名板)이 전몰자 기념비만 하다. 명판 중앙에는 카메라 눈이 달려 있는데, 거주자가 그 뒤에 숨어 자신의 성채에 누가 들어와도 되는지 결정한다.

「어, 형이 여긴 어쩐 일이야?」 요나스의 목소리가 약간 떨떠름하다. 그는 바빠 보이기까지 한다.

「네 집에서 좀 지낼 수 있을까?」

카메라의 눈이 고민하는 눈치다.

「다른 선택이 있었으면 이렇게 찾아오지도 않았어. 게다가 지금 밖은 영하 6도야. 눈까지 내리고.」

윙 소리와 함께 문이 열린다.

현관홀이 그랜드 호텔 로비 같다. 엘리베이터까지 가는 데도 두툼한 붉은 카펫을 밟고 지나가야 한다. 이 건물의 집들도 현관만큼이나 널찍널찍하다. 동생은 전체가 하나의 공간으로 이루어진 고급 아파트를 빌렸다. 물론 크기는 테니스장만 하다. 침실도 따로 있고 욕실도 두 개나 있다. 물론 운동장 같은 거실에 비하면 가소로울 정도로 작지만. 원래 요나스는 이 집을 사려고 했다. 하지만 복합 단지로 개발할 계획이 세워지기도 전에 러시아군과 미군이 이 부동산들을 모조리 쓸어 담은 상태였다.

요나스는 집을 간소하게 꾸며 놓고 사는 걸 좋아한다. 그래서 장식품이라고는 그림 한 점이 전부다. 팝 아트 양식의 매머드 그림인데, 실제 매머드 크기에 맞추어 그리지 않았을까 싶을 정도로 크다. 하지만 그런 매머드도 하릴없이 창문 맞은편의 거대한 벽만 채우는 별 보람 없는 임무를 맡고 있다.

벽난로 앞에는 소박한 연회색 소파가 있고, 그 옆 작은 테이블 위에는 성공한 싱글들을 위한 전문 잡지들이 놓여 있다. 주로 아름다운 여인과 근사한 자동차, 요트, 크로노그래프 시계, 빨래판 복근에 관한 잡지들이다. 벽난로에서 식사 공간까지는 중간에 가다가 갑자기 날씨가 바뀌어도 이상할 게 없을 정도로 멀다. 개방형으로 설계된 부엌 앞에는 하얗게 칠한 눈부신 식탁과 그에 어울리는 의자들이 놓여 있는데, 거기 앉아 식사를 하면 없던 화기애애함도 솟아날 듯하다. 그러나 이 좋은 물건들도 아직 제대로 그 가치를 발휘한 날이 없다. 요나스는 이 집을 리모델링 직후에 넘겨받았는데 그 후 주로 밖에서 식사를 하거나 배달 음식을 시켜 먹은 탓에 최고의 기능을 갖춘 이 멋진 부엌을 사용할 일이 없었기 때문이다. 사용하는 것이라고는 와인 병을 넣어두는 칸과 냉장고뿐이다. 이렇게 좋은 설비를 썩히는 걸 보면 왈칵 눈물이 날 만큼 부엌일에 열심인 주부를 나는 몇 명 안다. 매주 요나스 집에 찾아와 청소를 해주는 우크라이나 아줌마도 부엌에서 먼지 나부랭이나 닦으면서 매번 그런 감정에 휩싸이지 않을까 싶다. 아마 그런 사람들에게 이렇게 좋은 부엌을 쓰지 않고 방치하는 것은 죄악일 것이다.

「곧 갈게!」 요나스가 소리친다. 「마실 거나 필요한 거 있으면 챙겨 먹어.」

「괜찮아. 시간 많으니까 천천히 해!」 나도 같이 소리쳐 준다.

나는 매머드 발밑에 짐을 내려 둔다. 문득 소파 옆에 약간 숨겨 놓은 듯한 기분이 드는 트렁크 두 개와 여행 가방 몇 개가 눈에 들어온다. 트렁크 위에 비행기 티켓이 놓여 있어 슬쩍 집어 보니 프라하에서 아바나로 가는 6시 20분 편도 비행기다. 그때 요나스가 나타난다.

「미안, 사라지기 전에 처리할 게 몇 가지 있어서.」

「쿠바는 왜? 게다가 어째서 내일 새벽에 떠나?」 내가 어이가 없다는 듯 묻는다.

그는 내 손에서 비행기 표를 빼앗더니 말없이 접어서 콤비 상의 주머니에 넣는다.

「하필 크리스마스이브에 쿠바로 가는 이유가 뭐야?」 내 목소리에 질책이 묻어난다. 「엄마는 어쩌고?」

「안 그래도 형한테 전화하려고 했어. 미안하지만 이번에는 형 혼자 엄마 좀 챙겨 줘.」

「뭔 일인데 그래? 하루도 더 못 기다리고 떠나야 할 만큼 급한 일이야? 게다가 플로리다로 간다고 했잖아.」

요나스가 괴로운 표정을 짓는다. 「나도 그러려고 했는데…… 사고를 쳤어.」

「오잉! 누가 네 목을 노리기라도 해?」 내가 슬쩍 비아냥거린다. 「독일 연방 범죄국에서? CIA에서? 아님 인터폴에서?」

「더 나빠. 여자 문제야. 정확히 말해서 회사 대표이사의 와이프야.」

「그 여자랑 바람 피웠구나.」

「지금은 아니고 예전에. 그런데 이제 와서 자기가 결혼 생활 내내 속아서 살았다며……」

「여자도 지금 남편을 속이고 있으니까 어차피 피장파장 아닌가?」 내가 반박한다.

「아무튼 그렇다고 해서 나하고 같이 도망치자는 게 말이나 돼?」 요나스가 격분해서 소리친다.

그는 놀란 내 얼굴을 보더니 확인의 뜻으로 고개를 끄덕인다. 「그래, 맞아. 그 여자는 나랑 같이 미국으로 가고 싶어 해.」

「그러기 싫어서 이렇게 쿠바로 줄행랑을 치는 거야? 너무…… 유치하다는 생각 안 들어?」

「맞아. 하지만 얼마나 질긴 여자인지 알아? 정말 쇠심줄 같은 여자라니까! 게다가 난 어차피 며칠 후에 떠나려고 했어. 그 여자도 아마 자기 뜻대로 해주지 못하는 나를 이해할 거야.」

「물론 그럴 수도 있겠지. 하지만 아무리 생각해도 이건 좀 비겁한 것 같다.」

그때 고상하면서도 감미로운 초인종 소리가 울린다.

「내가 콜택시를 불렀어.」 요나스가 말한다. 「어떡할 거야? 엄마를 돌봐 줄 거지?」

「가구들은 어떡할 건데?」

「여기 그냥 둬. 필요한 게 있으면 형이 가지고, 나머지는 버려야지. 이런 고물을 배로 옮기느니 차라리 바다 건너에서 새로 사는 게 더 싸게 먹혀.」 요나스가 열쇠 뭉치를 꺼내 내게 건넨다. 「차는 지하 주차장에 있어. 이번 달 말에 리스 계약이 끝나니까 그때 반납해. 집세는 1월 말까지 지불해 놓았어. 부엌에 가면 와인이 몇 병 남아 있을 거야. 마시고 싶으면 마셔.」

다시 초인종이 울린다. 요나스는 급히 현관으로 달려간다.

「예, 알았어요. 곧 내려갑니다!」 요나스가 인터폰에 대고 소리친다.

나는 난데없이 기습을 당한 느낌이다. 머잖아 동생과 이별하게 되리라는 건 이미 알고 있었지만 이런 식이 될지는 몰랐다.

요나스가 고급 포장지로 싼 작은 선물 꾸러미를 건넨다. 「엄마한테 전해 줄래? 크리스마스 선물이야.」

나는 고개를 끄덕이며 선물을 받는다.

「내가 언제, 어디서, 어디로 출발했는지는 절대 아무한테도 얘기하지 말아 줘. 사랑에 미친 그 여자가 또 무슨 짓을 할지 몰라.」

나는 고개를 끄덕인다. 「아무한테도 얘기 안 할게. 대신 부엌에 있는 와인 내가 마셔도 되지?」

요나스가 싱긋 웃는다. 「고마워, 형.」

우리는 잠시 껴안는다. 거의 스칠 듯 말 듯. 야코비 집안에서는 남자들끼리 악수 이상의 육체적 접촉을 하는 건 남자답지 못한 일로 여긴다.

「언제 다시 만날 수 있을까?」

「일이 다 정리되면 형이 나 있는 데로 와.」 요나스가 낙관적으로 대답한다. 만나긴 만나겠지만 그게 언제가 될지는 누가 알겠느냐는 뜻으로 들린다.

「그렇게 하자.」 나는 마치 우리가 방금 굳은 약속을 한 것처럼 말한다.

요나스는 얼른 짐을 챙겨 들고는 몇 초 후 엘리베이터 안으로 사라진다.

나는 어슬렁어슬렁 발걸음을 옮겨 내 임시 거처로 들어선다. 느닷없이 커다란 아파트와 스포츠카, 거기다 와인 몇 병까지 생겼다. 두 시간 전만 해도 노숙자나 다름없던 신세를 감안하면 결코 나쁘지 않다.

신 의 기 적

나는 자기 절제를 명분으로 저녁까지 기다렸다가 와인을 마시기로 한다. 다행히 겨울에는 일찍 어두워진다.

내 예상으로 요나스는 그저 그런 와인을 남겨 놓았을 것 같다. 아마 버리기는 아깝고 자기는 마시기 싫어서 쉽게 남에게 쥐버리는 그런 와인일 가능성이 크다. 물론 지금 나는 언감생심 그런 걸 따질 처지가 아니기에 그나마 나은 품질을 기대하고 동생이 남긴 와인들에 유혹의 눈빛을 날린다. 그런데 와인을 확인하는 순간 입이 다물어지지 않는다. 내 추측이 완벽하게 빗나간 것이다. 선반에는 최고급 보르도 와인 여섯 병이 기품 있게 누워 목을 따주길 얌전히 기다리고 있다. 와인을 보는 내 눈이 정확하다면 비싸게 주고 구입하지 않은 와인은 하나도 없어 보인다. 나는 싱글벙글거리며 포므롤 와인을 냉큼 집어 들고는 찬장을 뒤져 곧 레드 와인 잔과 아직 가격표가 붙어 있는 고급 디캔터를 찾아낸다. 동생은 정말 허영기가 장난이 아닌 녀석이다. 나는 와인 향기를 맡으며 우아하게 거실을 거닐다가 우연히 벽난로 옆 장식장 속에서 위아래로 움직이는 평면 TV를 발견한다.

나는 와인을 음미하며 텔레비전 채널을 이리저리 돌린다. 포므롤 와인 맛이 정말 기가 막힌다. 텔레비전에서는 성탄절 관련 프로그램에서부터 화려한 가요 프로그램, 지구촌 소식, 크리스마스 캐럴, 교통 상황, 기독교 영화, 빙판길 경고, 어린이 방송, 임박한 성탄절에 관한 여러 조언들까지 다양한 내용이 방영되고 있다. 아직도 성탄절에 어떤 요리를 할지, 무엇을 선물할지, 무슨 노래를 부를지 결정하지 못한 사람들에게는 도움이 될 듯하다. 그런데 텔레비전을 10분 정도 보고 나자 벌써 약간 몽롱하다. 포므롤을 두 모금밖에 안 마셨는데 말이다. 문득 인간은 언제 만족해야 할지 모른다던 아벨의 말이 생각난다. 일리가 있는 말이다. 아무리 이해하려고 해도 온갖 채널에서 쏟아져 나오는 번다하고 과장된 잡소리들은 다른 식으로는 설명이 되지 않기 때문이다.

휴대폰이 울린다. 나는 무시하고 싶지만 벨은 금방 다시 울릴 것이다. 누군가 내 음성 사서함에다 말을 했다는 신호다. 이걸 받지 않으면 또 울릴 것이다. 음성 사서함의 메시지를 상기시키기 위해서다. 1분 뒤에도 같은 이유로 또다시 울릴 것이다. 이걸 견디는 건 정말 죽을 맛이다. 그렇다면 차라리 전화를 받는 게 나아, 야코비!

「뭐 하고 있었나?」 아벨이다.

「특별히 하고 있는 건 없었어. 왜?」

「내 심리 치료에 대해 고민해 본다고 하지 않았나? 그래서 혹시 나한테 궁금한 게 있나 해서. 난 지금 영화관에 갈 참인데, 영화에 집중하다 보면 세상에서 무슨 일이 벌어지는지 안 들리거든.」

「무슨 영화인데?」

「코미디.」아벨이 밝게 대답한다. 「영화에서는 인생의 수수께끼가 다 해결되잖아. 이거 누가 한 말인지 알아?」

「모르겠는데.」

「〈그랜드 캐니언〉의 스티브 마틴이 한 말이야.」

「그래서? 자네는 인생의 모든 수수께끼를 풀었나?」

그가 웃는다. 「아무튼. 내가 지금 자네한테 도움이 될 만한 일이 없을까?」

「없어. 그냥 영화나 보러 가. 재미있게 봐.」

「고마워.」

나는 와인 잔을 들고 한 모금 마신다. 그러면서 이런 와인이야말로 더 높은 존재를 믿게 하는 데 도움이 될 수 있을 거라고 생각한다. 하지만 동시에 온몸이 파김치처럼 처지는 것을 느낀다. 나는 와인을 도로 내려놓고는 숨을 깊이 들이쉬며 앉은 채로 꾸벅꾸벅 존다.

고상하면서도 감미로운 초인종 소리에 나는 퍼뜩 깊은 잠에서 깨어난다. 밖은 벌써 칠흑처럼 어둡다. 그렇다면 몇 시간 동안 내리 잔 게 분명하다. 거실 바닥 테두리에 푸르스름한 조명이 들어와 있다. 어두워지면 자동으로 켜지는 모양인데, 이 집 거주자가 밤중에 거실에서 길을 잃는 것을 막아 주기 위해서인 듯하다. 아무튼 희미한 조명 때문에 꼭 UFO에 들어온 기분이다.

다시 초인종이 울린다. 나는 휴대폰을 꺼내 든다. 한 시 반이다. 이 시각에 대체 누구일까? 나는 아직 잠이 완전히 깬 상

태가 아니어서 이게 요나스의 애인일 거라는 판단이 서기까지
는 얼마간의 시간이 걸린다. 낮에 요나스는 자기 애인을 가리
켜 충분히 자신을 뒤쫓을 여자라고 했다. 심지어 쇠심줄처럼
질긴 여자라는 표현도 썼다. 지금이 몇 시인지 눈으로 확인하
고 나자 이제야 나도 요나스의 말이 거짓이 아닐 거라는 예감
이 든다.

세 번째로 초인종이 울린다. 나는 가만히 있기로 작정한다.
집 안은 조용하다. 불도 켜지 않는다. 이대로 얌전히 있으면
요나스 애인도 언젠가 결국 포기하고 떠날 것이다.

정적. 문득 그녀가 어떻게 생겼는지 궁금해진다. 동생은 크
고 날씬한 여자를 좋아한다. 아니, 모델처럼 극단적으로 마른
여자에게 사족을 못 쓴다. 옆에 서면 보통 체격의 남자라도 로
도스의 거대 동상처럼 보이게 하는 그런 여자 말이다. 그렇다
면 대표이사의 와이프라는 여자도 요나스의 그런 여성 취향에
맞을까?

다시 한 번 초인종이 울린다. 이번에는 짧게 울리다 만다. 모
욕감을 이기지 못한 여자가 서서히 포기하고 있다는 신호로
볼 수도 있다. 문득 나는 마음만 먹으면 인터폰에 달린 카메라
로 그녀의 얼굴을 몰래 확인할 수 있지 않을까 생각한다. 하지
만 위험을 무릅쓰고 꼭 그래야 할까?

결국 호기심이 승리를 거둔다. 나는 살금살금 거실을 지나
건물 입구를 보여 주는 화면을 켠다. 그런데…… 아무도 없다.
건물 앞에는 아무도 없는 야밤의 인도만 보인다. 나는 인터폰
기계 장치를 요모조모 살펴보다가 선택할 수 있는 카메라가
여러 개 있음을 확인한다. 그중 특히 눈에 띈 것은 지금 현관

문 앞의 상황을 보여 주는 카메라다. 요나스의 애인이 혹시 벌써 건물 안으로 들어온 건 아닐까? 이 한밤중에 그게 가능할까? 어쨌든 나는 불안한 마음으로 해당 버튼을 누른다.

순간 내 몸이 굳어 버린다. 화면 속에서는 40대 중반의 여자 얼굴이 금방이라도 폭력을 쓸 것 같은 사나운 표정을 지으며 노려보고 있다. 여자가 막 팔을 움직이는 게 보이더니 곧이어 다시 초인종이 울린다. 나는 움찔한다. 문 앞의 여자는 요나스가 지금껏 만나 온 마른 모델 같은 여자들과는 거리가 멀어도 한참 멀다. 차라리 동유럽의 투포환 선수 같다고 할까? 요나스 옆에 서면 그녀가 로도스의 거대 동상처럼 보일 것 같다. 동생이 이런 거구를 피해 몰래 줄행랑을 놓은 것도 이해가 간다. 나라도 그렇게 했을 것 같다. 아무튼 지금은 그녀가 갈 때까지 쥐 죽은 듯이 가만히 있는 게 상책이다.

나는 화면에서 눈을 떼지 않는다. 문 앞의 여자도 카메라를 뚫어지게 바라본다. 마치 우리가 곧 만나게 될 거라고 말하는 듯하다. 느낌으론 영원과 같은 시간이 흐른 뒤 마침내 그녀가 육중한 어깨를 축 늘어뜨리더니 등을 돌린다. 내 입에서 저절로 안도의 한숨이 새어 나온다. 그때였다. 그녀가 뚝 멈추더니 다시 한 번 몸을 홱 돌린다. 눈빛이 화면을 뚫을 기세다. 마치 화면을 그대로 통과해 나를 쏘아보고 있다고 할까! 그녀의 눈빛은 이렇게 말하는 듯하다. 그 안에 있는 거 다 알아. 난 그걸 느낄 수 있어. 네 숨소리까지 느껴진다고!

갑자기 그녀의 눈빛이 결연해진다. 이어 그녀는 몸을 돌려 카메라의 시야에서 사라진다. 내가 다시 안도의 한숨을 내쉬려는 찰나, 바깥 복도에서 유령 같은 검은 그림자들이 휙 지나가는 것이 보인다. 바로 다음 순간 나무가 우지직 부서지는 소리가 나더니 현관문이 덜컹 열리면서 그 충격으로 나는 옷걸이 벽에 쾅 부딪힌다. 옷걸이에는 내 외투 하나만 달랑 걸려 있어서 충격을 완화시켜 주기엔 턱없이 부족하다. 코에서 뜨거운 피가 왈칵 쏟아진다. 이놈의 코는 도무지 성할 때가 없다. 그사이 검은 복면에다 중무장을 한 경찰 특공대가 쏟아져 들어오더니 재빨리 집을 수색하기 시작한다.

이윽고 내가 요나스의 애인이라고 잘못 판단한 여자가 모습을 드러낸다. 그녀는 박살 난 현관으로 태연히 걸어 들어와 마찬가지로 박살 난 내 얼굴을 보고는 무전기를 빼 든다. 「상황 끝. 표적 체포했다. 목숨은 붙어 있는 것 같지만 코에 이상이 있는 듯. 의사를 올려 보내도록. 이상.」

순간 집 안에서 따따따 기관총 소리가 들린다. 특공대 대원 한 명이 나타나 여자의 발밑에 내 여행 가방과 옷가지 자루를 툭 던져 놓는다.

「집은 벌써 깨끗합니다.」 그는 이렇게 말하더니 내게 몸을 돌린다. 「미안하게 됐습니다. 내 부하 하나가 곧 아빠가 되는 바람에 신경이 좀 날카로워져서 매머드를 오인 사격했습니다.」

나는 괜찮다는 뜻으로 고개를 끄덕인다.

여자가 내 짐을 가리킨다. 「어디 먼 데로 떠나려고 했나 보죠?」 여자는 가소롭다는 듯이 묻더니 신분증을 꺼내 공중으로 치켜든다. 「유타 크롤 특수 수사과 과장입니다. 이 사건 책임자죠.」 그녀는 다시 주머니에 손을 넣더니 서류를 한 장 꺼내 내게 보여 주고는 신발장 위에 내려놓는다. 「수색 영장입니다. 우리가 찾는 건 현금과 서류입니다. 협조해 주시겠습니까?」

나는 살며시 고개를 흔든다. 지금 코피 때문에 질식해 죽을 것 같은 사람한테 협조가 말이 되겠냐는 뜻을 품은 도리질이다.

「나도 그럴 상황이 아닌 것으로 판단되긴 하지만……」크롤 반장이 대답한다. 「……어찌 됐든 우리와 동행해 주셔야 합니다.」 그녀가 또 다른 서류 한 장을 주머니에서 꺼내 읽는다. 「요나스 야코비 당신을 공문서 위조, 배임, 사기, 주가 조작, 회계 위조, 승인 받지 않은 상거래를 위해 은행 내부 정보망에 불법 침투한 혐의로 체포합니다.」

나는 크게 웃을 수밖에 없다. 그러나 곧 눈앞이 캄캄해지면서 정신을 잃는다.

깨어나 보니 구급차 안이다. 지난번 코 수술 때 나를 황천길로 보낼 뻔한 그 하마 같은 의사도 보인다. 내 기억이 정확하다면 닥터 케셀스다.

「몇 시나 됐습니까?」 내가 묻는다.

「두 시 반쯤 됐소. 잠깐 기절했는데, 지금은 좀 어때요?」

「괜찮아요.」 나는 코가 아직 제자리에 붙어 있는지 만져 보려고 한다. 의사가 지혈 솜으로 콧구멍을 막아둔 것이 느껴진다.

「보기보다 더 나쁜 것 같아요. 이번에는 전과 달리 코에 물리적 충격이 가해지지는 않았어요. 내 짐작으로는, 순간적인 공포 같은 심리적 충격 때문에 미세 혈관이 몇 개 터지면서 출혈이 발생한 것 같소. 그래도 진통제를 먹겠소?」

「당신이 내 걸 벌써 다 먹은 건 아니고요?」

그가 웃음을 터뜨리며 고개를 흔든다. 「이번에는 아니오. 지금은 암페타민이 주머니에 있거든요. 일반 진통제보다는 나은 약이죠. 아무튼 먹겠소? 원하는 만큼 줄 수 있는데.」

「아뇨, 됐습니다. 근데 지금 우리 어디로 가는 겁니까?」

「경찰청으로요. 특수 수사과 과장이 당신한테 급한 볼일이 있대요.」

내 얼굴이 불쾌하게 찡그려진다.

「대체 무슨 짓을 했기에 그래요?」 그가 묻는다.

「아무 짓도 안 했어요.」 나는 확신에 찬 목소리로 대답한다.

그가 웃는다. 「처음엔 누구나 그러죠. 아무튼 그런 입장이라면 이 세 문장을 잘 기억해 두쇼. 기억이 안 난다. 모르는 일이다. 말하고 싶지 않다.」

「좋은 말이네요. 명심하도록 하죠.」

「그렇다고 너무 버티진 마쇼.」 그가 충고한다. 「크롤이라는 여자, 생긴 것만 프로레슬러 같은 게 아니라 수틀리면 웬만한 남자는 그냥 매트에 꽂아 버린다고 합디다.」

취조실에 물건은 거의 없다. 책상 하나와 의자 둘, 그리고 구석의 양치식물 화분이 전부다. 벽에는 베를린 지도가 붙어 있고, 그 옆엔 엄청나게 큰 벽시계가 걸려 있다. 초침 소리가 어찌나 큰지 방 안의 정적을 토막토막 잘게 써는 것 같은 느낌이다. 기다리는 사람의 기를 꺾게 하려고 일부러 이런 시계를 걸어둔 게 분명하다. 그러나 사람을 잘못 봤다. 나는 이런 소리 따위에 주눅이 들 사람이 아니다. 어릴 때 우리 집에도 이런 시계들이 많았기 때문이다. 아버지는 알코올 중독자였지만 늘 정확하게 시간에 맞춰 술을 마셨다.

한 젊은 경찰이 커피와 물을 갖다 준다. 나는 콧구멍에 솜을 꽂은 채 앉아 있다. 문득 지금 내 꼴이 「라이온 킹」에 나오는 멧돼지 품바와 비슷할 거라는 생각이 든다. 그때 문이 활짝 열리면서 크롤 과장이 들어온다. 이 여자를 동물에 비유하면 뭐가 될까? 예티[1]? 아니면 「스타워즈」의 추바카?

크롤이 내 여권을 책상 위에 툭 던지고는 내 앞에 우뚝 선다. 「당신은 요나스 야코비가 아니라 요나스의 형 야콥이군요.」

「사람 보는 눈이 대단하신걸요. 여기 경찰서에 와서야 내 정체를 알아내는 걸 보니.」 내가 싱긋 웃는다.

「그 입 닥치지 못하겠어요!」 그녀가 사납게 소리치더니 의자에 털썩 주저앉는다. 의자도 그녀의 무게가 벅찬지 끄응 신음 소리를 낸다. 「그래, 그 웃음이 얼마나 가나 봅시다. 얼굴에서 웃음이 확 달아나게 해줄 테니까.」

그러나 두 시간 뒤에도 내 얼굴에서는 웃음기가 사라지지 않았다. 그사이 난 동생이 30억 유로에 이르는 천문학적인 돈을 투기로 날린 것을 알게 되었다. 그로써 동생은 이제 이 탐욕스러운 카지노 자본주의 체제에서 1급 범죄자가 되었다. 하지만 4~6년가량 감방에서 썩고 나면 책과 영화, 강연으로 상당한 돈을 벌 기회가 생길 수도 있다. 심지어 요나스가 오늘 이 추바카 과장의 손아귀에서 벗어난다면 감방에 가지 않고도 돈을 벌 수 있을 것이다. 쿠바는 대개 범죄인을 인도하지 않기 때문이다. 그래서 만일 요나스가 그 많은 투기금에서 최소한 수십만 유로라도 미리 빼돌려 놓을 만큼 영리하게 행동했다면 카리브 해에서 느긋하게 새 인생을 시작할 수 있을 것이다. 그래, 내가 그 기회를 주마. 이 형의 마지막 선물이다. 나는 동생

---

1 아직 정체가 밝혀지지 않은 히말라야의 수수께끼 동물. 키 1.5~2미터에 온몸이 긴 털로 덮여 있고, 윗머리가 솟아 있다고 한다. 흔히 〈설인(雪人)〉이라고 부른다.

이 도망칠 수 있도록 최선을 다하겠다고 마음먹는다. 사실 내 입장에서는 지금껏 늘 가짜로 살아온 모범생 동생보다는 지금 같은 사기꾼 동생이 더 반가운지 모른다.

지난 두 시간 동안 크롤 과장에게도 성과가 없지는 않았다. 그녀는 손끝으로 관자놀이를 주무르면서 계속 커피를 가져오게 한다.

「좀 누워야 할 것 같은데요.」 내가 말한다. 「피곤해 보여요.」

그녀는 동작을 멈추더니 나를 경멸스럽게 노려본다. 「당신 동생은 아직 유럽을 떠나지 못했어. 난 알아. 오랜 경험에서 오는 직감이지. 그리고 동생이 어떤 비행기를 예약했는지 당신 입으로 얘기할 거라는 것도 알아요.」

「동생이 비행기를 타고 갈 거라고 누가 그럽디까?」 내가 되묻는다.

「아님?」 크롤의 눈이 먹이를 노리는 짐승처럼 번뜩인다.

나는 너그러운 미소를 짓는다. 「난 지금 당신들을 생각해서 여기 이렇게 앉아 있는 겁니다.」 나는 짐짓 엄한 표정을 짓는다. 「당신이 계속 이렇게 무례하게 굴면 진술을 거부할 수도 있어요. 법적으로 그럴 권리가 있으니까. 게다가 이건 내 동생 일이지, 내 일이 아닙니다.」

크롤이 앞으로 몸을 내민다. 「당신이 정말 여기서 빠져나갈 수 있다고 믿어? 웃기는 소리 말아요. 난 당신을 공범으로 집어 처넣을 수도 있어!」

그때 노크 소리가 들린다. 사복을 입은 중년 남자가 문틈으로 빠끔 고개를 내민다. 「과장님, 잠시 저 좀 봐요. 새로운 게 나왔어요.」

크롤은 잠깐 생각하더니 말한다. 「그냥 여기서 해. 야코비 박사한테는 숨길 것도 없으니까.」

남자가 들어온다. 예감이 좋지 않다.

「비밀번호를 풀어 요나스 야코비의 컴퓨터에 들어갔는데, 오늘 밤 기차를 예약하려고 했습니다. 예약이 중간에 중단되었지만.」

「흥미로운데.」 크롤이 말한다. 「행선지가 어디지?」

「파리요. 샤를 드골 공항.」

크롤이 나를 유심히 뜯어본다. 「당신이 가진 정보랑 일치하나요, 야코비 박사?」

나는 본능적으로 시계를 본다. 다섯 시 직전이다. 요나스의 비행기가 이륙하려면 아직 한 시간 반이 남았다. 그렇다면 경찰이 파리에서 동생을 찾게 내버려 두는 것도 나쁘지 않아 보인다. 크롤은 내 시선을 유심히 살피더니 내 반응에 만족을 표한다.

「세 시간 안에 출발해서 해외로 떠나는 모든 항공편을 샅샅이 뒤져.」 그녀는 이렇게 지시를 내리고는 남은 커피를 마저 마신 뒤 잽싸게 동료와 함께 밖으로 사라진다.

피곤한데도 나도 모르게 입가에 싱긋 미소가 피어오른다. 요나스 이 대단한 녀석! 도망칠 시간을 벌려고 이렇게 치밀하게 거짓 정보를 흘리다니! 영특한 녀석 같으니. 사실 일급 사기꾼이라면 이 정도 노림수를 충분히 예상했어야 하지만 그래도 감동은 감동이다. 다만 이 속임수가 경찰을 얼마나 따돌릴 수 있을지는 미지수다.

안타깝게도 경찰이 파리에서 허비한 시간은 30분이 채 되지 않는다. 크롤 과장이 들어와 다시 내 맞은편에 앉는다. 부하들이 파리의 승객 명단을 다 뒤졌지만 요나스는 나오지 않았다. 심지어 수배 사진과 꼼꼼히 대조해 가며 CCTV 영상까지 확인했지만 요나스는 지난 열두 시간 동안 샤를 드골 공항에 들어서지 않은 것으로 밝혀졌다.

이제야 크롤도 요나스의 잔꾀에 넘어간 것을 깨달은 모양이다. 물론 그 과정에서 수확이 없지는 않다. 왼쪽으로 움직일 것처럼 위장하는 사람은 결국 오른쪽으로 움직일 것이기 때문이다. 그래서 크롤은 요나스가 자신들을 파리로 유인했다면 실제론 정반대 방향으로 도주할 거라고 추리한다. 그렇다면 이제 표적은 동유럽 공항이다. 베를린에서 보자면 동유럽 쪽으로 큰 공항은 그리 많지 않다. 다만 요나스가 좀 더 작은 공항으로 움직였는지, 아니면 위조 여권을 갖고 여행하는지는 의문이다.

세세한 부분은 차치하고, 크롤이 이렇게 진실에 가깝게 추리해 내는 것을 보면서 나는 창자가 오그라드는 기분을 느낀다.

그때 노크 소리가 들리더니 문이 열린다. 들어오는 사람을 보는 순간 나는 그대로 몸이 얼어 버린다. 아벨 바우만이다. 비싸 보이는 양복을 말쑥하게 차려입고 외교관용 검은 가방까지 들고 있다.

「누구시죠?」 크롤이 금방이라도 아벨을 몰아낼 것처럼 험악하게 묻는다. 「여긴 무슨 일로 오신 거죠?」

아벨은 우아한 콤비 상의 가슴주머니에서 명함을 꺼내 크롤에게 건넨다. 「내 법률 의뢰인과 단둘이 얘기하고 싶습니다.」

크롤은 명함을 받더니 무덤덤하게 고개를 끄덕인다. 그러고는 방을 나가면서 이렇게 말한다. 「10분입니다. 지금 상황이 얼마나 심각한지 설명 좀 해주세요.」

문이 닫히자마자 아벨은 입에 집게손가락을 대며 내게 가만히 앉아 있으라고 손짓한다. 그러고는 쪽지를 꺼내 책상 위로 밀어 놓는다. 거기엔 이렇게 적혀 있다. 〈경찰도 듣고 있어. 그러니까 지금부터 조심해서 말해!〉

내가 쪽지를 읽는 동안 아벨은 일부러 태연하게 말한다. 「고생이 많죠? 아무튼 이렇게라도 보게 돼서 반갑군요. 이제 우리밖에 없으니 안심하고 얘기하세요.」

나는 고개를 끄덕이며 대답한다. 「바쁘실 텐데 이렇게 와주셔서 고맙습니다. 저 사람들은 벌써 두 시간째 지겹도록 캐묻고 있어요. 대체 나한테 뭘 원하는지 모르겠어요. 사실 이건 내 동생 문제지, 내 문제가 아니지 않습니까?」

아벨은 흡족한 듯 고개를 끄덕이고는 잘하고 있다는 뜻으로 한쪽 눈을 깜박인다. 「물론이죠. 하지만 경찰에선 동생이 어디로 도망쳤는지 당신이 알고 있다고 생각합니다.」

「그건 나도 압니다. 하지만 말하기 싫은 것까지 꼭 말해야 합니까?」

「아뇨, 꼭 그럴 필요는 없습니다. 다만 말하게 되면 당신도 이런 성가신 일을 더는 겪지 않을 뿐 아니라 당신 동생분도 감형을 받을 사유가 생깁니다. 물론 입을 다무는 것도 당신의 당연한 권리죠. 그래도 혹시 말할 마음이 있으면 사전에 내가 저 사람들과……」

「아니, 그럴 필요 없습니다. 난 요나스를 밀고하고 싶지 않아요.」 나는 아벨의 말을 끊고 시계를 쳐다본다. 5시 45분이

169

다. 경찰이 30분만 더 허비하면 요나스는 도망친 것이나 다름 없다.

「그 마음 나도 이해합니다.」아벨이 답한다. 「그렇다면 지금부터라도 진술을 거부하세요. 그 후엔 내가 최대한 빨리 당신을 여기서 빼내려고 애써 볼 테니까요.」그가 일어선다.

「잠깐만요! 그럴 경우 내가 법률적으로 어떤 처벌을 받죠?」나는 이렇게 물으며 아벨의 쪽지에다 재빨리 다음과 같이 긁적인다. 〈30분을 더 끌어야 돼.〉

아벨은 쪽지를 들고 고개를 끄덕이더니 조심스럽게 외교관용 가방에 쪽지를 넣는다. 「그건 나도 정확히 말씀드릴 수는 없습니다. 이 사건엔 정치적인 측면도 있어서…… 아무튼 당신 때문에 이 작전이 망칠 경우 크롤 과장이 당신한테 화가 아주 많이 날 건 분명합니다. 최악의 경우엔 당신을 공범으로 엮어 넣으려고 할 수도 있겠죠. 내 짐작이지만요.」

「그 사람도 그렇게 얘기했어요.」

「경찰들은 항상 그렇게 얘기하죠. 하지만 항상 그 사람들 말대로 되는 건 아닙니다.」

나는 시계를 본다. 아벨도 내 시선을 따라간다.

「당신이 원하면 일단 내가 경찰과 협상을 해보겠습니다.」그는 의미심장한 눈으로 이렇게 덧붙인다. 「15분이 걸릴 수도 있고, 어쩌면 그보다 더 걸릴 수도 있습니다.」

나는 고개를 끄덕인다. 「그러세요. 물어보는 거야 돈 드는 것도 아니니까.」

그러나 아쉽게도 아벨이 크롤 과장에게서 내가 요나스의 행방을 불기만 하면 법적 처벌 없이 나갈 수 있다는 확답을 받고 돌아온 것은 채 10분이 되지 않았다.

6시 직전에 나는 일부러 잔뜩 인상을 구기며 동생을 배신하는 척한다. 「요나스가 파리로 가려고 한 건 맞아요. 하지만 거기서 비행기를 타려고 했던 건 아니에요. 파리에서 기차를 타고 마르세유로 가서 배편으로 북아프리카로 건너가려고 했어요.」

크롤의 신경이 바짝 곤두선다. 「북아프리카는 아주 넓어요. 정확히 어디로 간다고 했어요?」

「그건 몰라요. 다만 느낌상…… 특별히 어디를 정해 놓고 가는 것 같지는 않았어요.」

「그렇다면 어딘가에서 몰래 배에 올라 현금으로 뱃삯을 지불할 수도 있다는 건가요?」 크롤이 바늘로 콕 찌르듯이 묻는다. 「그런 식으로 하면 승객 명단에서 발견되지 않을 테니까.」

「내가 그걸 어떻게 압니까? 하지만 뭐, 그것도 가능하겠네요.」

크롤이 마치 나를 뚫어 버릴 듯이 노려본다. 「만일 당신이 지금 허튼수작을 부리는 거라면 반드시 당신을 감옥에서 몇 년 썩게 할 테니 명심해요.」

나는 포커페이스를 유지한다.

「동생이 언제 떠난다고 했어요?」 크롤이 묻는다.

「오늘 아침인 것 같은데……..」

크롤은 더 이상 나를 쥐어짜도 영양가 있는 정보를 얻어 낼 수 없다고 판단하고 즉시 몸을 돌려 지시를 내린다. 「오늘 아침 마르세유에서 북아프리카로 떠나는 배를 하나도 빠지지 말고 다 수색해!」

「그건 불가능한 일입니다.」 크롤의 부하 하나가 문이 닫히기 전에 한 말이다.

아벨은 나를 향해 눈에 띌락 말락 하게 고개를 끄덕인다. 잘했다는 인정의 끄덕거림이다. 「커피를 한 잔 더 갖다 달라고 해야겠소.」그가 쾌활하게 말한다.

10분 뒤 우리는 느긋하게 앉아, 크롤이 마르세유에서 요나스를 발견하지 못했지만 나를 풀어 줄 수밖에 없는 상황이 오기를 기다린다. 내가 거짓말을 했다는 걸 증명할 길이 없기 때문이다. 이제 동생이 경찰의 추격권에서 벗어나기까지 7분밖에 남지 않았다.

그때 갑자기 문이 쾅 열린다. 크롤과 남자 하나가 귀에 휴대폰을 댄 채 취조실 안으로 급히 뛰어 들어온다. 깜짝 놀라 나는 커피를 쏟는다.

「찾아냈어! 프라하였어. 위조 여권을 사용하고 있는 것도 알아냈어.」크롤이 흥분해서 소리친다. 「오늘 아침 프라하 공항의 CCTV 영상에 당신 동생이 잡혔어. 하지만 승객 명단에는 없었어. 당신 동생이 어떤 가명을 쓰고 있어?」

이건 정말 나도 모르는 일이기에 그냥 어깨만 으쓱한다.

「어떤 비행기를 타는지는 알 거 아냐?」

크롤은 당황한 내 얼굴을 보더니 재차 다그친다. 「어떤 비행기냐고?」

그녀는 책상 위로 몸을 숙이더니 아벨의 가방을 옆으로 툭 밀친다. 그 바람에 옆으로 떨어지려던 가방을 여전히 침착함을 유지하고 있던 아벨이 받는다. 그런데 가방이 닫혀져 있지 않아서 볼펜 두 자루와 쪽지 한 장이 바닥으로 떨어진다. 아벨이 얼른 줍기 전에 잠시 그 쪽지의 내용이 보인다. 내가 아까 아벨에게 써준 글이다. 〈30분을 더 끌어야 돼.〉

크롤은 이 쪽지를 내려다보더니 다시 내게로 눈을 돌린다. 득의만만하면서도 증오로 불타는 시선이다. 나는 침을 꿀꺽 삼킨다. 크롤은 시계와 아벨을 차례로 바라보더니 눈을 감고 열심히 시간을 계산하기 시작한다.

「10분 안에 출발하는 비행기야!」 크롤의 말을 들은 동료가 재빨리 휴대폰에다 대고 뭐라고 말한다.

「프라하의 동료 말로는 지금 이륙 활주로에 대기 중인 비행기가 두 대랍니다. 하나는 멕시코, 하나는 쿠바로 가는데, 시간은 6시 20분, 그러니까 3분 후 출발이랍니다.」

「둘 다 세우라고 해.」 크롤은 이렇게 지시를 내리고는 내 눈을 꼿꼿이 바라본다. 지금 내 얼굴에 짙게 밴 괴로운 패배의 그림자를 그녀가 눈치챘는지 어떤지는 알 수 없다. 아, 2분만, 아니 3분만 더 끌었더라면. 이 망할 놈의 3분!

크롤의 동료가 귀에서 휴대폰을 떼더니 말한다. 「프라하 동료의 말로는 운만 믿고 두 대를 다 세울 수는 없답니다. 둘 중 하나를 분명히 말해 달랍니다. 안 그러면 둘 다 이륙 허가가 곧 떨어질 거라네요.」

나는 속에서 희망의 싹이 움트는 것을 느낀다. 크롤은 여전히 내 눈을 꼿꼿이 응시하고 있다. 「멕시코야, 쿠바야? 어서 대!」 그녀가 협박하듯이 호통친다.

나는 격려하듯 고개를 끄덕이는 아벨을 쳐다본다. 그가 나를 믿고 있다는 사실에 새삼 힘이 솟는다. 그러나 오금이 저리는 것은 어쩔 수 없다.

「멕시코야, 쿠바야?」 크롤이 재차 윽박지른다.

〈자네의 직감에 귀를 기울여.〉 갑작스러운 이 말에 나는 아벨을 쳐다본다. 그가 정말 이 말을 했는지는 모르겠다. 그의 입술이 움직이는 것을 보지 못했으니까. 하지만 귀에 생생하게 들린 것은 사실이다.

나는 크롤 과장의 시선을 맞받아치며 지금 그녀의 마음속 움직임을 알아내려고 애쓴다. 직감에 의존해야 해! 내면의 감각이 말하는 소리에 귀를 기울여야 해! 몇 분 같은 몇 초가 지나간다. 그러다 불현듯 그녀의 얼굴에서 이 단어가 읽혀진다. 〈거짓말.〉 순간 나는 이제 뭐라고 대답해야 할지 깨닫는다.

「쿠바.」 내가 확고한 목소리로 답한다.

「그럴 수도 있지.」 크롤은 싱긋 웃으며 고개를 끄덕이더니, 막 휴대폰으로 〈쿠바〉라고 말하려는 동료 직원을 거칠게 손을 흔들어 막는다.

「멕시코야!」 그녀가 말한다. 「멕시코로 가는 비행기라고!」

직원은 당혹스러운 표정으로 크롤 과장을 바라본다. 「방금 저 사람 말로는……」

「어서 멕시코행 비행기를 세우라고 해!」 그녀가 사납게 직원의 말을 끊는다. 「내 직감이 맞아. 내 말대로 해. 쿠바로 가는 비행기는 출발시켜도 된다고 해.」

크롤은 내게 눈길 한 번 주지 않고 고개를 빳빳이 치켜든 채 취조실을 나간다. 휴대폰을 든 직원은 고개를 절레절레 흔들며 따라 나가면서 프라하의 동료에게 지시 사항을 전달한다.

아벨의 얼굴에 만족스러운 웃음이 번진다.

몇 분 뒤, 우리는 이 방에서 곧 분노의 화산이 폭발할 것을 각오하고 있다. 아니나 다를까 문이 홱 열리면서 크롤 과장이 방금 마라톤을 완주한 사람 같은 표정으로 들어온다. 「반드시 복수하고 말겠어. 반드시 당신을 감옥에 처넣을 거야.」크롤이 벌겋게 달아오른 얼굴로 이를 갈면서 내뱉은 말이다.「당신의 사기꾼 동생은 벌써 토꼈어. 당신 도움으로 말이야. 축하해!」

「내 의뢰인을 무슨 혐의로 감옥에 넣겠다는 거죠?」아벨이 차분하게 묻는다.「당신한테 진실을 말한 죄로요? 여기 증인도 여럿 있습니다. 내가 당신이라면 그런 이야기는 떠들고 다니지 않겠습니다.」

크롤이 분을 참지 못하고 씩씩거린다. 이제 자신의 패배를 인정하지 않을 수 없다. 그녀는 증오에 찬 시선을 한 번 더 날리고는 등을 돌려 나간다.

한순간 침묵이 흐른 뒤 내 입에서 안도의 한숨이 길게 터져 나온다.

「괜찮나?」아벨이 걱정스레 묻는다.

「진심으로 고맙네. 여러 가지로.」나는 지쳤지만 행복한 목소리로 말한다.「우리도 이만 꺼져 주는 게 좋지 않을까?」

「아마 그 전에 몇 가지 진술을 더 해야 할 거야.」아벨이 대답한다.

신 의 길

도시는 겨울의 손아귀에 꽉 쥐여 있다. 거리의 차들은 기어 다니고, 빙판길로 변한 보도에서는 두꺼운 옷으로 몸을 꽁꽁 싸맨 사람들이 조심조심 서로를 피해 다닌다. 만일 크리스마스가 코앞이 아니었다면 을씨년스러운 12월의 그저 그렇고 그런 어느 아침이었을 것이다. 여하튼 오늘 저녁 각자의 가정에서 사랑의 축제가 벌어질 거라는 생각이 아주 잠깐이라도 이 세상에 온기를 불어넣는 듯하다. 물론 크리스마스트리 주위에서 껴안고 키스만 하는 것이 아니라 서로 다투고 심지어 주먹질을 하는 일도 일어나겠지만 말이다. 어쨌든 중요한 건 오늘 저녁에 사랑의 축제가 벌어질 거라는 〈생각〉이다. 아마 이 생각이 크리스마스의 비밀일지 모른다.

이번에는 아벨이 내 생각을 정말로 읽은 것 같다. 「오늘 저녁에 특별히 갈 데가 없으면 나한테 연락해. 내 집이 자네 집이나 마찬가지니까.」

「고맙지만 어머니와 함께 지내야 해. 요나스가 오늘 집에 오지 않은 걸 엄마한테 납득시키려면 진땀 좀 빼야 할 거야.」

「그럼 거짓말을 해.」아벨이 조언한다.

「어차피 그럴 생각이야. 설마 내가 어머니의 사랑을 독차지한 아들이 국제적으로 쫓기는 범죄자라고 일러바치기라도 하겠어?」

「아무튼 방금 말했듯이 혹시라도 마음이 바뀌면…….」

「알았어. 고마워. 오늘 있었던 일도.」

아벨은 고개를 끄덕이고 손까지 흔들더니 인파 속으로 사라진다.

나는 어머니 집으로 가기 전에 요나스 집에 들러 내 짐을 가져오는 게 어떨지 고민한다. 지금 가지 않으면 나중에라도 시내에 나가야 할 것이다. 그런데 그것도 그리 나쁠 것 같지 않다. 그 틈에 어머니도 혼자만의 시간을 가질 수 있을 테니까.

어머니 집 앞에 서자 속에서 뜨거운 무언가가 치밀더니 갑자기 목이 멘다. 목가적인 풍경의 눈 덮인 집을 보는 순간 아무 걱정 없이 뛰놀던 어린 시절이 주마등처럼 떠오른다. 썰매, 눈싸움, 그리고 우리 가족과 몇 년 간 함께 지낸 〈네포묵〉이라는 이름의 세인트 버나드. 이 개는 어머니의 줄담배 때문에 폐에 이상이 생겨 죽었는데, 어머니는 그 후로 담배를 끊었다. 어쨌든 우리는 그 개 덕분에 몇 년은 담배 연기 없는 집에서 지낼 수 있었다.

위층 창문이 열린다.

「집을 제대로 찾았는지 고민하는 거니? 아님 내 선물을 까먹은 거니?」어머니가 소리친다. 「어서 들어와라. 남들이 보면 꼭 이 어미가 크리스마스이브에 아들을 문밖으로 내쫓은 줄 알겠다.」

내가 뭐라 대답도 하기 전에 창문이 도로 닫힌다.

「그래, 잘 왔다.」 내가 집에 들어가자 어머니는 내 볼에 살짝 입을 맞춘다.

내 시선이 현관 복도에 놓인 트렁크로 향한다. 「저게 뭐예요?」

「트렁크지 뭐니.」

「그건 나도 알아요. 뭐 하려고 내놓았냐고요?」

어머니가 악동 같은 미소를 짓는다. 「요나스를 놀래 주려고. 조금 이따 플로리다로 갈 거야.」

「엥? 그…… 그…… 그건…….」 나는 너무 놀라 말을 더듬는다.

「요나스가 어제 기차역에서 전화했더라. 은행에서 크리스마스 파티가 열리는데, 상사가 요나스도 참석해서 직원들에게 인사를 했으면 하더라고. 그런데 네 동생 목소리가 어쩐지 슬프게 들렸어. 그래서 어젯밤에 한참을 고민하다가 내가 그냥 그리로 날아가 크리스마스를 함께 지내다 오려고.」

「하지만…… 거긴 너무 멀어요.」 내가 어쩔 줄 몰라 하며 대답한다.

「아냐. 시차 덕분에 여섯 시간이 공으로 생기잖니. 요나스가 오후에 은행 파티에 참석하는 동안 나는 개가 좋아하는 음식을 만들어 놓고 기다릴 생각이다.」

「나는 어쩌고요?」 내가 힐난하듯이 묻는다. 어머니의 계획을 막을 만한 합리적 논거가 떠오르지 않아 일단 이렇게 투정이라도 부려 어머니를 막아 보려 했던 것이다. 물론 이런 도덕적 압박이 어머니에게 통할지는 미지수지만.

「그럼 같이 가자. 어제 인터넷으로 보니까 아직 자리는 많은 것 같더라. 원하면 지금 바로 확인해 볼 수도 있어.」

나는 황당한 시선으로 어머니를 바라본다. 이젠 어떻게 해야 할까?

「비행기 삯이 너무 비싸다면 내가 크리스마스 선물로 사주마.」 어머니는 너그러운 웃음을 짓는다. 「특별한 상황에는 특별한 조처가 필요하니까.」

나는 층계참에 털썩 주저앉는다.

「왜 그래?」 어머니가 언짢게 묻는다. 「이 어미가 외국에서 혼자 크리스마스를 보내는 동생만 챙겨 주는 게 속상해? 아니면 비행기 삯조차 스스로 해결하지 못하고 어미한테 손을 벌리는 게 자존심 상해?」

「요나스는 플로리다에 없어요.」 내가 간신히 뱉어 낸다.

「무슨 소리! 네 동생이 어제 분명히 그렇게 얘기했다.」 어머니는 반짝반짝 광이 나는 안내 책자를 주머니에서 꺼내 내게 보여 준다. 마이애미 호화 아파트의 잠재적 구매 고객들을 위해 제작한 팸플릿인 듯하다. 「봐! 난 요나스가 어디 사는지도 알아.」

「엄마, 요나스는 플로리다에 없어요. 직장 일로 좀…… 문제가 있는데, 엄마가 걱정할까 봐 말을 안 했을 거예요.」

어머니는 조금도 동요하는 눈치가 아니다. 아니, 오히려 약간 화를 낸다. 「야콥, 또 그런 헛소리니?」

「헛소리가 아니라니까요. 괜히 힘들게 열 시간이나 비행기타고 갔다가 요나스를 만나지도 못하고 돌아오는 걸 막아 드리려고 그러는 거예요!」

어머니는 내 말에 전혀 아랑곳하지 않고 외투를 집더니 재미

있다는 듯이 대꾸한다. 「야콥 너는 어릴 때부터 동생을 괴롭히는 일이라면 항상 이상한 이야기들을 잘 꾸며 냈지. 기억나니? 네가 요나스를 하루 종일 지하실에 가두어 뒀던 거? 우린 요나스가 집을 나간 줄 알았어. 그래서 경찰에 신고를 하려고 하자 그제야 네가 겁을 먹고 모든 걸 털어놓았지.」

나는 즉시 요나스가 나한테 써먹은 것과 똑같은 방식으로 어머니를 속여 넘기기로 마음먹는다. 내용은 이렇다. 요나스는 직장 일이 마음에 안 들어 계속 고민하다가 마침내 미국에서 새 출발을 하기로 결심했다. 금융 쪽 일에 스트레스가 너무 많이 쌓여 정반대의 조용한 삶이 그리웠다는 것이다.

특별한 상황에는 특별한 조처가 필요하다는 것은 조금 전 어머니가 당신 입으로 직접 한 말이다. 그렇다면 내가 회한에 찬 표정으로 꾸며 낸 이 거짓말도 결코 나쁘게만 받아들여질 수는 없다.

차분하게 이야기를 듣던 어머니는 잠시 생각에 잠긴 듯하다가 재빨리 이런 결론을 내린다. 「어쨌든 요나스는 마이애미에 있는 거네.」

「그럴 수도 있고 아닐 수도 있어요.」 내가 즉흥적으로 대답한다. 「요나스는 조용히 미래를 생각해 보고 싶다고 했어요. 그래서 캠핑카를 빌려 플로리다 키스 제도를 여행할 거라고 했어요.」

어머니는 딱하다는 듯이 나를 바라본다.

「하필 이 크리스마스이브에?」 어머니가 의심스럽게 묻는다.

「맞아요. 하필 이 크리스마스이브에!」 나는 확인의 뜻으로 고개를 끄덕인다.

어머니는 손에 들고 있던 외투를 내게 내민다. 뒤에서 입혀 달라는 뜻이다.

「네가 왜 이런 허황한 이야기를 하는지 모르겠구나. 요나스 말을 들으니, 넌 지금 무일푼으로 길바닥에 나앉게 돼서 동생 집에 얹혀 산다면서? 그럼 그런 동생한테 고마워해야지, 없는 이야기를 꾸며 내면 되겠니?」

그러니까 국제적 중범죄자인 동생이 노숙자가 될 뻔한 형을 구해 주었다고 어머니한테 당당히 자랑을 늘어놓았다는 말이다. 자기가 어떤 짓을 했는지는 생각지 못하는 참으로 뻔뻔한 녀석이다.

초인종이 울린다.

「택시가 왔나 보다.」 어머니는 목도리와 숄을 챙겨 든다.

「가지 마세요, 엄마.」 내가 애원한다. 「솔직하게 다 얘기할게요. 요나스는 은행에서 몇 가지 사소한 회계 실수를 저질렀어요. 그 때문에 경찰 수사까지 받아야 할지 몰라요. 그래서 자기 무죄를 증명하려고 크리스마스 휴가 기간에도 쉬지 않고 일할 거예요.」

「그럼 더욱더 내 도움이 필요하겠네.」 어머니는 이 이야기조차 새빨간 거짓말이라고 단단히 믿고 있는 듯하다. 내 이야기에 혹여 일말의 진실이라도 담겨 있지 않을까, 단 1초도 고민하는 눈치가 아니다.

다시 초인종이 울린다. 어머니가 문을 연다. 택시 운전사가 짐을 들어 주러 올라온다. 어머니는 「곧 내려갈게요」 하는 말로 운전사를 먼저 나가게 하더니 문을 닫는다. 그런 다음에도 문손잡이에서 쉽게 손을 떼지 못한다.

「야콥, 난 네가 나와 함께 갈 거라고는 기대하지 않았다. 넌 가족한테 도움받는 걸 항상 극도로 꺼렸어. 내가 보기에, 넌 감정적 의존에 대한 막연한 두려움이 있는 것 같다. 내 말이 틀린 것 같니? 난 네 엄마일 뿐 아니라 명색이 지난 세기에 이름을 날린 심리학자와 40년 가까이 산 사람이다.」

나는 어머니가 숨을 돌리려고 잠시 말을 중단한 틈을 이용해 마지막 진실의 화살을 날린다. 「엄마, 제발 내 말 좀 믿어요! 요나스는 지금 진짜 곤경에 처해 있어요. 무조건 숨어 있어야 한다고요! 그래서 마이애미에도 없어요.」

어머니는 내 이야기를 들으려 하지 않는다. 「그럼 어쩌겠니? 그것도 받아들여야지. 우리 셋이 함께 크리스마스를 보낼 수 있으면 좋으련만 너도 알다시피 세상일이라는 게 어디 뜻대로 되디?」

「요나스가 은행 돈을 빼돌렸다고요! 그것도 엄청나게 큰돈을요!」

어머니는 내게 집 열쇠를 건넨다. 「침대 시트는 새 걸로 갈아 놓았다. 냉장고에도 먹을 걸 터질 정도로 채워 놓았다. 요나스한테 전화 받기 전에 사다 놓은 것들이다. 원하면 몇 사람 불러서 같이 먹어도 돼. 아마 그래도 충분할 게다.」

「요나스는 이제 독일로 돌아올 수 없어요. 도착하는 즉시 감옥에 들어가 몇 년은 고생해야 해요!」 내가 결연하게 내뱉는다.

어머니는 내 뺨에 입을 맞춘다. 「메리 크리스마스, 아들아. 그리고 집 안 곳곳에 불 좀 켜 두지 말고.」

마침내 어머니는 문을 열고 대기 중인 택시 쪽으로 천천히 걸어간다. 도중에 잠시 나를 돌아보며 다시 손을 흔든다. 나도 자동으로 손을 흔들면서 떠나가는 택시를 바라본다. 택시가 시야에서 사라지고도 한참이 지난 뒤에야 나는 손을 내린다. 온몸이 마비된 느낌이다. 단순히 추위 때문에 그런 것 같지는 않다. 어머니가 못 떠나도록 좀 더 강하게 말렸어야 했을까?

나는 오슬오슬 떨며 집 안으로 들어가 문고리를 채운다. 그와 동시에 이제 이 일을 순리에 맡기기로 마음먹는다. 어쩌면 어머니는 이런 식으로 요나스가 평소 당신이 생각하던 그런 아들이 아니라는 사실을 깨달을지 모른다. 하지만 어머니는 강한 사람이다. 아들의 진실을 알았다고 해서 오랫동안 괴로워할 사람이 아니다. 아마 오늘 밤엔 마이애미의 한 작은 호텔 방에 앉아 슬픔을 삭일 것이다. 아니, 그보다는 오히려 근처의 특급 호텔에 짐을 풀고 칵테일 몇 잔으로 좌절의 아픔을 씻어낸 뒤 비싼 음식으로 잔뜩 배를 채우고 마사지나 네일 아트를 받으며 스스로를 위로할 가능성이 훨씬 더 컸다.

나는 짐을 찾으러 요나스의 집으로 가기 전에 냉장고를 열어 본다. 아벨을 초대해도 될 만큼 정말 음식이 넉넉한지 확인할 요량이다. 아까 아벨이 한 말을 내가 제대로 알아들었다면 그는 오늘 저녁 별 계획이 없는 듯하다. 그렇다면 오늘 아벨이 변호사로 위장해서 나를 도와준 일에 보답할 좋은 기회다.

냉장고 문을 열자 송로 버섯 소시지 하나가 데구루루 굴러 떨어진다. 냉장고 안은 정말 미어터질 정도의 음식으로 가득 차 있다. 이번만큼은 예외적으로 어머니의 말이 과장이 아니었다. 이 정도면 고급 레스토랑 하나는 너끈히 열 수 있을 듯하다. 굴과 캐비아를 비롯해 갑각류, 다양한 구이용 고기, 가금류, 고기 파이, 신선한 샐러드 몇 가지, 게다가 저녁 식사를 깔끔하게 마무리해 줄 비싼 치즈까지 한가득이다. 이대로 꺼내 놓기만 해도 최고급 뷔페 한 상이 차려질 듯하다. 몇 년 전부터 어머니는 직접 요리를 하지 않았지만 크리스마스 때만 되면 한사코 단골 상점에서 공급받은 고급 재료로 손수 상을 차리려고 했다. 왜 그러는지는 요나스도 나도 지금껏 모른다. 평소에는 지인들을 집으로 불러 카드를 칠 때도 아르바이트 여대생을 고용해 간단한 다과나 간식을 준비시키는 사람이 어머니였기 때문이다.

냉장고 옆 낮은 찬장 위에는 여러 종류의 빵과 값비싼 와인이 준비되어 있다. 이 정도면 아벨을 불러도 충분하다. 나는 짐을 찾은 뒤 곧장 아벨을 방문하기로 마음먹는다.

요나스의 집은 경찰에 의해 봉쇄되어 있다. 나는 한순간 경찰이 설치해 놓은 출입 금지 띠를 뚫고 지나갈지 망설인다. 벌금이 부과되는 건 두렵지 않다. 어차피 돈은 없기 때문이다. 그렇다고 설마 이런 일로 감옥에 처넣기야 하겠냐는 배짱이 생긴다.

결국 나는 선택의 여지가 없는 것으로 결론 내린다. 속옷이라고는 지금 입고 있는 것밖에 없기 때문이다. 게다가 법을 지킨답시고 크롤 과장에게 전화해서 속옷을 가지러 요나스의 집에 들어가겠다고 하면 그 여자가 들어줄까? 천만의 만만의 말씀! 내년에나 속옷을 갈아입게 해주면 다행일 사람이다. 더구나 나는 이 크리스마스이브에 이곳의 봉인을 풀려면 법적으로 어떤 절차를 밟아야 하는지도 모른다. 따라서 최악의 경우 관대한 판사만 만나기를 기대하면서 출입 금지 띠를 뜯고 들어

간다. 현행범으로만 붙잡히지 않으면 별 탈 없이 지나갈 가능성이 크다고 생각한다.

경찰 특공대원들이 헤집어 놓은 집은 난장판이 따로 없다. 소파는 깃털 뽑힌 거대한 새 같은 몰골을 하고 있고, TV 수상기를 위아래로 움직일 수 있는 장식장 앞에는 DVD가 커버와 분리된 채 어지럽게 널려 있다. 그 바로 옆에는 벽난로용 장작이 내 짐과 마찬가지로 만신창이가 되어 있다. 경찰들이 집구석 곳곳에서 가져와 아무렇게나 던져 놓은 잡동사니들 사이로 내 속옷과 옷가지가 흩어져 있다. 내가 짐을 주워 모으는 사이 우연히 벽의 매머드 그림에 내 시선이 닿는다. 신경이 날카로워져 있던 경찰이 실수로 쏜 총알은 정확히 매머드 송곳니 사이를 명중했다. 역시 특공대원이다.

출구 쪽으로 걸음을 옮기면서 문득 이런 생각이 든다. 내가 이 일로 붙잡혀 정말 금고형이라도 받게 되면 요나스의 와인을 그냥 놔두고 가는 건 바보짓이 아닐까? 까닭은 이렇다. 첫째, 그건 어차피 내 거다. 요나스에게 선물 받은 것이기 때문이다. 둘째, 설사 이 일로 조사를 받더라도 내 동생이 어떤 와인을 좋아하는지는 결코 중요한 문제가 아닐 것이기 때문이다. 결국 나는 남은 와인 다섯 병을 짐 속에 쑤셔 넣고 집을 나선다.

그런데 복도로 나서는 순간 한 젊은 여자가 내 앞에 불쑥 나타난다. 날씬한 몸매에 서른 살 언저리로 보이는 짙은 금발의 여자다. 나를 기다리고 있던 게 분명하다. 갈색 털외투 밑으로 검은 문 부츠를 신고 있는 것이 보인다. 크롤 과장의 부하일까? 그럴 가능성이 농후해 보인다. 나를 감시할 목적으로 지금껏 나를 뒤쫓은 모양이다. 그렇다면 이 여경은 이제 법적으로 봉인된 집을 무단으로 침입한 혐의로 나를 체포할 것이다. 아, 이 미련한 놈! 크롤이 내 석방과 함께 더는 나를 귀찮게 하지 않으리라고 믿다니 얼마나 한심한 인간인가! 이로써 어머니 집에서 사치스러운 크리스마스 파티를 즐기려던 내 계획은 완전히 물 건너갔다. 대신 나는 자기만의 특별한 사랑의 축제를 머릿속에 그리고 있는 한 반사회적 인격 장애자와 함께 감방에서 이 크리스마스를 보내야 할 것이다. 모두 자업자득이다.

「혹시 야코비 씨 아니세요?」 여자가 낮은 목소리로 묻는다.

「요나스 야코비를 말씀하시는 겁니까?」 내가 깜짝 놀라 되묻는다.

「여기가 그분의 집인 건…….」 그녀의 말이 질문에 가깝게 들린다.

「맞습니다.」 나는 이렇게 대답하며 이 여자가 경찰이 아닐 수도 있다고 생각한다. 경찰이라면 요나스가 오래전에 여길 떠났다는 걸 모를 리 없기 때문이다.

「요나스는 갑자기 일이 생겨 먼 데로 떠났습니다. 아마 조만간 돌아오기는 어려울 겁니다.」

「알아요.」 그녀가 차분히 말한다.

나는 등 뒤로 문을 닫는다. 이제 체포될 위험은 없을 것 같기에 한시라도 빨리 이곳을 뜨고 싶다. 내 행운을 더 길게 시험하고 싶지는 않다.

「형님분이세요?」 이 말은 확인에 가깝게 들린다. 「그분이랑 무척 닮은 것 같아서요.」

「혹시 그렇게 묻는 분은 누구신지 물어봐도 될까요?」

「아, 죄송합니다. 전 한나 카우프만이에요. 요나스와 저는……
은행에서 알게 된 사이에요.」 그녀는 당황하는 눈치다.

「요나스와 친하신 모양이죠?」 내가 슬쩍 떠본다.

「우린…….」 그녀의 입에서 깊은 한숨이 새어 나온다. 「네, 솔
직히 말씀드릴게요. 우린 연인 사이예요. 더 정확히 말씀드리
면 연인 사이였죠.」

순간 지금 내 앞에 있는 여자가 대표이사의 와이프라는 생
각이 퍼뜩 내 머릿속을 스치고 지나간다. 그렇다면 요나스가
지껄인 연애 이야기만큼은 거짓이 아니었던 모양이다. 다만
이 여자가 아무리 봐도 스토커처럼 보이지 않는다는 점을 고
려하면, 여자의 과도한 집착 때문에 어쩌고저쩌고한 이야기는
이 나라를 떠날 수밖에 없는 상황을 믿게 하려는 과장임이 분
명하다.

뭐, 어차피 나하고는 상관없는 일이다. 나는 여자를 떼어 버
리고 얼른 이곳을 떠나기로 마음먹는다.

「말씀드렸듯이 동생은 여기 없습니다. 난 방금 이 집에서 개
인적인 물건 몇 가지만 챙겨 나오는 길입니다. 안타깝지만 더
는 제가 도울 일이 없겠네요.」

나는 여자 옆을 지나 엘리베이터 쪽으로 가려다 계단 쪽으
로 방향을 바꾼다. 엘리베이터를 기다리는 동안 여자가 또다
시 말을 걸 수도 있었기 때문이다.

「어디 가면 그이를 만날 수 있는지 혹시 모르세요?」

「미안합니다. 모릅니다.」 내가 거짓말을 한다. 「동생은 여길
완전히 정리하고 떠났습니다. 제 생각에는 아마 세계 여행을

하지 않을까 싶네요.」

「그이한테 무슨 문제가 생긴 거죠? 맞죠?」 그녀가 얼른 묻는다.

「모르겠습니다. 그건 직접 물어보셔야 할 것 같네요.」

「저도 그러고 싶은데 연락할 방법이 없어요.」

그럴 수밖에. 요나스의 휴대폰은 이미 경찰에 압수된 상태다. 기존에 쓰던 휴대폰을 계속 갖고 다닐 만큼 미련한 녀석이 아니다.

나는 어깨를 으쓱 들어 올린다. 「말씀드렸듯이 미안합니다.」

나는 다시 몸을 돌린다. 그러나 그녀는 이대로 나를 놓아주지 않는다. 「그럼 그이한테 제 이야기를 전해 줄 수는 없으신가요?」 그녀의 눈에 절망의 빛이 어른거린다. 「저한테는 중요한 이야기예요. 아주요.」

「나도 지금 동생한테 연락할 방법이 없습니다. 그래도 혹시 전화가 오면, 무슨 이야기인지는 몰라도 전해 드릴 수는 있습니다. 물론 그게 언제가 될지는 알 수 없습니다. 솔직히 말해서 동생이 나한테 연락할지도 자신이 없고요.」

「선생님이 제 유일한 희망이에요.」 그녀는 이렇게 말하더니 불안하게 미소를 짓는다. 미소가 아름다운 여자다. 「가능성이 얼마가 됐든 선생님한테 희망을 걸 수밖에 없어요.」

「알았습니다. 내가 동생한테 전해 줄 이야기가 뭐죠?」

「그이 아이를 가졌어요.」

순간 나는 동생이 참 문제가 많은 인간이라는 생각을 한다. 남들이 할인 쿠폰을 모으듯 이렇게 다양하게 문제를 모으고 있었으니 말이다.

「그이한테 바라는 건 없어요. 다만 그 사실은 알고 있어야 할 것 같아서요. 정말 기대하는 건 아무것도 없어요. 연락을 바라지도 않아요. 하지만 자기가 아빠가 된다는 사실은 알고 있어야 할 것 같아요. 이 사실을 알려 주지 않았다고 나중에 자책하고 싶지는 않아요.」

나는 여자가 어쩌면 이렇게 차분한지 놀란다. 가정은 어쩌려고 이럴까? 만일 아내가 다른 남자, 그것도 자기 은행에 엄청난 손해를 입힌 사기꾼 부하 직원의 자식을 가졌다는 사실을 알면 남편이 같이 살려고 할까? 아니면 그녀는 이혼하고 혼자 아이를 키울 생각일까?

그녀에게 직접 물어볼 수도 있지만 개인 문제에 너무 깊이 관여하는 것 같아 나는 입을 다물고 만다. 게다가 어차피 나하고는 상관없는 일이다. 그래서 고개를 끄덕이며 이렇게만 말한다. 「요나스한테 연락이 오면 전해 드리죠.」

「고맙습니다.」 그녀는 행복한 표정으로 외투에서 명함을 꺼내 내민다.

나는 슬쩍 명함을 훑어본다. 직장 명함이다.

「비서인가요?」 내가 의아한 얼굴로 묻는다.

「네, 그이의 비서예요.」

호, 요것 봐라! 「결혼은 안 하신 것 같은데…….」

「미혼이에요.」 그녀는 고개를 끄덕이더니 잠시 멈칫한다. 「요나스와 관계를 시작할 때 그이의 가정을 파탄에 빠뜨리지 않겠다고 분명히 약속했어요. 혹시 염려하시는 게 그런 것인지……. 요나스가 어릴 때 첫사랑인 아나벨과 결혼한 건 저도 알고 있어요. 부인이 아이를 낳지 못해 오래 힘들어했다는 것도요. 그것도 아직 치료법이 나오지 않은 희귀한 유전자 결함 때문이라면서요?」

아나벨? 첫사랑? 유전자 결함 희귀병? 모두 처음 듣는 이야기다. 나는 영문을 모르는 표정을 짓다가 얼마 뒤에야 동생이 이 여자를 침대로 꾀기 위해 비극적인 가정사를 지어낸 것을 눈치채게 되었다. 참으로 못 말리는 인간이다.

「네, 슬픈 이야기죠.」 나는 이렇게 말하며 진지한 표정을 짓는다. 지금 이곳은 한나에게 진실을 털어놓을 적당한 장소가 아니고 적당한 순간도 아니다. 게다가 그건 요나스가 해야 할 일이다. 자기 전 애인과 자기 자식의 문제니까.

「도와주셔서 감사드려요.」 한나는 이렇게 말하더니 외투 주머니에 두 손을 찔러 넣는다. 외롭고 쓸쓸해 보인다.

문득 나는 한나가 오늘 저녁을 함께 보낼 사람이 있는지 궁금해진다. 동생의 임신한 전 애인까지 챙길 여력은 없지만 그래도 이 여자가 혼자 쓸쓸하게 크리스마스를 보내야 한다면 모른 체하는 것은 도리가 아니라는 생각이 든다. 그래서 지금 국제적으로 지명 수배를 받고 카리브 해에 웅크리고 있을 그 범죄자 말고 그녀의 삶에 정말 아무도 없다면 최소한 오늘 하루만큼은 내 어머니의 집으로 초대할 용의가 있다.

「가족이 있습니까?」 내가 묻는다.

그녀는 고개를 끄덕인다. 「그러지 않아도 지금 함부르크로 갈 생각이에요. 크리스마스 축제 때는 항상 부모님 집에서 지냈거든요.」

「다행이네요.」 나는 이렇게 말하며 안도의 기색을 숨긴다.

그녀는 잠시 망설이다가 입을 연다. 「부모님께 임신 사실을 말씀드려야 할까요? 아니면 하지 않는 게 나을까요?」

그건 본인이 결정할 문제라고 생각하면서 나는 침묵한다.

「얘기해야 할까요?」 그녀가 재차 묻는다.

「안 될 이유가 있을까요?」 내가 외교적으로 답한다.

「하지만 때가…… 좋지 않은 것 같아서요.」

「좋지 않을 게 뭐 있습니까? 부모님께 사위는 선보이지 못하지만 손자는 안겨 드릴 수 있잖아요? 그것만으로도 대단한 겁니다.」

그녀의 얼굴에 미소가 피어오른다. 「맞아요. 그렇게 생각할 수도 있겠네요.」

「크리스마스는 사랑의 축제예요. 부모님께 두 분이 곧 할아버지, 할머니가 된다고 말씀드릴 좋은 순간이죠. 요나스와의 관계와 관련해서도, 사실 앞으로 어떻게 될지 누가 알겠어요?」 순간 나는 아차 하는 생각과 함께 아랫입술을 깨문다. 내일도 아니면서 너무 멀리 나간 느낌이 들었기 때문이다. 다행히 그녀는 이런 내 속마음을 알아채지 못한 듯하다.

「정말 그렇게 생각하세요?」 한나가 반색을 한다.

나는 한숨을 내쉰다. 「모르죠. 아무튼 함부르크로 가거든 차분히 생각해 보세요. 부모님과 대화를 나누고 크리스마스 파티도 즐기고요. 다음 일은 시간이 지나면 차차 알게 되겠죠. 크리스마스 잘 보내세요!」

「네, 메리 크리스마스!」 그녀는 신중하게 고개를 끄덕인다.

집으로 돌아가는 길에 나는 한나가 자기 아이를 가졌다는 얘기를 들으면 요나스가 어떤 반응을 보일지 떠올려 본다. 예전부터 나는 항상 단란한 가정을 꿈꾸어 왔다. 그만큼 내가 언젠가 가정을 꾸리는 것은 당연한 일처럼 느껴졌다. 그러나 요나스는 그렇지 않았다. 내 머릿속의 요나스는 늘 영원한 바람 둥이였다. 나이가 들어서도 머리에 염색을 하고 새파란 아가씨 둘을 옆구리에 끼고 다니는 모습이 어울릴 녀석이었다. 학교에 가서 교사와 자녀의 교육 문제에 대해 상담하거나, 주말이면 야외로 나가 아이들과 놀아 주는 책임감 있는 가장의 모습은 상상조차 할 수 없었다. 그런 동생이 이제 아버지가 된단다. 반면에 당연하게 이루어질 것 같던 내 꿈은 보기 좋게 산산조각 나버렸다.

차르르 지하철 문이 열리는 소리에 나는 퍼뜩 생각에서 깨어난다.

아벨 바우만이 객차 안으로 들어서는 것을 보는 순간 나는 한나와의 대화에 빠져 아벨의 집을 방문하기로 한 계획을 깜박 잊은 것이 떠오른다.

「이런 우연이 있나! 여기서 다 만나다니.」말은 이렇게 했지만 아벨은 전혀 놀라워하는 눈치가 아니다.

「오늘 저녁 내가 자네를 초대할 거라는 걸 알고 있었나?」내가 어이없다는 듯이 묻는다.

「내가 그걸 어떻게 알겠어? 혹시 정말로 내가 남의 생각을 읽을 수 있다고 믿는 거야? 물론 그게 나한테 어울리는 일이기는 하지. 아무튼 우연이든 뭐든, 난 지금 아무 계획이 없으니까 자네 말대로 함께 가줄 수는 있겠군.」그가 싱긋 웃는다.

나도 따라 웃을 수밖에 없다. 크리스마스이브의 늦은 오후다. 이젠 깨끗한 속옷도 가져왔고, 집에 가면 와인과 미식가의 식탁도 기다리고 있다. 게다가 함께 만찬을 즐길 사람도 있

다. 그것도 자기가 신이라고 주장하는 남자다. 상식적으로는
도저히 이해가 안 되는 이야기지만 아름다운 상상인 건 분명
하다.

신 의 식 탁

　우리는 냉장고의 내용물로 어떻게 근사한 상을 차릴지를 두고 반 시간 넘게 토론을 벌인다. 일단 샴페인 한 잔에 굴부터 먹자는 데는 의견이 일치한다. 그다음이 문제다. 아벨은 전채 요리 뒤에 검은 빵과 부드러운 처트니 소스를 곁들인 고기 파이를 먹고, 그다음 연어와 작은 새우로 넘어가고 싶어 한다. 반면에 내 생각은 다르다. 냉장고의 해산물들을 먼저 해치운 뒤 고기 파이와 스테이크, 햄, 훈제 소시지를 차례로 처리하고, 고소한 고급 치즈로 넘어가는 것이 좋겠다고 주장한다. 어쨌든 토론을 통해 알게 된 것은 우리 둘 다 최고급 치즈에 환장한다는 사실이다. 그래서 치즈가 식사 마지막에 등장하는 것을 둘 다 애석하게 생각하고 있었다.

　「그럼 중간에 쓸데없는 것들은 다 빼고 일단 바게트에다 치즈만 올릴까?」 아벨이 제안한다. 「거기다 근사한 레드 와인을 차례로 따면서 텔레비전을 보는 거야. 내가 알기로 오늘 존 휴스턴이 나오는 성경 영화를 할 걸. 휴스턴이 노아로 나오지.」 아벨이 히죽 웃는다. 「어깨에 힘이 잔뜩 들어가고 겉멋만 부린 영화지만 그 때문에 미치도록 웃기지.」

좋은 계획이다. 나도 동의한다.

이윽고 20분 뒤 크리스마스 파티를 위한 준비가 끝난다. 아벨은 와인을 따서 디캔터에 옮겨 따르더니 곧바로 두 번째 병을 딴다. 그사이 나는 치즈 식탁을 준비한다. 자동차 바퀴만한 쟁반에다 치즈를 종류별로 올려놓고 텔레비전 앞 소파 테이블에 갖다 놓는다. 이제 조심해야 할 것은 보는 것만으로 포만감을 느끼지 않도록 하는 것이다. 어머니는 늘 이렇게 한 번에 너무 많은 것을 사둔다. 이것도 어머니의 습관이다. 냉장고 안에 치즈가 잔뜩 쌓여 있는 것을 보면서 나는 대체 이걸 누가 다 먹으라고 이렇게 산더미처럼 사놓았을까 의문이 든다. 아마 대부분 냉장고에서 썩혀 버릴 것이다. 안타까운 일이 아닐 수 없다.

빅 벤[1]의 종소리가 울린다. 이 집 초인종 소리다. 어머니는 런던과 특별한 인연도 없으면서 이 소리를 초인종 소리로 선택했다. 유명한 멜로디를 학대하는 것을 독창적이라고 생각하는 모양이다. 휴대폰 벨 소리도 비슷하다. 예를 들어 요나스에게 전화가 오면 「위 아 더 챔피언We Are the Champions」이 울리고, 내 전화일 경우는 「힛 더 로드 잭Hit the Road Jack」이 울린다.

어머니는 이런 걸 꽤 즐긴다.

「초인종 소리야!」 나는 막 거실에서 꼼지락대던 아벨에게 소리친다. 「누군지 보고 올게.」

「알았어.」 아벨이 대답한다.

1 Big Ben. 1859년에 완성된 런던의 유명한 시계탑.

문 앞에는 바이올린을 든 세 남자가 서 있다. 이게 무슨 상황인지 알아차리기도 전에 남자들은 「꿈속에 보는 화이트 크리스마스I'm Dreaming of a White Christmas」를 연주하기 시작한다. 어찌나 선율이 달콤하던지 계속 듣고 있다간 충치가 생기지 않을까 염려가 들 정도다. 아무튼 이런 목가적인 빌라촌의 겨울 풍경에는 딱 맞는 노래다.

나는 어머니가 이런 경우에 대비해 잔돈을 어디다 놓아두었을지 열심히 머리를 굴린다. 그사이 바이올린 소리는 긴 여운을 남기며 차츰 잦아든다. 가운데에 서 있던 악사가 모자를 벗어 내 앞에 내민다.

「메리 크리스마스.」 남자의 말에 동유럽 악센트가 약간 배어 있다. 내 짐작으로 헝가리 출신의 정통 악사들인 것 같다.

「제 형제들과 저는 먹여 살려야 할 가족이 아주 많습니다. 푼돈이라도 적선해 주신다면 그 은혜 잊지 않겠습니다. 현금이 없으시면 신용 카드도 받습니다.」 남자가 금니를 드러내며 배시시 웃는다. 「농담입니다, 선생님.」

나는 고개를 끄덕이고는 세 사람에게 잠시 기다리라고 한다. 어머니가 잔돈을 보관해 둔 데로 가는 도중에 아벨을 만난다. 그도 밖에서 나눈 이야기를 들은 모양이다.

「왜 냉장고의 음식은 나눠 줄 생각을 안 해?」 그가 묻는다. 「썩혀 버리면 아깝잖아. 우린 어차피 다 먹지도 못하고.」

「맞아, 좋은 생각이야! 내가 세 사람한테 가서 물어볼게.」 나는 다시 문 쪽으로 향한다.

「그사이 난 음식 좀 싸고 있을게.」 아벨이 등 뒤에서 소리친다.

내가 악사들에게 묻는다. 「음식도 받나요?」

악사들은 서로 회의적인 시선을 주고받는다. 그들의 대변인 격인 남자가 허리를 숙이더니 헛기침을 한다.「선생님, 저희들 입장이 이렇습니다. 이 나라 사람들 중에는 우리가 소시지만 올린 오래된 빵을 던져 줘도 감복해서 무릎을 꿇고 받으리라 생각하시는 분들이 더러 계시죠. 때문에 노파심에서 하는 소리지만, 선생님께서 저희를 위해 어떤 음식을 준비해 놓고 계신지 여쭤 봐도 기분 나쁘게 생각지 말아 주십시오.」

나는 어쩐지 이 남자가 마음에 든다.「내 장담하죠. 어떤 걸 상상하더라도 오늘 여기서 여러분이 받을 음식은 그 이상일 겁니다. 우선 신선한 굴과 새우, 연어가 있습니다. 거기다 고기 파이와 햄, 스테이크용 고기, 신선한 빵도 포함되고요.」

악사들의 얼굴에 의심의 빛이 어른거린다.

「농담이 아닙니다. 다 드릴 수 있어요.」

그래도 믿지 못하겠다는 듯 잠시 침묵이 이어진다.

이윽고 대변인 남자가 금니를 드러내며 활짝 웃는다.「그렇게만 된다면야 저희는 두말할 나위가 없죠.」

부엌에서는 아벨이 어디서 찾아냈는지 커다란 박스 세 개를 찾아내 거기다 음식을 터져 나갈 듯이 채우고 있다. 첫눈에 봐도 이 박스 내용물이 모두 냉장고에서 나왔다는 건 불가능해 보인다. 물리적으로 불가능한 양이라는 말이다.

아벨은 이런 의혹의 시선을 눈치챘는지 재빨리 냉장고 문을 닫는다.「자네는 알 수 없겠지만, 저 세 사람은 스무 명이 넘는 식구를 먹여 살려야 해. 이 음식이면 크리스마스 파티를 즐기기에 충분할 거야. 그럼 이 궂은 날씨에 더는 이 집 저 집 돌아다니지 않아도 될 테고.」

「그래, 오늘은 크리스마스니까.」 나는 마치 크리스마스가 이 의심스러운 음식 증가 마술의 특별 허가증이라도 되는 것처럼 대꾸한다. 사실 이 말은 아벨이 어떻게 또다시 눈 깜짝할 사이에 음식을 새로 생기게 했느냐 하는 문제를 두고 오늘 크리스마스이브까지 골머리를 썩이고 싶지 않다는 뜻이기도 하다. 이 문제를 파고들 시간은 아직 많으니까.

「맞아.」 아벨이 쾌활하게 맞장구를 친다.

악사들에게 박스를 건넬 때 나는 음식들을 훑어보다가 이내 뭔가 빠진 것을 발견한다. 그래, 어머니가 사다 놓은 와인!

「잠깐만요.」 나는 다시 부엌으로 달려간다.

내가 대변인 남자의 박스에 와인 두 병을 쑤셔 넣자 그는 와인을 쓱 내려다보더니 이내 인정의 뜻으로 고개를 끄덕인다. 「오, 푸이 퓌세군요! 멋진 와인이죠. 별로 유명하지 않은 다른 몇몇 부르고뉴산 와인에 비하면 값이 너무 비싸게 매겨진 측면이 있지만요. 그럼에도 정말 감동입니다.」

감동은 나도 마찬가지다. 허름한 외투를 걸친 거리의 악사가 이 정도로 와인에 일가견이 있다니!

내 생각을 그도 알아챈 모양이다. 「우리라고 예전부터 늘 이렇게 거리에서 연주하지는 않았습니다. 철의 장막이 있던 시절에는 동유럽의 콘서트홀에서 우리를 모르는 사람이 없을 정도였죠. 덕분에 몇 년 동안은 왕처럼 살았고요.」 그가 마지막으로 금니를 반짝거리며 웃는다. 「뭐 그사이 시대가 변했지만요. 즐거운 크리스마스 보내십시오!」

「메리 크리스마스.」 나도 화답한다.

세 사람은 만족스러운 얼굴로 서두르지 않고 유유히 사라진다.

「음식을 그렇게 늘린 건 자네 솜씨지?」 얼마 뒤 거실에 앉아 와인과 고급 치즈를 먹으며 존 휴스턴 주연의 그 정신 나간 성경 영화를 보기 시작할 때 내가 묻는다.

아벨은 고개를 젓는다. 「아니. 이번에는 아냐.」

나는 와인을 홀짝거리며 침묵한다. 그러면서 내 환자가 이 영화를 어떻게 감상하는지 유심히 관찰한다. 아벨은 소파 한쪽 끝에 편안히 자리를 잡고 앉아 발은 삼각의자 위에, 손은 배 위에 얌전히 포개 놓고 있다. 와인 잔은 작은 보조 테이블 위에 올려놓고 가끔씩 홀짝거렸는데 영화가 무척 재미있는 눈치다.

나는 문득 그를 믿고 싶다는 생각이 든다. 내가 아벨을 신으로 간주하면 우리 둘 다에게 좋을 듯하다. 예를 들어 아벨은 내가 자신을 도와줄 수 있을 거라고 확신할 테고, 나는 나대로 손바닥 뒤집듯 쉽게 종교적 인간이 될 것이다. 더구나 내게는 하루아침에 영적인 고향뿐 아니라 새로운 삶의 사명까지 덤으로 생기는 셈이다. 신의 일꾼으로서 세계를 더 나은 곳으로 만들기 위해 동분서주할 테니까 말이다. 몸은 힘들겠지만 무척 매력이 넘치는 일일 듯하다.

「무슨 생각하고 있어?」 아벨이 묻는다.

「아무 생각도.」 나는 몰래 나쁜 짓을 하다가 들킨 사람처럼 화들짝 놀란다.

아벨은 만족스럽게 고개를 끄덕인다. 「그래야지. 오늘 같은 날은 아무것도 안 하고 그냥 이렇게 빈둥거리며 보내야지.」

우리의 눈이 거의 동시에 텔레비전으로 향한다. 노아는 방주의 거대한 입구에 서서 자기 앞을 지나가는 동물들을 유심히 살펴보고 있는데, 마치 아무나 들여보내는 넋 나간 문지기 같다.

요나스의 보르도 와인 때문인지, 존 휴스턴의 성경 영화 때문인지는 몰라도 나는 깜박 잠이 들었다. 눈을 떴을 때는 다른 프로그램이 방영 중이다. 아벨도 내 처지와 다르지 않다. 옆으로 기울어진 머리가 소파 팔걸이에 편안히 내려앉아 있다.

방이 너무 덥다. 나는 환기를 시키려고 창문을 열었다가 바로 다시 닫는다. 살을 에는 듯한 냉기가 훅 밀려 들어왔기 때문이다. 단시간에 바깥 온도가 급속도로 떨어진 것 같다. 나는 난방 온도를 내린 뒤 소파에 앉아 와인을 한 모금 마시고 아무 생각 없이 채널을 이리저리 돌린다. 그사이 다시 눈이 스르르 감긴다.

눈을 떴을 때 방 안 온도는 뚝 떨어져 있다. 아벨은 여전히 수면 중이다. 나는 다시 난방을 높인다. 그때 시선이 텔레비전으로 향한다. 순간 나도 모르게 피식 웃음이 새어 나온다. 얼마 전 병원에 있을 때 봤던 그 옛날 영화가 방영 중이다. 이번에도 제목이 떠오르지 않는다. 제임스 스튜어트가 절망한 가장 역을 맡고, 천사가 자살 위기에서 그를 구하는 것까지는 기억나는데…… 빌어먹을, 이 영화 제목이 뭐였더라?

「It's a Wonderful Life.」[1] 아벨이 말한다. 눈을 감고 있지만

1 우리나라에서는 「멋진 인생」이라는 제목으로 상영되었다. 소박한 박애주의자인 주인공은 탐욕스러운 금융자본가로부터 고향 마을을 지키려고 부단히 노력하지만 결국 실패하고 자살을 계획한다. 마지막 순간에 천사가 나타나 그를 구해 주고 자신의 인생을 한탄하는 주인공에게 만일 그가 태어나지 않았다면 세상이 어떻게 되었을지 보여 준다.

깨어 있는 게 분명하다. 「독일어 제목은 〈인생은 아름답지 않아?〉였지. 1940년대 카프라의 전형적인 작품이야.」

「카…… 뭐?」

아벨이 눈을 뜬다. 「프랭크 카프라. 이 영화 만든 감독.」

「처음 듣는 이름인데.」

「〈아세닉 앤 올드 레이스Arsenic and Old Lace〉 몰라? 캐리 그랜트가 주연으로 나온 영화!」

「아, 그 영화는 알아.」

「그것도 카프라가 만들었어.」

「호, 대단한걸. 그쪽으로 전문가인 줄 몰랐어.」

「됐어.」 아벨은 목덜미를 주무르더니 허리를 쭉 편다.

나는 다시 앉는다. 자정이 가까운 시간이다. 우리는 제임스 스튜어트가 자신의 운명을 원망하는 모습을 지켜본다.

「참 재미있는 아이디어야.」 아벨이 잠시 후 말한다. 「자신이 태어나지 않았다면 세상이 어떻게 변해 있을지 궁금해 하는 사람들이 많을걸.」

이 말이 내 의식 속으로 천천히 스며들기 시작한다. 그러다가 기가 막힌 생각이 퍼뜩 떠오른다. 내가 골똘하게 아벨을 바라본다.

「왜? 뭘?」 아벨이 와인 잔을 집어 든다. 「내가 뭐 틀린 말 했어?」 그는 잔을 막 입에 대려다가 뚝 멈춘다. 「설마…… 진심이야? 아니지?」

나는 고개를 끄덕인다. 「맞아. 자네는 할 수 있잖아!」

「자네가 태어나지 않았다면 세상이 어떻게 변했을지 보여 달라는 거야?」

나는 재차 고개를 끄덕인다. 「바로 그거야.」

「할 수는 있지만…… 정말 그걸 볼 자신이 있어? 지금까지의 자네 삶이 있으나 마나 할 만큼 시시했다는 게 밝혀지면 어쩌려고?」

「그건 이미 예상한 일이야.」 내가 시인한다. 「그래도 세부적인 것이 어떻게 변했을지는 궁금해.」

「어쩌면 자네가 태어난 게 여러 사람에게 부정적인 결과를 낳았을 수도 있어. 어떤 행동이 어떤 결과로 이어질지는 아무도 모르니까. 그건 나도 마찬가지야. 그렇다면 자네가 어떤 비참한 상황을 마주하게 될지 누가 알겠어?」

아벨의 설명이 길어지는 순간 내 머릿속에 무언가 번쩍 불이 켜진다. 「그래서 어쩌겠다고? 지금 도망칠 구멍을 찾는 거야? 그래, 이해해. 내가 태어나지 않은 세상을 보여 주는 건 단순한 손 마술로 할 수 있는 게 아니니까. 그런 어려운 마술을 연마하려면 꽤 긴 시간이 필요하겠지. 안 그래?」

아벨은 와인을 한 모금 마신다. 「그 말은 결국, 내가 자네한테 야콥 야코비가 없는 세상을 보여 주면 내가 신이라는 걸 믿겠다는 뜻으로 들리는데, 아닌가?」

나는 잠시 생각해 보다가 이런 결론을 내린다. 맞다. 제임스 스튜어트가 그 영화에서 했던 것과 같은 그런 기상천외한 경험을 하게 된다면 더 높은 존재가 있다고 믿을 수밖에 없을 것이다. 그런 것조차 손 마술의 일종으로 생각하는 사람은 하늘도 더는 도와줄 방법이 없을 테니까.

「그래, 인정하지. 그런 건 자네의 다른 마술 트릭처럼 쉽게 설명될 수 있는 게 아니니까.」

아벨이 싱긋 웃는다. 「자네는 아마 그 세계를 다 보고 나면 이렇게 말할지도 몰라. 내가 자네한테 최면을 걸었다거나 마약을 먹였다거나, 아니면 자네가 많이 취했을 수도 있다고.」

「그럴지도 모르지만…… 반대로 자네가 정말 신이라고 자발적으로 믿을 수도 있지.」

아벨은 잠시 생각하는 것 같더니 자리에서 일어난다. 「좋아. 자네도 이제 일어나지!」

「왜?」 내가 영문을 모르겠다는 듯 묻는다.

「야콥 야코비가 존재하지 않는 세상에는 바로 이 자리에 소파가 없거든.」

「뭐?」 나는 소리 내어 웃는다. 「무슨 황당한 소리야?」

「황당한 소리가 아냐! 내가 지금 손뼉을 치면 그 즉시 우리는 자네가 태어나지 않은 세계로 들어가게 돼. 그 전에 자네가 정말 이 여행을 떠나고 싶은지 다시 한 번 신중하게 생각해 봐.」

나는 심사하듯 그를 쳐다보고는 그의 말이 농담이 아님을 알아챈다.

「알았어. 난 정말 나 없는 세상이 어떤지 궁금해. 하지만 일어서지는 않고 이대로 앉아 있을래.」

아벨이 고개를 끄덕이더니 손뼉을 친다. 바로 그 순간 사방이 깜깜해지면서 누군가 내 밑의 소파를 확 빼버리는 것 같은 느낌이 들면서 나는 꽈당 엉덩방아를 찧는다. 덜컥 겁이 난다.

「그러니까 내 말을 듣지 그랬어! 하지만 굿 뉴스. 이 세계에선 그렇게 엉덩방아를 찧어도 뼈 부러질 염려는 안 해도 된다는 거. 자네는 여기 존재하는 사람이 아니니까.」

나는 아연한 표정으로 주위를 두리번거린다. 내 눈이 재빨리 어둠에 적응해 간다. 우리가 있던 집과 똑같다. 밖에도 마찬가지로 눈이 쌓여 있다. 아주 추운 밤인 것도 똑같다. 그런데 어쩐지 모든 게 완전히 달라진 느낌이다. 실제로 여기엔 소파도 없고, 텔레비전이 있어야 할 구석 자리엔 커다란 크리스마스트리가 서 있다. 그 앞에 새 장난감들이 놓여 있는 게 마치 오늘 밤 여기에서 아이들에게 크리스마스 선물을 나누어 준 것 같다.

나는 부엌과 거실을 가르는 벽이 뒤로 훌쩍 멀어진 것을 발견한다. 어머니는 항상 이 벽을 터서 거실을 넓게 쓰고 싶어 했다. 밥도 먹고 생활도 할 수 있는 복합공간으로 말이다. 그런데 신기하게도 그게 지금 실현되어 있었다. 어떻게 이렇게 순식간에 바뀔 수 있을까? 누가 했을까?

「자네가 태어나지 않은 세계에서 이 집은 야코비 가문의 집이 아냐.」 아벨이 설명한다. 「지금 이 빌라는 돈 많은 치과 의사가 가족과 함께 살고 있어.」

나는 어이가 없어 입을 열지 못한다.

「친절한 사람들이지.」 아벨의 설명이 이어진다. 「아이도 넷 있어. 자네는 곧 이 집 주인을 만나게 될 거야. 거실 쪽에서 무슨 소리가 들린 것 같다고 생각하고 조금 있으면 저 계단으로 내려올 테니까.」

나는 여전히 한마디도 내뱉지 못한다.

「누구요? 거기 누구 있소?」 계단에서 발소리와 함께 낮게 깔린 남자 목소리가 들린다.

「이게 무슨 일이야?」 내가 깜짝 놀라 어둠 속에서 속삭인다.

아벨이 뭐라고 대답도 하기 전에 날개 문이 열리더니 불이 켜진다.

40대 중반쯤 된 옹골찬 체격의 사내가 들어선다. 손에 골프채를 들고 있는 게 여차하면 후려칠 기세다. 우리의 시선이 부딪치는 순간 나는 정말 사내가 저 흉악한 물건을 사용할 것 같다고 생각한다.

「내가 다 설명하겠소.」 사내가 말없이 다가오는 것을 보고 내가 얼른 말한다. 물론 이 상황을 어떻게 설명해야 할지는 나 자신도 미지수다. 아무튼 일단 골프채를 피하는 게 급선무다. 요 며칠간의 내 운세로 보건대 이 작자가 휘두르는 골프채에 또다시 내 코가 맞을 게 분명하다.

「잠깐만요! 잠깐만 기다려 주세요!」 나는 이렇게 애원하며 방어하듯 두 손을 들고 슬금슬금 뒷걸음질을 친다.

그래도 사내는 아랑곳하지 않고 계속 뚜벅뚜벅 걸어온다. 이제 정말 이 작자가 무시무시한 무기로 나를 후려칠 거라고 생각하는 순간, 이상한 일이 벌어진다. 마치 내가 공기인 양 사내가 내 옆을 휙 지나가는 것이 아닌가!

그러고는 창문이 제대로 닫혔는지 확인한다.

「여보? 무슨 일이에요? 별일 없어요?」 위층에서 불안에 떠는 여자 목소리가 들린다.

「응, 별일 없어. 계속 자! 아무것도 아냐. 바람 소리였나 봐.」 사내는 불을 끄고 나간다.

계단에서 다시 발소리가 들리더니 이내 잠잠해진다.

「대체 어떻게 된 일이야?」 내가 목소리를 낮추어 묻는다.

「이젠 보통 목소리로 말해도 돼. 이 세계 인간들은 자네를 볼 수도 들을 수도 없어. 자네가 이 세계 사람이 아닌 걸 잊었어?」

「하지만 저 사람이 내 소리를 들었어. 내가 엉덩방아 찧는 소리를 듣고 내려온 거 아냐?」

「아니야. 그 소리를 들은 게 아니라 무슨 소리가 들렸다고 느낀 거야. 저 친구한테 우린 그냥 유령이야. 물론 저 친구가 우리를 듣지도 보지도 못한다는 것이 우리 존재를 어렴풋하게 라도 느끼지 못한다는 뜻은 아냐.」

「호, 그거 정말 신기한데!」 내가 감탄한다.

「뭘 그 정도를 갖고. 그보다 훨씬 신기한 일이 얼마나 많은 데! 예를 들면…… 이건 어때?」 아벨이 손뼉을 치자 그 즉시 우리는 크리스마스 분위기를 잔뜩 낸 주택가의 한 연립 주택 앞에 서 있다. 정확하게 어디인지는 알 수 없다. 나는 신발도 신지 않고 셔츠와 바지만 입고 있다. 그런데도 전혀 춥지 않다. 어떻게 눈 깜짝할 사이에 이런 변화가 일어날 수 있을까! 아벨도 가벼운 옷차림 그대로다.

「걱정 마.」 아벨이 말한다. 「유령은 감기 같은 거 안 걸리니까. 자네는 이 세계에 존재하지 않기 때문에 추위를 느끼지 않아. 배고픔과 갈증, 심지어 수면 욕구도 느끼지 못해.」

「그럼 이제 내 코도 아프지 않겠네.」 내가 장난스럽게 말하며 코에 붙인 붕대를 만지려고 손을 올린다. 그런데 어떻게 이런 일이! 붕대가 싹 사라진 것은 물론, 코까지 완전 새것으로 거듭나 있는 게 아닌가!

「존재하지 않는 사람한테 부러진 코가 있다는 건 말이 안 되지. 그리고 이제부터는 좀 알아서 넘어가. 이런 일에 적응할 때도 되지 않았어? 그렇게 멍청하지 않잖아!」

「오케이! 나도 이제 이 시스템이 좀 이해가 되네.」

「잘됐군!」 아벨이 만족스럽게 대꾸한다.

「근데 우린 지금 어디에 온 거야?」

「쾰른. 정확히 말하자면 쾰른 근교지. 여기에……」 아벨이 헛기침을 한다. 「……바르톨로모이스 야코비가 살아. 자기 가족과 함께.」

나는 입을 쩍 벌린 채 아벨을 빤히 바라본다.

「내가 그러지 않았어? 이 일은 깊이를 알 수 없을 만큼 불가사의한 인식과 연결되어 있다고? 그게 허투루 한 말인 줄 알았어?」 아벨이 서둘러 설명한다. 「자네가 원하지 않으면 언제든 그만둘 수 있어.」

「내가 태어나지 않았으면 아버지가 아직 살아 계신다는 거야?」 내가 어이없는 얼굴로 묻는다.

아벨은 묵묵히 고개를 끄덕인다.

「왜? 왜 그런 일이……?」

「사연이 길어. 이미 말했듯이, 원하지 않으면 이 이야긴 안 들어도 돼. 내가 지금 손뼉만 치면 우린 바로 손바닥 뒤집듯 자네 어머니 집으로 다시 돌아갈 수 있어.」

나는 연립 주택을 가만히 살펴본다. 아래층 방에 불이 켜지고 두툼한 커튼 뒤로 남자 실루엣이 어른거린다.

나는 아벨에게 고개를 돌려 내 짐작이 맞느냐고 눈으로 묻는다.

「맞아…… 자네 아버지야. 잠이 안 올 때가 많은가 봐. 하긴 일흔다섯이면 한창때는 지났잖아.」

나는 무엇에 홀린 듯 창문을 바라본다. 그러다 어느 순간 무언가 뜨거운 것이 목구멍으로 확 치민다.

「들어가지.」 마침내 내가 말한다.

아벨은 고개를 끄덕하더니 손뼉을 친다.

신 이 마 술 을 부 리 다

5년 전에 돌아가신 아버지를 보는 순간 나는 다리가 풀려 비에 젖은 자루처럼 풀썩 쓰러져 부엌 바닥에 그대로 뒤통수를 부딪힌다. 뿌지직 소리가 난다. 이게 바닥 타일에서 난 소리인지 내 두개골에서 난 소리인지는 모르겠다. 막 냉장고에서 주스 병을 꺼내던 아버지는 일순간 멈칫하더니 이내 어깨를 으쓱하고는 주스를 잔에 따른 뒤 작은 식탁에 앉는다.

나는 벌떡 일어나 아까 아벨이 한 말을 되새기며 내 인식을 말로 표현해 본다. 「그러니까 나는 여기 존재하지 않기 때문에 이 세계에서 두개골이 깨지는 일은 없다. 게다가 기절하는 일도 없다. 맞아? 내 말이?」

아벨이 흡족하게 고개를 끄덕이더니 엄지손가락을 치켜든다.

나는 부엌 찬장에 기대어 아버지가 피곤한 얼굴로 오렌지 주스를 홀짝거리는 모습을 관찰한다.

「내 기억 속의 아버지보다 별로 늙지 않으셨어.」

「운동을 하고 담배를 안 피우고, 술도 잘 안 마셔서 그래.」

209

아벨은 그게 무슨 뜻이냐고 묻는 내 얼굴을 보더니 이렇게 덧붙인다. 「그렇다고 자네 아버지가 다른 생에서 그렇게 술을 마셔 댄 게 자네 어머니와 결혼해서 그렇다는 뜻은 아냐.」

「그건 또 무슨 뜻이지?」

「별 뜻 아냐. 한 인생이 이런 방향 또는 저런 방향으로 나아가는 이유는 많다는 거지. 자네 아버지는 어쩌면 감당하기 어려운 직업적 압박감 때문에 술을 마셨을 수도 있어.」

「여기서는 그런 직업적 압박감이 없다는 말이야?」

아벨이 고개를 끄덕인다. 「없다고 볼 수 있지. 무척 조용하고 평온한 삶을 살아가는, 별로 특별할 게 없는 평범한 심리학 교수니까.」

「뭐? 평온한 삶? 평범한 교수? 분광색의 세일즈 심리학적 영향에 관한 책을 쓰고, 그 뒤로 세계 곳곳을 돌아다니며 강연을 한 건 어떻게 되고?」

「그 책은 쓰지 않았어. 이 생애에서 자네 아버지의 학문적 업적은 그냥 평범해.」

「아버지는 왜 그 책을 쓰지 않았지?」

「자네 아버지는 자네 어머니가 자네를 임신했기 때문에 결혼했는데……」

「잠깐.」 내가 아벨의 말을 무지른다. 「그 이야기는 나도 알아. 긴 약혼 기간 동안에 어머니가 나를 가지셨다고 들었어. 내 친조부께서 갑자기 돌아가시는 바람에 결혼식이 연기되지만 않았다면 두 분은 벌써 결혼하셨을 거야.」

「그건 남들 들으라고 한 소리고. 자네 아버지가 결혼을 결심한 진짜 이유는 자네 어머니가 임신했기 때문이야. 그 뒤 자네 어머니는 대학원을 그만두고 가정과 어머니로서의 역할에만 집중했어. 그래서 대학원에서 쓰던 석사 논문 초안도 자네 아버지한테 넘겼지. 학위를 따는 게 더는 중요한 일이 아니었기 때문이야. 게다가 분광색이 판매 촉진에 미치는 영향에 대한 자신의 아이디어로 남편이 뭔가를 이루어 내지 않을까 기대했을 거야.」

「그럼 어머니가 그 이론을 발명했다는 거야?」 나는 기가 막힌다.

「전부는 아니고. 공동 작업이라고 할 수 있지. 자네 어머니가 이론의 실마리를 제공했다면 자네 아버지는 자네 어머니의 아이디어를 발전시키고 거기다 학문적 외피를 입혔어.」

나직이 끼익 소리와 함께 부엌문이 열리면서 한 젊은 여자가 들어온다. 기껏해야 30대 후반 정도로밖에 보이지 않는다. 하지만 바닥까지 내려오는 꽃무늬 잠옷 때문에 나이가 조금 더 들어 보인다.

「잠이 안 와요?」 여자가 사랑스럽게 묻는다.

아버지는 고개를 끄덕인다.

「혼자 있고 싶어요?」

아버지는 피곤하게 다시 고개를 끄덕이더니 미소를 지으려고 한다.

「알았어요. 너무 늦지 않게 침실로 들어와요. 여긴 추워요.」 여자는 아버지의 이마에 입을 맞추고, 아버지는 고마움의 뜻으로 여자의 손을 어루만진다.

「누구야? 내 아버지 부인?」 여자가 나가는 것을 보면서 내가 묻는다.

「두 번째 아내지. 리디아라고. 둘 사이엔 아들도 하나 있어. 니클라스라고 해. 열아홉 살인데 캐나다에서 대학을 다녀. 안타깝게도 지금은 눈 폭풍 때문에 몬트리올 공항에 묶여 있어. 오늘 온 가족이 함께 크리스마스를 보내지 못한 것도 그 때문이고.」

「안됐네. 저 두 사람.」 나는 이렇게 말하며 다른 생에서는 내 아버지가 되었던 남자를 가만히 바라본다.

「저 여자가 두 번째 부인이라면 내 어머니가 첫 번째 부인이야?」 내가 추측한다.

「아니. 자네 부모는 이 생에선 결혼하지 않았어. 복잡한 연인 관계만 계속 유지했지. 자네 어머니가 자네를 임신하지 않았기 때문에 자네 아버지는 자네 어머니와 결혼할 의무를 느끼지 못했어. 물론 자네 어머니는 자네 아버지와 정말 결혼하고 싶었지만, 그러려면 뭔가 설득력 있는 근거나 결정적인 유인책이 필요했는데 자네 어머니한테는 그런 게 없었어. 그래서 자네 아버지는 총각 생활을 만끽했지. 그런 상황에서 자네 어머니에게 남은 선택은 두 가지뿐이었어. 자네 아버지와 헤어지거나 다른 여자들과 자네 아버지를 공유하는 방법이지. 결국 자네 어머니는 괴로운 가슴을 부여잡고 후자를 선택했어.」

나는 생각에 잠긴다. 「그럼 요나스도 마찬가지로 이 세계에서는 태어나지 않았다는 거야?」

「아니, 아니. 요나스는 이 세계에서 자네 부모의 혼외 자식으로 태어났어. 자네 어머니와 마를레네 슈테른이라는 이름의 또 다른 여대생이 거의 동시에 자네 아버지의 씨를 받았지.」

「아버지는 마를레네와 결혼했군.」 내가 추측한다.

「맞아. 마를레네는 자네 어머니보다 몇 살 어릴 뿐 아니라 여러모로 더 잘 어울리고 한층 나긋나긋했지. 게다가 자네 아버지의 출세에 도움이 될 만한 남자의 딸이기도 했어.」

「그래서 아버지 계산대로 됐어?」

「뭐 보기에 따라선. 어쨌든 교수 자리는 얻었으니까.」

「진짜 생에서는 세계적인 명성을 얻었어!」

「그래. 하지만 마를레네를 선택하고 자네 어머니를 버렸을 당시 자네 아버지가 그걸 어떻게 알았겠어?」

「그 뒤 아버지는 다시 마를레네를 떠나 리디아에게로 갔군?」

「암. 마를레네와의 결혼 생활에서는 막스가 태어났어. 막스가 지금의 니클라스와 비슷한 나이가 되었을 때 바르톨로모이스는 당시 열아홉 살의 여대생과 사랑에 빠졌어. 지금의 아내지. 50대 중반에 인생 제2의 봄이 시작된 거야. 마를레네는 리디아가 그렇게 빨리 임신만 하지 않았다면 아마 남편의 외도를 뒤늦게 찾아온 중년의 위기 정도로 치부하고 묻어 두었을 거야.」

「마를레네는 어떻게 됐어? 또 요나스의 의붓 형제는?」

「자네 어머니와는 달리 마를레네는 자신의 직업을 포기하지 않았어. 그래서 지금도 함부르크에서 사회학자로 일하고 있어. 막스는 아직 여기 쾰른에 살고. 부모의 이혼 뒤 막스는 무슨 일을 해야 할지 몰라 몇 년 동안 술집 종업원으로 일하며 근근이 살았어. 지금은 구시가지에 술집을 갖고 있고, 자기 가게에서 파트타임으로 일하는 여대생에게 빠져 있지. 그 아버지에 그 아들 아니랄까 봐.」

「지금 내 아버지를 모독하는 거야? 그걸 보고도 내가 가만히 넘어갈 줄 알아?」

「여기 있는 사람은 자네 아버지가 아냐.」 아벨이 재빨리 대답한다. 「자네는 이 세계에 존재하지 않아. 그러니까 내가 자네하고 아무 상관없는 사람들을 좀 놀리더라도 모욕감을 느낄 필요는 없어.」

좋은 반박이다. 인정!

바르톨로모이스 야코비는 오렌지 주스를 다 마신 뒤 잔을 개수대에 갖다 놓고 병을 도로 냉장고에 넣는다. 그러고는 걸어가면서 불을 끈다. 이제 계단을 올라가는 소리와 나직이 문을 여닫는 소리가 차례로 들린다. 이윽고 집 안에 정적이 흐른다.

얼마간 아무 일도 일어나지 않는다.

「이제 자네 어머니와 동생이 사는 모습을 볼 차례군. 어때? 자신 있어? 정말 보고 싶은지 다시 한 번 신중하게 생각해 봐.」 아벨이 어둠 속에서 말한다.

「그래, 내가 예상했던 것보다 훨씬 힘들군.」

「알아. 아까도 말했지만 자네는 언제든 이 여행을 그만둘 수 있어.」

다시 침묵이 흐른다.

「일단 요나스한테 가보자.」

「좋을 대로.」 아벨이 손뼉을 친다.

우리는 어떤 단독 주택의 눈 덮인 정원에 서 있다. 이젠 아침이다. 나는 주위를 둘러본다. 새로 조성된 고급 주택가가 분명하다. 이웃의 넓은 부지에도 큼직한 단독 주택들이 줄지어 서 있다. 두껍게 덮인 이 눈을 걷어 내면 여름철 바비큐 파티에 딱 좋은 정원들이 드러날 것 같다. 아니, 확실하다.

「여기에 요나스가 살아?」

아벨은 고갯짓으로 집을 가리킨다. 커다란 정면 유리창 뒤로 다섯 명이 크리스마스 아침 식탁에 앉아 있는 모습이 어렴풋이 보인다.

「저게……?」

「그래, 요나스의 가족이야.」아벨이 내 말을 마무리해 준다. 「아이도 셋이나 있어. 멜린다, 마야, 미니. 열다섯 살, 열세 살, 아홉 살이지. 셋 다 말에 환장한 애들이야. 일단 그렇게 알고 있어. 멜린다는 지금 약간 문제가 있어. 사춘기라는 게 원래……」

「아벨!」내가 화난 얼굴로 그의 말을 자른다. 「이 모든 게 지금 나한테 얼마나 좌절감을 주는지 알기나 해? 내가 없으니까 아버지는 아직도 살아 계시고, 내 동생은 범죄의 〈범〉 자도 모른 채 단란한 가정을 꾸리며 도시 근교에 근사한 집까지 갖고 살고 있어. 다음엔 또 뭐가 나올까? 내가 이 세상에 태어나지 않았다면 혹시 인류에게 전염병이나 전쟁이라도 일부 면제되는 거 아냐?」

「과장이 심하군.」아벨이 무덤덤하게 받아친다. 「앞서 말했듯이, 한 인생의 진로에 있어서는 항상 여러 가지 이유가 복합적으로 작용해. 예를 들어 자네 동생이 이 생에서 어머니의 인정을 받기 위해 그렇게 아등바등할 필요가 없었던 것도 단지 자네가 없었기 때문만은 아냐. 아버지가 없었던 것도 또 다른 원인일 수 있어.」

「내가 태어나지 않았기 때문에 아버지는 다른 여자와 결혼

했어. 그렇다면 결국 내 책임이야.」

「말도 안 되는 소리! 자네는 이 세계에 아예 존재하지 않아. 그런 사람이 어떻게 이곳 일에 책임이 있다는 거지?」

「하지만 실제 세계에선 존재하잖아. 내가 없는 세상이 어떤지 알고 나니까 사실 내가 좀…… 불쌍하다는 생각이 들어.」

「이건 분명히 하지.」아벨은 집게손가락으로 나를 가리킨다. 「나는 전적으로 자네 의사에 따라 자네가 없는 세상이 어떤지 보여 줬을 뿐이야. 만일 그걸 보면서 자네한테 어떤 문제가 생긴다고 해서 나를 탓해선 안 돼.」

「알았어, 알았어.」나는 손사래를 친다. 「어쨌든 요나스는 이 세계에서 성실하고 성공한 사업가처럼 보여. 아주 멋져!」

「지루한 은행 지점장이야.」아벨이 바로잡는다. 「범죄 행위가 아니라 가족들과의 그릴 파티에 에너지를 쏟으면서 사는 평범한 지점장이라는 말이야. 뭐, 그것도 하나의 인생이긴 하지.」

나는 골똘히 생각하다가 이렇게 정리한다. 「자네 생각에는 요나스가 진짜 생에서 어머니에게 자신의 애정을 증명하려고 은행 돈을 착복했다는 거야?」

「아니. 하지만 자네도 보다시피, 요나스가 다른 환경에서는 범죄자가 아닌 성실한 가장으로 살았을 거라는 거지.」

나는 호기심 어린 얼굴로 집을 바라본다.

「모범적인 야코비 가정을 좀 더 가까이서 볼 수 있을까?」

「여기선 성이 야코비가 아니라 플리더만-야코비야. 자네 어머니의 처녀 적 이름이 플리더만이거든.」

다음 순간 우리는 플리더만-야코비 집의 부엌에 서 있다.

바로 옆에서 목소리가 들렸지만 정확히 뭐라고 하는지는 알아들을 수 없다.

「어떻게 된 거야?」 내가 놀라 묻는다.

「뭐가? 우리가 지금 여기 부엌에 들어온 거? 내 생각엔 차근차근 접근하는 게 자네한테 좋을 것 같았어.」

「아니 그거 말고. 자네가 방금 정원에서 손뼉도 치지 않았는데 우리가 여기 들어왔잖아!」

「아, 그거! 손뼉은 그냥 습관이야. 꼭 그럴 필요는 없어. 예를 들어 손가락을 튕겨도 돼.」

아벨이 손가락을 딱 소리가 나게 튕기자 바로 다음 순간 우리는 늦은 밤 뉴욕 번화가의 인파 한가운데에 서 있다.

「조심해!」 아벨이 다시 손가락을 튕긴다. 순식간에 세상이 밝아지고, 우리는 막 시드니 오페라 하우스 옆을 지나가는 호화 유람선으로 이동해 있다.

「이렇게도 돼!」 아벨은 신이 나서 왼쪽 귓불을 잡아당긴다. 그러자 이번에는 수천 명 신도들이 교황의 등장을 목 빼고 기다리는 로마의 성 베드로 광장에 도착한다.

「다른 쪽도 돼.」 아벨은 환호성을 지르며 오른쪽 귓불을 당긴다. 그러자 우리는 순식간에 쿠푸 왕 피라미드 인근의 한 여행객 무리 속에 서 있다. 아벨이 흡족하게 웃는다.

「이거 말고도⋯⋯」

「아벨, 알았으니까 이제 그만해.」 내가 그의 말을 중단시킨다. 「아까 거기로 다시 돌아가자고. 거기가⋯⋯.」 내가 멈칫한다. 「요나스가 사는 곳이 어디지?」

「본.」 아벨이 대답한다. 다음 순간 우리는 플리더만-야코비 가족의 부엌에 다시 안착한다.

「본? 요나스는 본을 싫어했어. 거기서 2년 일한 적이 있는데 베를린으로 옮기게 됐을 때 얼마나 좋아했다고.」

「여기 생에서는 본을 떠난 적이 없어. 여기서 대학을 마치고 떠날 수도 있었지만 그 전에 야나한테 꽉 붙들렸지.」 아벨은 느릿느릿 거실 쪽으로 걸음을 옮긴다. 「아무튼 자네는 약간 놀랄 거야.」

「뭘?」 내가 이렇게 물으며 아벨을 뒤따른다. 「설마 요나스가 담배를 끊은 건 아니겠지?」

「뭐 그것도. 하지만 사실 요나스는 야나 때문에 담배를 제대로 피워 볼 기회조차 없었어. 담배와 알코올에 관한 한 야나는 아주 강경하거든. 딱 하나 요나스한테 관대하게 허락한 것이 있다면……」 아벨이 아침 식탁을 내게 보여 주기 위해 옆으로 비켜선다. 「자네 눈으로 직접 확인해 봐!」

내 눈이 휘둥그레진다. 요나스는 풍성하게 차려진 식탁 한 쪽 끝에 앉아 있는데 100킬로그램은 훌쩍 넘어 보인다. 새하얀 셔츠 깃 위로 솟아 있는 얼굴은 발그레하고, 눈은 작고 볼은 축 처져 있다. 불도그가 사람 옷을 입고 식탁에 앉아 있는 모습이랄까?

「외모로는 차라리 범죄자인 요나스가 더 행복해 보여.」 내가 목소리를 낮추어 말한다.

아벨이 뭐라고 답을 하기도 전에 요나스의 딸 가운데 하나가 선수를 친다.

「약속했잖아요. 포니를 사줄지 말지 생각해 본다고요.」 여자애가 쫑알거린다. 「크리스마스 때 할머니 할아버지한테 받은 용돈으로 몇 달 동안 포니 사료는 충분히 살 수 있어요.」

요나스는 불도그 머리를 슬로비디오처럼 천천히 옆으로 돌리더니 튼실해 보이는 아내에게 피곤한 시선을 던진다. 야나는 어깨를 으쓱한다. 「그건 얘 말이 맞아요, 여보. 우리가 그 문제를 생각해 본다고 했어요. 실제로 약속까지 했다고요.」 야나의 태도에서는 마치 약 먹은 것을 잊어버린 노쇠한 환자한테 재차 약을 상기시켜 주는 양로원의 간병인 냄새가 물씬 난다.

「제발, 아빠. 부탁이에요! 포니만 사주시면 제 용돈의 절반을 포기할 수 있어요.」 포니를 갖고 싶은 딸아이가 영리한 전략으로 떼를 쓴다.

요나스의 불도그 머리가 딸아이 쪽으로 천천히 돌아간다. 뺨이 미세하게 실룩거리는 것이 마치 고통스러운 미소를 지으려는 듯하다. 「알았다. 네가 정 그러면 포니를 사주마.」

딸아이는 펄쩍 뛰어오르더니 감사의 뜻으로 아빠의 목에 매달린다. 야나는 행복하게 웃으며 스펀지처럼 투실투실한 남편의 손을 잡는다.

「그럼 나도 승마복 사줘요.」 이번에는 큰아이가 제 몫을 챙기려고 나선다. 「재킷이 다 떨어졌어요.」

「이제 그만들 해라. 아빠 조용히 식사하시게.」 야나가 아이들을 부드럽게 야단친다. 하지만 말은 이렇게 하면서도 속으로는 크리스마스 아침의 이 화목한 소란을 즐기는 듯하다.

「이 집은 항상 이래?」 내가 약간 혐오스럽게 묻는다.

「정확히 뭘 말하는 거지?」

「어쩐지 모든 게 좀…….」 나는 적당한 말이 떠오르지 않는다.

「……가식적이라는 거야?」

「그렇게까지 말하고 싶지는 않고…… 좀 과장이 심하다고 해야 할까?」

「뭐 그러나저러나. 어쨌든 자네 동생은 극단으로 빠지는 걸 좋아하지. 내 개인적인 소견으론 자네 동생은 과장이 너무 심해. 무슨 일에서든 도가 지나치다고. 사기꾼으로서도 그렇고, 고루한 인간으로서도 그렇고.」

일리가 있는 말이다. 환경이 바뀌었다고 타고난 성품까지 바뀌는 건 아니니까. 나는 몸에 지방이 잔뜩 낀 그 인간을 관찰한다. 다른 생에서는 내 동생인 인간이다. 나는 요나스를 시건방진 재수 덩어리로 알고 있다. 그런데 여기 이 세계에서 두꺼운 지방층에 둘러싸인 채 교외의 한 단독 주택에 갇혀 사는 이 인간을 보니 왠지 연민이 든다. 이렇게 사느니 차라리 다른 세계에서 날씬한 범죄자로 살라고 격려하고 싶은 마음이 굴뚝같다.

갑자기 불안한 생각에 나는 움찔한다. 왜 어머니는 여기 없을까? 요나스가 다른 건 몰라도 크리스마스에 어머니를 혼자 내버려 둘 인간은 아니다. 어머니 역시 어떤 일이 있어도 이 사랑의 축제를 아들과 며느리, 손녀들과 함께 보내려고 하실 분이다.

내가 묻기도 전에 아벨이 먼저 내 질문에 답한다. 「자네 어머니는 어젯밤 여기 같이 있었어. 다 함께 크리스마스 파티를 즐겼지. 아름답고 화기애애한 파티였어. 자네 어머니는 여기서 하룻밤을 묵고 오늘 아침까지 함께 있으려고 했지만 아쉽게도 오늘 아침에 다른 곳에서 꼭 해야 할 일이 있었어.」

「다른 곳에서 꼭 해야 할 일?」 내가 같은 말을 반복하며, 아벨의 반응으로 미루어 이 발언 뒤에 좋은 소식이 있을지 나쁜 소식이 숨어 있을지 가늠해 보려 한다.

아벨은 그냥 고개만 끄덕인다.

「뭐야? 내가 봐야 한다는 소리야, 아니면 안 보는 게 좋다는 소리야?」

아벨은 머리를 갸웃거린다. 「뭐..」 아벨은 잠시 망설이더니 말을 길게 늘어뜨린다. 「알아서 해. 어때? 갈 거야?」

나는 고개를 끄덕인다. 바로 다음 순간 우리는 벌써 구내식당 같은 곳에 도착해 있다. 식당 안의 설비는 여기서 제공되는 아침 식사만큼이나 조촐하다. 그러나 여기 있는 누구도 그런 것에 개의치 않는 눈치다. 사람들의 얼굴에는 대부분 규칙적으로 식사하는 일이 드물다고 쓰여 있다. 여기 모인 노숙자들에게 식사를 제공하는 자원봉사자들이 박자에 맞추어 소시지빵과 치즈빵을 식판에 담고 있다. 커피와 차를 제공하는 배식대 앞에는 줄이 길게 늘어서 있다. 식탁에 자리가 나면 즉각 새 손님이 그 자리를 채운다. 이 정도면 오전만 해도 수백 명이 주린 배를 채우고 갈 듯하다.

어머니는 식탁 두 개를 임시로 붙인 배식대 앞에 서 있다. 차와 커피가 떨어지는 일이 없도록 계속 공급하는 일을 맡은 것 같다. 어머니 주위에서는 봉사자들이 열심히 빵에다 치즈나 소시지를 올린다. 다른 봉사자들은 식사를 갖다 주거나 다 먹은 식기를 치운다. 아직 문 앞에 서서 차례를 기다리는 사람들이 너무 오래 기다리지 않도록 모두들 신속하고도 체계적으로 움직인다.

어머니는 내가 아는 모습과 거의 비슷하다. 검게 염색한 짧은 머리에 몸매는 여전히 날씬하고, 화장도 은은하면서 단정하다. 단지 옷차림만 진짜 현실과는 다르게 고급스럽거나 돈을 들인 느낌이 없다. 어머니는 경제적 수준에 비해 수수한 회색 옷을 입고 있다. 어쩌면 이 일 때문에 일부러 그렇게 차려입고 나왔는지 모른다. 내가 아는 어머니는 명품 옷이 싸구려 치즈로 망쳐지는 일을 극도로 피할 사람이기 때문이다.

「자네 어머니는 원래 항상 저렇게 입고 다녔어. 이 생에서는 사치스럽게 치장할 돈도 없고 그럴 마음도 없거든. 뷰티 살롱도 다니지 않아.」

나는 친절하고 야무지고 겸손하게 일을 처리해 나가는 어머니를 보면서 속으로 깊은 인상을 받는다.

「저런 겸손한 모습은 정말 보기 좋아. 게다가 어머니가 자선 단체에 돈만 후원하는 것이 아니라 저렇게 자원봉사까지 하는 모습은 정말 상상 이상이야. 우리 생일 때도 과자를 굽는 것이 싫어서 밖에서 주문하시는 분이거든.」

「자네 어머니는 단순한 자원봉사자가 아냐. 이 단체의 회장이야. 이 단체를 만든 사람도 자네 어머니이고. 라인란트 주에서 가장 중요한 자선 단체 중 하나로 자리 잡았지. 그 이후 이일은 자네 어머니에게 필생의 사업이 되었어. 아니, 최소한 그일부는 되었다고 할 수 있지.」

나는 아벨을 무표정하게 바라본다.

아벨은 재미있어 하는 눈치다. 「무슨 말을 하고 싶은지 알아. 자네가 세상에 태어나지 않았더니 아버지는 아직 살아 있고, 동생은 은행 돈을 빼돌려 도망치지 않았어. 게다가 어머니는 남편 뒷바라지에만 자신의 능력을 낭비하지 않고 이 크리스마스 아침에도 수백 명의 노숙자들에게 음식을 제공하는 유명한 자선 단체를 이끌고 있어. 그에 비하면 어머니의 진짜 인생은 참 보잘것없어 보이지.」 아벨이 나를 뚫어지게 바라본다. 「자네가 없는 세상이 이런 식으로 변해서 섭섭한 거야? 내가 정곡을 찔렀나?」

「꽤 정확히. 하지만 그런 마음이 드는 걸 나쁘다고 할 수 있어?」

아벨이 어깨를 으쓱한다. 「그렇게 묻는다면 이렇게 답해 주지. 모든 건 관점의 문제야. 자네 어머니는 어쩌면 남편 한 사람만을 위해 희생하지 않았기 때문에 이 단체와 함께 남들을 도와줄 수 있었는지 몰라.」

「그걸 지금 나한테 위로라고 하는 말이야?」

「자네 아버지가 떠난 뒤로 자네 어머니는 요나스를 혼자 키웠어. 헌신적인 부인을 원하는 남자들이 우글우글한데도 말이야.」

「어머니가 애 딸린 여자여서 혼자 살았을 수도 있어.」 내가 반박한다. 「1970년대엔 그게 남녀 관계의 장애 요인이기도 했거든.」

「하지만 자네 어머니는 똑똑하고 적극적이고 모범적인 여자였어.」 아벨이 맞받아친다.

「알았어. 그래서 하고 싶은 말이 뭐야?」

「간단해. 자네 어머니는 자네 아버지만 사랑했어.」 아벨이 단정 짓는다.

나는 숙고한다. 내 부모가 진짜 삶에서 불행에 가까운 관계

였음은 분명해 보인다. 「아버지는 어머니 덕분에 스스로도 예상치 못한 출세를 했어. 술을 마시기 시작한 것도 그 때문이겠지. 반면에 어머니는 아버지의 알코올 중독을 사랑으로 감내했을 뿐 아니라 자기 일까지 포기했어. 공동의 행복을 위해서 말이야. 물론 결과적으로는 공동의 불행이었지만.」

「내 세계로 들어온 걸 환영해.」 아벨이 말한다. 「이런 상황들을 보면서도 절대자가 있다는 걸 믿을 수 있을까? 단 하나의 결혼 생활도 이해하지 못하면서 어떻게 수십 억 명의 인간을 이해할 수 있을까? 하물며 그 인간들이 맺는 수조, 수천 조의 관계를?」

「그렇다고 지구상의 수십 억 인구에게 내가 기여한 것이 제로라는 사실에 위로가 되지는 않아.」

아벨이 유감의 뜻으로 두 손을 든다.

「내가 이룬 게 정말 아무것도 없어?」 내가 묻는다. 「최소한 나한테 도움을 받은 환자는 있지 않을까? 내 상담이 효과가 있어서 이혼하지 않은 부부가 있을 수도 있잖아.」

아벨은 고개를 든다. 천장을 올려다보는 것 같지만 실제로는 머나먼 곳으로 시선이 향해 있다. 어쩌면 그의 정신적 눈 속에서는 지금 내 인생이 주마등처럼 스쳐 지나가고 있을지 모른다.

얼마 뒤 그는 멈칫하더니 나를 바라본다. 「놀랍군. 하지만 자네한테 위로가 될 만한 건 정말 못 찾겠어. 물론 자네 덕분에 일시적으로 파경을 면한 부부가 한 쌍 있기는 하지만 안타깝게도 두 사람은 몇 달 뒤 헤어졌어. 마지막으로 싸울 때는 자신들이 세 들어 사는 집에 불까지 질렀어. 다행히 다친 사람은 없지만 이런 경우는 차라리 그때 바로 갈라서는 게 더 나았을 거야.」

「브라보!」 나는 소리친다. 「그렇다면 최소한 내 전처는 이 생에서 내가 없어 아쉬워하지 않았을까?」 이건 별 뜻 없이 해 본 말이다. 내가 없어도 남부럽지 않게 잘 살 여자라는 걸 너무나 잘 알기 때문이다.

「잘 물어봤어.」 아벨이 말한다.

다음 순간 우리는 고급 레스토랑 입구로 들어선다. 우리 앞에는 사람들이 줄지어 기다리고 있다. 지배인으로 보이는 여자가 친절하고 세련되게 인사하더니 그룹이나 남녀 쌍으로 온 손님들을 각자 맞는 자리로 안내한다. 이 여자가 엘렌이다. 방금 스트레스를 좀 받은 것 같기는 하지만 전체적으로 매우 행복해 보인다. 내가 기대한 그대로다.

「엘렌의 레스토랑이야?」 내가 묻는다.

「엘렌과 그녀의 남편 소유지. 남편은 여기 요리사야. 특별 생선 요리로 이름을 얻었어.」

「엘렌이 남자한테 가게를 사줬어?」

「왠지 그 말에 경멸하는 톤이 담겨 있는 것 같은데?」

내가 어깨를 으쓱하자 아벨은 히죽 웃더니 사무적으로 말한다. 「엘렌은 부자가 아냐. 진짜 인생에서 엄청난 유산을 남겨준 삼촌은 기발한 사업 아이템으로 거부가 됐는데, 그 아이템의 토대가 된 게 바로 자네 아버지가 쓴 책……」

「……이 세계에서는 나오지 않은 책? 그래서 삼촌은 돈을 못 벌었고, 엘렌한테 남겨 줄 유산도 없었다?」

「맞아. 엘렌과 마르코는 경제적으로 좀 고비가 있긴 했지만

225

잘 이겨 냈어. 몇 년 전부터는 레스토랑도 완전히 자리를 잡았고. 게다가 둘의 관계도 아주 좋아.」

순간 새하얀 요리사복을 입은, 카리스마 넘치는 대머리 남자가 손님들을 향해 입을 연다. 「신사 숙녀 여러분, 잠시 주목해 주시기 바랍니다.」

「저 사람이 마르코야?」 내가 아벨에게 소곤댄다.

아벨이 고개를 끄덕인다. 그사이 테이블마다 대화가 서서히 잦아든다. 홀은 빈 테이블 하나 없이 손님으로 가득 차 있다.

「오늘의 코스는 전부 참치 요리로 이루어져 있음에도 여러분이 후회 없이 요리를 즐길 수 있도록 간략하게나마 몇 가지 안내 말씀 드리겠습니다. 아시다시피 우리는 생태적으로 문제가 있는 방식으로 잡은 참치는 사용하지 않습니다. 오늘 여러분들의 식탁에 오를 참치는 모두 인도양에서 손낚시로 직접 잡은 것들입니다. 세이셸 군도에서는 아직도 그런 옛날 방식으로 참치를 잡고 있죠. 제가 이런 참치만을 선호하게 된 데에는 제 친구 덕이 큽니다. 프랑스의 고급 레스토랑 몇 군데에서 그런 참치를 사용한다는 이야기를 그 친구한테 들었거든요. 오늘 저는 요리의 풍미 면에서 그 레스토랑들과 한판 겨루어 볼 생각입니다.」

박수갈채가 쏟아진다. 모두들 흡족한 표정이다.

「착해 보이는 데다가 말도 잘 하고, 당연히 요리 실력도 환상적일 테고, 거기다 환경 의식까지 갖추고 있어?」 내가 믿을 수 없다는 듯이 묻는다. 「또 뭐가 있지? 혹시 침대에서도 핵폭탄 급인가?」

아벨이 나를 무표정하게 바라본다.

「알았어, 알았어.」 내가 손사래를 친다. 「사실 나도 그런 것까지 시시콜콜하게 알고 싶지는 않아.」

하지만 이 마지막 질문에 대한 답은 내 전처가 생의 반려자를 얼마나 사랑스럽게 대하는지를 지켜보면 이미 나온 것이나 다름없다.

「이제 서서히 끝낼 때가 되지 않았나?」 내가 아벨에게 말한다. 「그래, 모든 사람이 카프라 감독의 영화에 나오는 그 주인공처럼 될 수는 없지.」

아벨은 고개를 끄덕이고는 밖으로 나가면서 반쯤 남은 와인 한 병과 유리잔 두 개를 슬쩍한다. 나는 우리가 곧 현실 세계로 돌아갈 거라고 예상한다. 그러나 놀랍게도 아벨이 향한 곳은 레스토랑 입구 뒤편의 계단이다. 계단을 올라가니 눈 덮인 건물 옥상이 나온다. 살을 에는 듯한 바람이 불고 있을 것 같은데도 전혀 추위가 느껴지지 않는다. 그렇다면 나는 아직 내가 존재하지 않는 세계에 있다. 그런데 아벨이 지금 여기서 자기 혼자만 와인을 즐기겠다는 것은 공평하지 못하다는 생각이 든다. 내 짐작이 맞는다면 나는 이 세계에 존재하지 않기에 와인을 마실 수도 없을 것이기 때문이다.

「꼭 그렇진 않아.」 아벨은 이렇게 말하며 옥상 가장자리의 낮은 담장에 앉아 다리를 대롱대롱 흔든다. 발밑은 까마득한 절벽이다. 아벨이 유리잔에 와인을 따른다. 「난 자네가 여기서 어떤 욕구도 느끼지 못하고 감각적인 지각도 할 수 없을 거라고만 했어. 여기가 몹시 춥지만 자네가 못 느끼는 것도 그 때문이고. 하지만 와인은 마실 수 있어. 맛을 못 느낄 뿐이지.」

나는 아벨 옆에 앉아 잔을 들고는 건배를 하고 맛을 본다.

아벨의 말이 맞다. 아무 맛도 나지 않는다. 반면에 아벨은 그럴수록 더더욱 티를 내면서 와인을 음미한다. 와인을 입 안에 넣고 이리저리 굴리더니 〈역시〉 하는 뜻으로 고개를 끄덕이고는 부드럽게 목구멍 밑으로 넘긴다. 「마르코는 정말 삶의 아름다움을 아는 친구야.」

「마르코가 왠지 아는 사람 같았어. 어디서 봤는지 계속 생각했어.」

「아 그래?」 아벨은 어깨를 으쓱한다. 이 문제는 자신도 도움을 줄 수 없다는 듯이.

나는 잔을 내려놓는다. 엘렌과 헤어지고 사무실까지 파산 위기에 몰리면서 나는 아무 맛도 나지 않는 싸구려 와인만 주로 마셨다. 앞으로는 돈이 없어도 그런 짓은 하지 않겠다고 마음먹는다. 어쨌든 이 이상한 밤이 선사한 좋은 영향이다.

나는 도시의 지붕들을 내려다본다. 여기서는 알렉산더플라츠 광장 옆의 텔레비전 송신탑도 보인다. 대부분의 집들 창문으로 불빛이 새어 나온다. 도시가 하나의 거대한 강림절 달력 같다. 창문 하나하나마다 하나의 운명이 들어 있는 그런 달력 말이다.

몇 블록 떨어진 한 건물 옥상에 사람 형체가 보인다. 여자다. 여자는 옥상 가장자리로 향하면서 우연히 우리 쪽으로 고개를 돌린다. 순간 나는 소스라치게 놀란다. 한다. 한나 카우프만이다. 현실에서 요나스의 비서이자 요나스의 자식을 임신한 여자 말이다.

「뭘 하려는 거지?」 내가 불안한 어조로 묻는다.

「목숨을 끊으려는 거야.」 아벨은 무덤덤하게 대꾸하더니 와인을 홀짝거린다.

나는 어이가 없는 표정으로 아벨을 바라본다. 「그럼 말려야지! 배 속에 아이가 있어. 요나스의 아이. 오늘 낮에 저 여자한테 직접 들었어.」

「이 세계에서는 임신하지 않았어.」

나는 당황스러운 표정으로 한나가 뛰어내릴 채비를 하는 옥상으로 눈을 돌린다. 한나는 옥상 끝에 서서 아래쪽을 내려다본다. 바람이 그녀의 얇은 외투를 거세게 잡아챈다.

「아벨, 제발! 뭐라도 좀 해봐! 이대로 앉아서 저 여자가 몸을 던지는 걸 지켜만 볼 거야?」

「이 세계에서 뛰어내리는 것뿐이야. 오늘 요나스한테 절교 통보를 받았거든.」

「뭐? 뭐가 어쨌다고? 자네 방금 뭐라 그랬어?」

「이 세계에서도 한나는 자네 동생의 비서이자 애인이야. 근데 오늘 자네 동생이 한나를 버렸지. 자식들을 위해서. 그러지 않았으면 야나는 이혼장을 내밀었을 거야.」

나는 여전히 무엇에 홀린 듯이 건물 밑을 내려다보는 한나를 지켜본다.

아벨이 말한다. 「아마 자네가 오늘 한나를 만나 대화를 나누지 않았더라면 진짜 현실 속의 한나도 지금쯤 저런 옥상에 올라가 있었을걸.」

나는 뭐가 뭔지 잘 모르겠다. 이제 한나는 하늘을 한번 올려다보더니 슬로비디오처럼 천천히 몸을 내밀어 소리 없이 어둠 속으로 사라진다.

「안 돼!」 내가 소리치며 벌떡 일어난다. 그 바람에 미끄러운 담장 위에서 미끄러지면서 균형을 잃는다. 뭐라도 잡으려고 필사적으로 손을 휘저어 보지만 헛수고다.

나는 아래로 떨어진다. 순간 아벨이 고개를 끄덕이며 이렇게 말하는 소리가 들린다. 「걱정 마, 야콥. 자네는 이 세계에선 죽지 않아.」

크리스마스 분위기로 치장한 거리가 나를 향해 돌진해 오더니 순식간에 눈 곤죽으로 더러운 잿빛 아스팔트가 바로 코앞이다.

누군가 어마어마하게 큰 파리채로 찰싹 때리는 것 같은 충격이 느껴진다. 그와 함께 나는 눈을 번쩍 뜬다.

신 이 괴 로 워 한 다

여기가 어디지? 허깨비 같은 어렴풋한 형상들이 조금씩 선명해지기 시작한다.

「내 모빌 트레일러야.」아벨은 잠이 덜 깼는지 우물우물 말한다. 그는 모락모락 김이 나는 커피 잔을 앞에 두고 작은 부엌 식탁에 앉아 있다. 「정확히 말하자면 손님용 소파 위지. 영광인 줄 알아. 아무한테나 내주는 소파가 아니니까. 서커스 전설들만 몇 명 거기서 자고 갔어. 커피 마실 거야?」

나는 힘없이 고개를 끄덕이고는 힘겹게 일어나 앉는다. 이 소파가 아무나 쓰지 못할 만큼 대단하고 전설적인 물건인지는 모르겠지만 편하지 않은 것만큼은 분명하다. 원통형의 낡은 난로에서 나온 열기가 질식할 듯이 이 작은 공간을 가득 채우고 있는데도 내 발은 젖어 있고 얼음처럼 차갑다. 문득 아벨과 함께 떠난 크리스마스 야간 비행이 떠오른다. 꿈이었을까? 나는 양말을 벗어 난로 위에 걸어 둔다.

아벨이 커피 잔을 건넨다. 무척이나 피곤해 보인다.

「고마워.」나는 커피를 한 모금 마신다.

코가 아프다. 나는 조심스레 코에 손을 갖다 댄다. 붕대가 만져진다. 순간 나는 비록 가난하고 실패한 삶이지만 내가 실제 존재하는 세계로 다시 돌아왔다는 생각에 행복의 물결이 온몸으로 사르르 퍼지는 것을 느낀다.

「내가 얼마나 잤어?」

「10분? 아니면 15분?」 아벨이 어깨를 으쓱하며 대답한다. 「어쨌든 내가 커피를 올리고 불을 피우는 데 걸린 시간보다는 길지 않았어.」 아벨은 손끝으로 관자놀이를 주무르며 얼굴을 찡그린다.

「왜 그래? 머리가 아파?」

「깨지는 것 같아. 우린 이틀 낮과 거의 사흘 밤을 돌아다녔어. 그렇게 돌아다니면 피곤한 거야 당연하지만 나이가 들수록 점점 힘들어져.」

「무슨 말인지 알 것 같아. 나도 우리가 영원히 떠나 있었던 것 같은 기분이야.」

아벨은 고개를 들고 정색을 하더니 나를 빤히 바라본다. 「야콥, 그게 꿈이었다는 뜻으로 하는 말이라면, 아냐, 그건 꿈이 아냐. 우린 정말 다른 세계에 갔다 왔어. 자네의 개인적인 시간 감각에는 안 맞게 느껴지더라도 우린 분명히 거기서 크리스마스를 보냈어. 오늘이 며칠인지 알아? 12월 27일이야. 그러니까 우린 크리스마스이브부터 이틀 낮과 사흘 밤을 다른 세계에서 보냈어.」

나는 의아한 얼굴로 아벨의 말이 사실인지 확인하려고 휴대폰을 꺼낸다. 정말이다. 오늘은 12월 27일이다. 배터리도 얼마 남지 않았다. 마지막으로 충전한 게 크리스마스이브였으니까.

「자네 돈과 다른 물건들은 아직 자네 어머니 집에 있어. 우리가 좀 급하게 떠났던 거 기억나? 그사이 자네 어머니는 플로리다에서 돌아왔어.」 아벨이 20유로짜리 지폐를 치켜든다. 「택시를 타고 가겠다면……」

그래. 나는 어머니와 대화를 나누어야 한다. 이젠 동생의 범죄 사실을 숨김없이 털어놓아야 하고, 한나가 요나스의 아이를 가진 것도 이야기해야 한다. 「신발 좀 빌려줄 수 있어? 재킷까지 빌려주면 더 좋고.」

아벨이 고개를 끄덕인다. 「물론이지.」

「일이 마무리되는 대로 돌아올게.」

「그렇게 해.」

나는 마법 같은 우리의 크리스마스 여행을 생각한다. 그게 꿈이 아니라면 무엇이었을까? 최면의 일종일까? 암시의 한 형태? 아무튼 다른 세계로의 여행이 내게 뚜렷한 족적을 남긴 것은 분명하다. 삶을 새롭게 정리하려는, 거의 도취에 가까운 들뜬 감정을 느끼고 있었던 것이다. 지난 사흘 밤의 여행은 내게 지금까지의 인생을 바꾸어야 한다는 것을 가르쳐 주었다. 그것도 지금 당장 말이다. 그러지 않으면 장차 내가 이 세상에 살았다는 어떤 흔적도 이 세상에 남기지 못할 것이다.

「도움이 필요해?」 아벨은 이렇게 물으며 내 손에 신발과 외투를 쥐여 준다.

「지금은 말고. 하지만 나중에는 그럴지 몰라.」

「그래, 언제든.」

이제야 나는 아벨이 그냥 피곤한 것이 아니라 얼굴색까지 걱정스러울 정도로 창백한 것을 알아챈다. 「좀 누워야겠어. 상당히 안 좋아 보여. 의사를 부를까?」

그는 고개를 흔든다. 「아니, 난 괜찮아. 좀 피곤해서 그런 것 뿐이야.」

「오케이. 일단 푹 쉬고 나서 우리 일을 시작하자.」

아벨은 나를 끌어안더니 내 어깨를 부드럽게 몇 번 톡톡 두드려 준다. 「일 잘 보고 와. 행운을 빌어, 야콥.」

이 이례적인 몸짓은 마치 기나긴 이별의 냄새를 물씬 풍긴다. 그러나 지금은 그걸 깊이 생각할 시간이 없다.

트레일러 숙소를 나서자 맑고 차가운 공기가 훅 끼쳐 온다. 그런데 아이젠 하인츠는 역시 별명에 걸맞게 강철 같은 사나이다. 얇은 바지와 가벼운 셔츠 하나만 입고 자기 트레일러 옆에 쪼그리고 앉아 차 주전자 속에 눈을 꾹꾹 담고 있다.

「안녕하슈, 박사.」 하인츠가 소리친다. 「크리스마스 잘 보냈소?」

「예, 고맙습니다.」 나는 이렇게 말하며 도로 쪽으로 걸음을 옮기려는 찰나 갑자기 어안이 벙벙해져서 걸음을 멈추고는 차력 곡예사를 뚫어지게 바라본다.

하인츠도 내 시선을 알아채고 차 주전자를 든 채 일어나더니 장난기 가득한 눈으로 말한다. 「왜 그러슈? 내 바지에 구멍이라도 뚫렸소? 아님 내 궁둥이에서 예쁜 장미꽃이라도 피었소?」

나는 이 하인츠에게 그 다른 세계에서의 체험을 떠올리게 하는 무언가가 있음을 곧 깨닫는다.

「혹시 자식이 있습니까?」

「아들이 하나 있소.」 하인츠는 이렇게 답하더니 웃음을 터뜨린다. 「벌써 마흔을 바라보는 나이라 이제 산타클로스 같은 건 믿지 않아요.」

「혹시 아드님이 요식업 쪽에서 일을 합니까?」

하인츠는 고개를 삐딱하게 젖힌다. 「당신은 여기 나타날 때마다 이상한 질문만 하시는구려. 갑자기 내 아들한테 관심을 보이는 이유가 뭐요?」

솔직한 대답은 이렇다. 나는 내가 존재하지 않는 세계에서 하인츠를 쏙 빼닮은 한 남자를 만났다. 그래서 마르코를 본 순간 어디선가 본 사람 같다는 느낌이 들었다. 다만 하인츠의 모호크족 헤어스타일과 문신 때문에 그 말쑥한 특급 요리사가 이 단단한 차력 곡예사와 혈연관계라는 사실을 한눈에 알아보지 못하고 조금 뜸을 들인 것뿐이다.

「별일 아닙니다. 그냥 아드님에 대해 좀 궁금해서요.」 나는 일단 이렇게 말해 놓고 그다음은 운에 맡긴다.

하인츠는 무표정하게 나를 바라본다. 무언가 생각을 하는 눈치다. 갑자기 그의 자세에서 긴장이 풀린다. 「아벨한테 마르코 이야기를 들은 모양이군. 아벨은 괜히 아들 이야기를 꺼내서 날 쑥스럽게 만들곤 하죠. 당신도 그러고 싶어서 이렇게 묻는 거요?」

나는 고개를 끄덕이며 안도의 미소를 짓는다. 그와 동시에 하인츠의 아들 이름이 마르코인 것을 알고는 속으로 깜짝 놀란다. 다른 세계에서 만난 마르코가 현실 세계에서도 존재하다니, 갑자기 으스스해진다. 나는 정적에 휩싸인 아벨의 트레일러로 눈을 돌린다. 우리의 크리스마스 여행이 어떤 의미이지는 몰라도 단순한 꿈 이상의 의미를 담고 있는 건 분명해 보인다.

「마르코는 바벨탑에서 요리를 하고 있소.」하인츠가 말한다. 「무대 창고 같은 곳이죠. 거기서 도시 최고의 햄버그를 만들어요. 물론 마르코는 햄버그보다 좀 더 나은 걸 만들고 싶어 하지만, 그래도 당장은 뭘 해서라도 먹고 살아야 하지 않겠소?」

나는 택시 안에서 엘렌과 마르코가 이 현실 세계에서도 행복한 쌍이 될 수 있을지 자문해 본다. 다른 세계에서는 그저 운명이 그들을 다른 사람으로 만들었기 때문에 행복한 쌍이 되었을까? 아니면 이 현실에서도 둘 사이에 사랑의 불꽃이 튈수 있을까? 혹시 이런저런 여건 때문에 아직 못 만난 것뿐일까?

나는 단호하게 휴대폰을 잡는다. 〈잘 지내, 엘렌? 야콥이야. 평화 제안을 하려고. 이 생에서는 우리가 다시 짝이 되는 일은 없으리라 생각하지만 그렇다고 서로를 미워할 필요는 없다고 생각해. 이제 서로에게 겨눈 총칼을 내려놓자고. 그런 뜻으로 식사 초대를 하고 싶어. 오늘 저녁에. 선약이 있다는 말은 하지 마. 어차피 돈과 관련된 약속일 테니까. 그런 문제는 내일 처리해도 돼. 오늘 8시 바벨탑에서 만나지. 괜찮은 가게야. 당신 마음에 들 거야. SMS로 답을 주든지 아니면 약속 장소로 바로 나와. 나중에 봐. 기다릴게.〉

어머니는 아버지의 서재에 있다. 그것도 아버지 책상에 앉아 앨범을 대여섯 권 펼쳐 놓고 추억에 젖어 있다. 이 방에서 어머니를 본 것은 정말 오랜만이다. 어머니는 아버지가 돌아가신 뒤로 청소하는 아줌마보다도 이 방에 들어오는 횟수가 적었다.

한동안 나를 가만히 바라보기만 하던 어머니가 마침내 천천히 안경을 벗더니 의자 하나를 자기 쪽으로 끌어다 놓는다. 「잠깐 여기 앉아 보겠니, 야콥?」

내가 의자에 앉자 어머니가 내 손을 잡는다.

「죄송해요.」 내가 짧은 침묵 끝에 입을 연다. 「미리 솔직하게 말씀드리려고 했는데 엄마가 걱정하실까 봐…….」

어머니는 더 말하지 않아도 된다는 뜻으로 고개를 젓는다. 「됐다, 야콥. 설명 안 해도 돼. 내가 갔다 온 게 차라리 잘됐다. 그러지 않았으면 난 여전히 요나스가 건실한 인간이라고 생각하고 있지 않았겠니?」 어머니는 실망감을 감추지 못한다. 「네 동생이 가르쳐 준 호화 아파트 주소로 찾아갔더니 공사장이더구나. 하지만 공사장 앞에 섰을 때까지만 해도 난 무슨 착각이 있겠거니 하고 믿었다. 근데 네 동생 은행이 있어야 할 곳에 스낵 코너가 있는 것을 보는 순간 네 말이 퍼뜩 떠오르더구나.」 어머니는 눈가에 맺힌 눈물을 얼른 닦아 낸다.

아버지의 죽음 이후 어머니가 이렇게 풀이 죽은 모습은 처음이다. 아들에게든 다른 사람들에게든 약한 모습은 보여 주지 말아야 한다는 것을 철칙으로 알고 살아가는 분이다. 세상에서 제일 싫어하는 게 남들에게 동정받는 것이었기 때문이다.

나도 눈물이 날 것 같다. 그래서 일부러 낙관적인 표정을 지으려고 애쓴다. 「엄마, 요나스가 왜 그런 짓을 했는지는 자세히 몰라도 내 생각엔 요나스가 업무상 엄청난 스트레스에 시달렸던 것 같아요.」 나는 사도로 빠진 아우를 변호하려고 거침없이 이야기를 지어낸다. 「투자 은행에서 일하는 사람들은 잘리지 않으려면 온갖 술수와 사기를 칠 수밖에 없다고 하잖아요!」

내가 지금 지어낸 이 이야기만 들으면 마치 지구상의 모든 투자 은행 직원들이 밑바닥 인생으로 추락하지 않으려고 끊임없이 사기나 치는 인간들로 보인다. 이게 너무 심한 과장이라는 건 나도 알지만, 지금 어머니가 처해 있는 정서적 상태를 고려하면 이 경우는 목적이 수단을 정당화한다. 저명한 몇몇 심리학자들도 이런 방법에 동의할 것이다. 그래서 나는 동생에 대한 변호를 계속 이어 나가려고 한다. 그때 어머니의 다음 말이 마치 망치처럼 내 머리를 때린다.

「요나스가 그렇게 된 건 나 때문이기도 해.」 어머니가 나직이 말한다.

「뭐, 뭐가요…… 왜……?」 내가 바보같이 묻는다.

「나 때문에 그런 사기를 친 게 분명해.」 어머니의 얼굴이 고통으로 일그러진다. 「들어 봐라. 네 아버지는 생전에 돈을 아주 잘 버셨지만 큰 재산을 남겨 놓지는 않았다. 그래도 난 아버지의 명성에 맞게 이런저런 사회적 의무들을 다함으로써 네 아버지의 명예를 지켜 드리려고 노력해 왔다. 하지만 안타깝게도 그런 일엔 적잖은 돈이 들어가는 게 사실이다. 게다가 이 넓은 집을 유지하는 데만도 돈이 엄청나게 들어. 몇 년 전 지붕을 수리할 때 든 수리비만 해도 웬만한 집 한 채는 살 수 있는 돈이었어.」

「요나스가 돈을 빌려줬군요.」 내가 혼란스러운 표정으로 묻는다.

「빌려줬다기보다는 그냥 줬다는 게 맞는 말이겠지. 내가 돈을 갚지 못할 거라는 건 우리 둘 다 알고 있었으니까. 요나스는 어떤 일이 있어도 이 집을 지켜 주려고 했어. 나한테 이 집이 어떤 의미인지 잘 알고 있었던 거지.」

「이 집 명의를 요나스 앞으로 옮겼어요?」 내가 묻는다. 어머니가 고개를 끄덕거릴지 모른다는 불안감 속에서.

어머니는 묻는 것 같기도 하고 질책하는 것 같기도 한 시선으로 나를 바라본다.

「내 상속분을 걱정해서 묻는 게 아니에요. 나한테는 돈이 중요하지 않아요. 그건 엄마도 요나스도 이제 좀 알아줬으면 좋겠어요. 중무장한 경찰 특공대원들이 요나스 집을 발칵 뒤집어 놓았을 때 난 그 현장에 있었어요. 집에 있던 물건은 모두 바로 압수되었고요. 요나스의 재산을 찾는 작업이 벌써 시작되었을 거예요. 만일 이 집을 요나스 앞으로 옮겨 놓았다면 압수는 시간 문제예요.」

어머니는 깜짝 놀라는 눈치다. 「사실 내가 네 동생한테 그러자고 제안했다. 그것도 몇 번이나.」 이 말에 이어 어머니는 재빨리 덧붙인다. 「물론 너하고도 당연히 상의하려고 했지. 하지만 요나스가 이 집을 원치 않았어. 아무리 말해도 이 문제만큼은 내 말을 들으려고 하지 않더구나. 요나스는 장차 언제가 됐든 너희 둘이 함께 이 집을 물려받았으면 했어. 게다가 혹시 뜻하지 않는 일이라도 생기면 이 집이 다시 일어설 훌륭한 토대가 되어 줄 거라고도 했지.」

「언젠가 일이 잘못될 거라는 걸 알고 있었던 게 분명해요. 엄마의 막내아들은 정말 영악한 녀석이에요.」

어머니도 고개를 끄덕이며 엷게 웃는다.

「요나스가 어디에 있는지 아니?」

「쿠바요. 정확한 장소는 모르겠고요. 어쩌면 쿠바도 중간 경유지일 수 있어요. 그랬다면 지금쯤 벌써 다른 나라로 가 있 겠죠.」

「연락은 되니?」

나는 고개를 흔든다. 「경찰이 위치 추적을 못하게 휴대폰을 두고 갔어요. 개인 메일로는 아직 연락이 될지 모르겠네요. 하 지만 그것도 쓰지 않는 게 좋아요. 요나스의 메일 계정은 하나 도 빠짐없이 경찰이 눈에 불을 켜고 감시하고 있을 테니까.」

「그럼 어떻게 하면 걔를 찾을 수 있겠니?」

나도 모르게 웃음이 터져 나온다. 「경찰뿐 아니라 장차 엄 마한테 손자를 안겨 줄 아가씨도 그렇게 묻더니, 엄마도 똑같 네요.」

어머니의 눈이 휘둥그레진다. 나는 긍정의 뜻으로 고개를 끄덕인다.

「요나스가 자기 비서를 임신시켰어요.」 나는 이 소식을 이렇 게 아무렇지도 않게 이야기하고 있는 나 자신이 놀랍다.

어머니도 같은 생각인 모양이다. 「옆집 개가 새끼를 밴 것도 아니고, 그런 이야기라면 좀 진중하게 알려 줘야 하는 거 아니 니? 아무튼 이 난리 통에 처음으로 듣는 좋은 소식이구나.」

「엄마 생각이 그렇다니 다행이네요.」

「암, 그렇다마다. 내가 손자를 얼마나 보고 싶어 했는데. 요 나스는 이제 걱정할 거 없다. 우리가 아이를 잘 돌볼 테니까.」

「요나스는 자기가 아빠가 된다는 사실도 몰라요. 반대로 그 아가씨는 요나스가 범죄를 저질러 도망친 것을 모르고요. 요나스가 유부남인 줄 알고 있어요. 그건 아마 한나가 들러붙지 않도록 일부러 거짓말을 한 것 같아요.」

어머니는 이해할 수 없다는 듯 고개를 절레절레 흔든다. 「요나스 그 녀석, 다음에 만나면 정말 호되게 엉덩이를 때려 줘야겠구나.」 어머니의 어조에서는 농담의 기색을 전혀 느낄 수 없다.

「그 정도 갖고 30억 유로를 날린 죄가 씻기겠어요?」

「어쨌든, 이 모든 걸 그 아가씨한테 설명해야 돼.」 어머니가 멈칫한다. 「아가씨 이름이 뭐라고 했더라? 성격은 좋아 보이던?」

나는 어깨를 으쓱한다. 「그건 모르죠. 이름은 한나인데 인상은 좋아 보였어요. 하지만 딱 한 번, 그것도 잠깐 이야기를 나눴을 뿐이에요.」

「한나라고? 음, 이름이 예쁘구나.」 어머니는 앨범이 펼쳐진 책상 위로 시선을 돌린다. 사진 하나하나마다 사연이 하나씩 담겨 있다. 이 사연들이 모여 어머니 삶의 모자이크를 이루고 있다. 「가슴이 아프구나.」 어머니가 안타깝다는 듯이 한숨을 토해 낸다. 「사정이 아무리 급해도 크리스마스는 함께 보내고 갔으면 좋았으련만.」

이 말이 내 머릿속에 전기 불꽃을 일으키면서 요나스의 선물을 아직 어머니에게 전하지 않은 사실이 퍼뜩 떠오른다. 나는 집게손가락을 들어 어머니에게 잠깐만 기다리라고 하고는 벌떡 일어나 선물을 가지러 간다.

「네 선물이니?」 얼마 뒤 어머니가 반짝거리는 포장지로 싼 쪼그만 상자를 책상 위에 올려놓으며 묻는다.

「아뇨, 요나스가 주는 크리스마스 선물이에요.」

「네 선물은 없어?」 어머니가 짐짓 엄한 표정을 지으며 묻는다.

「없긴 왜 없어요? 크리스마스이브를 엄마랑 함께 보내고, 국제적으로 지명 수배된 사기꾼 아들이 아닌 것만큼 큰 선물이 어디 있겠어요?」

어머니는 피식 웃으며 고개를 끄덕인다. 그러고는 선물 상자의 은빛 리본을 조심스레 푼다. 포장지를 벗기자 종이 상자가 나타난다.

「이게 뭘까? 설마 늙은 어미한테 반지를 선물하지는 않았을 테고.」

어머니는 상자 안을 살짝 들여다보더니 곧 안에서 접힌 쪽지를 꺼낸다.

쪽지는 요나스가 직접 쓴 편지다. 어머니는 쪽지를 읽는다. 잔뜩 굳어 있던 어머니의 표정이 서서히 풀린다. 어머니가 내게 쪽지를 건넨다.

동생이 적은 짧은 글귀가 눈에 들어온다. 〈아바나, 푸에르토 가로수 길, 카리베 카페, 15시.〉

「그러니까 요나스는 자신이 운영하는 투자 시스템이 붕괴될지 알고 있었을 뿐 아니라 그에 대한 준비까지 해놓았던 거예요.」 내가 추측한다.

어머니는 고개를 끄덕인다. 「이 카페에 가면 매일 세 시경에 요나스를 만날 수 있다는 소리구나. 그럼 이제 요나스를 만나 얘기할 길이 생긴 셈이다.」

「아바나로 가시려고요?」

어머니는 다시 고개를 끄덕인다. 「다행히 난 아직 짐을 풀지 않았다. 좀 일찍 알았더라면 대서양을 횡단하는 수고를 면했 겠지만, 지금으로선 그 아이의 약혼녀를 데려갈 수 있게 돼서 더 다행인지 모르겠구나.」

「엄마, 그 아가씨는 약혼녀가 아니라 그냥 옛날 애인이에 요.」 내가 바로잡는다.

「한나라는 아가씨와 연락이 닿을 방법이 있니?」 어머니는 내 반론 같은 건 들은 척도 하지 않고 자기 궁금한 것만 묻는 다. 좀 전까지 세상의 불행을 다 짊어진 것처럼 축 늘어져 있던 사람이 이제 다시 적극적으로 활동할 전망이 보이자 손바닥 뒤집듯 예전의 모습으로 돌아가고 있다. 물론 그건 어쩔 수 없 는 일인지 모른다. 지금껏 어머니의 삶을 지탱해 온 것이 이런 식의 무시와 강한 의지력, 과도한 에너지의 폭발적 혼합이었 으니까.

「전화번호를 받았어요.」

「거 잘됐구나. 그럼 전화해서 내일 쿠바로 가자고 해라.」 어 머니는 이렇게 지시를 내리고는 곧장 활력 넘치는 목소리로 덧 붙인다. 「이번엔 너도 같이 가자. 응? 이번 비행기 삯은 네 아 버지가 성실하게 번 돈으로 지불하겠다고 약속하마.」

어머니는 이제 예전의 어머니로 완전히 돌아왔다. 자기 확신 에 가득 찬 모습으로 카리브 해 작전의 우두머리를 자처하고 나선 것이다.

나는 잠시 생각에 잠긴다. 각각 복잡한 상황에 처한 여러 가족이 이역만리에서 모이는 자리에 심리 치료사가 함께 있는 것도 나쁘진 않을 듯하다. 하지만 궁지에 몰린 아벨을 더는 저대로 방치해 둘 수 없다. 그를 도와주겠다는 약속을 지켜야 한다.

「저는 여기서 몇 가지 정리할 일이 있어요. 게다가 경찰이 요나스의 행방을 찾으려고 내 뒤를 밟을지도 몰라요. 어머니 한테까지 미행을 붙이지는 않을 것 같지만, 내 경우는 아니라고 장담할 수 없어요.」

「쿠바는 범죄자를 외국에 인도하니?」 어머니의 표정에서 영락없이 도주 방조 전문가의 모습이 묻어난다.

「원래는 인도하지 않아요. 하지만 다른 나라의 법정에 세우거나 다른 나라의 감옥에 가두려고 강제로 끌고 가는 일은 얼마든지 일어날 수 있어요. 요나스가 이번 건으로 적을 얼마나 많이 만들었는지는 모르지만, 30억 유로라는 어마어마한 돈이 걸린 일이라면 요나스를 노리는 사람들이 많을 거라고 생각해요.」

어머니는 심각하게 고개를 끄덕인다. 「충분히 그럴 수 있지.」

「난 이 사건이 좀 잠잠해진 뒤에 가볼게요. 몇 주 뒤가 될지는 몰라도, 우린 시간이 있잖아요.」

「언론에서는 언제 이 사건 냄새를 맡을 것 같니?」 이번에는 꼭 냉정한 변호사 같다.

나는 어깨를 으쓱한다. 「아마 곧 맡지 않겠어요?」

「알았다.」 어머니는 결연하게 앨범을 닫는다. 「나는 여행 준비를 할 테니 넌 한나를 불러들여라.」

한나를 불러들이는 건 생각만큼 쉽지 않다. 휴대폰이 꺼져 있다. 통화도 안 되고 문자를 남겨도 답이 없다.

늦은 오후다. 번호를 얼마나 많이 눌렀던지 이제는 전화번호를 외울 정도다. 그런데 저녁쯤에 이상한 예감이 스멀스멀 밀려든다. 그와 함께 내 속의 직감에 의존하라는 아벨의 충고가 떠오른다. 결국 나는 다른 세계에서 한나를 봤던 그 옥상에 가보기로 마음먹는다. 그녀가 다른 세계에서 자살할 생각을 품었다면 실제 현실에서도 그런 생각을 품을 가능성이 높지 않을까?

그 건물을 찾기까지 두 시간 가까이 걸린다. 그 지역의 거리는 모두 비슷비슷했을 뿐 아니라 아벨이 나를 이리로 데려왔을 때는 어두운 저녁이었기 때문이다.

나는 두근두근 가슴을 졸이며 옥상 문 앞에 선다. 논리적으로만 보면 이 문 뒤에서 내가 한나를 만나게 되는 것은 불가능에 가깝다. 이윽고 나는 문손잡이를 지그시 누르며 문을 연다. 끼익 소리가 나고, 동시에 내 몸이 그 자리에 딱 얼어붙는다.

한나다. 한나가 옥상 가장자리에 서 있다. 그녀는 갑작스러운 문소리 때문에 생각에서 깨어난 듯하다. 우리는 눈을 똑바로 마주 본다. 한나의 눈 속에서 납처럼 무거운 슬픔이 보인다. 코앞이 시커먼 절벽이다. 그녀의 외투가 바람에 팔락인다.

신 이 부 른 다

「제발 그러지 말아요!」 내가 애원하듯 소리치고는 한나를 향해 아주 천천히 손을 뻗는다.

한나는 나를 보는 것 같지만 시선은 아득히 먼 곳으로 향해 있다. 내 존재를 알아챘는지도 알 수 없다. 혹시 술에 취했을까? 아니면 마약을 했을까? 그녀는 고개를 돌려 다시 건물 아래를 내려다본다.

「요나스가 어디 있는지 알아냈어요! 당신을 요나스한테 데려다줄 수 있다고요.」 나는 재빨리 이렇게 내뱉고는 한나의 반응을 기다린다.

영원처럼 느껴지는 짧은 시간 동안 아무 일도 일어나지 않는다. 그러다 그녀가 나를 향해 고개도 돌리지 않고 천천히 왼손을 뻗는다. 마치 내 손을 잡으려는 듯이. 나는 그녀와 몇 미터 떨어져 있었기 때문에 그 몸짓을 좀 더 가까이 다가오라는 요구로 받아들인다.

나는 조심스레 다가가 팔을 뻗고는 그녀의 손을 잡을 채비를 한다. 여기 옥상에는 얼음처럼 차가운 바람이 분다. 게다가 바닥도 아주 미끄럽다. 눈 아래 곳곳이 물웅덩이 빙판이다. 자칫 잘못 움직이거나 경솔하게 발을 내디뎠다가는 곧장 균형을 잃고 미끄러질 수 있다.

나는 잔뜩 긴장해서 옥상 가장자리로 조금씩 나아간다. 마침내 그녀의 손을 잡는 순간 무릎이 후들거린다.

「이제 아주 조심해서 나한테로 오세요.」 내가 말한다.

한나는 잠시 멈칫하더니 내 손을 꽉 힘주어 잡는다. 순간 내 몸이 그녀 쪽으로 홱 쏠린다. 그녀에게 이런 힘이 있을까 믿어지지 않는 힘이다. 나는 절벽 아래로 떨어지지 않으려고 미친 듯이 버둥거린다. 심장 소리가 목까지 차오르고 숨까지 헐떡거린다. 나는 공포에 질린 눈으로 한나를 빤히 바라본다. 그녀도 내 시선에 응답한다. 지금 그녀의 눈은 아까와 달리 초점이 맞고 아주 맑다.

「느껴지세요?」 그녀가 묻는다. 「피가 혈관 속을 미친 듯이 흘러가고 맥박이 힘 있게 뛰는 게요? 폐가 신선한 공기를 힘차게 펌프질하는 게요?」 그녀의 시선이 지평선을 더듬는다. 「조금 전까지 절벽을 내려다보고 있던 사람에게는 살아 있음의 신호가 특히 강렬하게 느껴져요.」

나는 여전히 숨을 헐떡거리며 간신히 입을 연다. 「미안하지만 난 고소공포증이 좀 있어요. 게다가 나는 근사한 와인을 앞에 두고 있을 때 특히 살아 있음의 신호를 강하게 느끼는 사람입니다. 위험한 상황에서 쾌감을 느끼는 아드레날린 중독자가 아니라고요.」

그녀가 나를 빤히 바라본다. 「고소공포증요? 그런데도 절벽에서 뛰어내리려는 저를 구하려고 뛰어든 거예요? 존경스러워요! 갑자기 제가 무슨 대단한 사람이 된 것 같아요.」

「누가 보면 꼭 당신이 지금 나를 구하는 줄 알겠어요.」 내가 덜덜 떨면서 대답한다.

그녀가 웃는다. 「걱정 마세요. 여긴 제가 잘 알아요. 이 자리에 벌써 여러 번 서봤거든요. 고백하자면 여기서 몇 번이나 뛰어내리려고 마음먹었는지 몰라요.」

「알았어요. 알았으니까 절대 서둘지 말아요. 우리 둘이 동시에 뒤로 한 발씩 살짝 물러나는 건 어때요?」 내가 타협하듯이 묻는다.

「긴장 푸세요.」 한나는 1밀리미터도 움직이지 않으면서 말한다. 「여기 절벽가에서는 경직되지 않는 것이 가장 중요해요. 그러지 않으면 돌멩이처럼 굴러떨어질 수 있어요.」

「유용한 정보 고맙습니다.」 나는 이렇게 말하며 내 몸이 빠른 속도로 경직되는 것을 느낀다.

「걱정 마세요. 저는 뛰어내릴 생각이 없어요. 이제야 내 생명이 나 혼자만의 것이 아니라는 사실을 깨달았어요. 배 속에 아이 때문에요.」

「거 반가운 소식이네요. 근데 그런 얘긴 여기 말고 건물 1층으로 내려가서 하면 안 될까요?」 내 눈빛이 간절하다.

그녀가 나를 똑바로 바라본다. 「그런데 아까 그 말 사실이에요? 동생이 어디 있는지 아신다는 그 말이요. 정말 나를 그이한테 데려다줄 수 있어요? 아니면 자살하려는 사람을 말리려고 그냥 한 소리인가요?」

나는 고개를 젓는다. 「동생하고는 달리 난 가끔 진실을 말하기도 합니다.」

그녀의 얼굴에 엷은 미소가 언뜻 스치고 지나간 듯하다. 이어 그녀가 조심스럽게 옥상 가장자리에서 나를 잡아당기고, 나는 안도의 한숨을 내쉰다.

얼마 뒤 우리는 뜨거운 차를 앞에 두고 중국 스낵바에 앉아 있다. 나는 시체처럼 창백하고 여전히 몸을 덜덜 떨고 있지만, 한나는 오히려 고공의 모험을 겪은 뒤에 시장기를 느끼는 모양이다. 그래서 뭔가 음식을 시키려고 한다.

그 순간 내 머릿속에 잊고 있던 엘렌과의 약속이 번개처럼 떠오른다. 이대로 가다가는 약속에 늦을 게 분명하다. 나는 얼른 한나를 택시에 태워 어머니 집으로 보내고는 어머니에게 전화를 걸어, 미래의 며느리에게 요나스에 관한 진실을 차분하게 알려 줄 것을 당부한다. 어차피 어머니는 한나를 만나고 싶어 했기에 자연스럽게 저녁 식사를 하면서 중요한 문제들을 털어놓을 수 있을 거라고 생각한다.

물론 나는 이 제안에 어머니로부터 칭찬을 기대하지는 않았다. 오히려 약간 비아냥거리는 말을 몇 마디 들으리라 각오했다. 그랬기에 어머니가 내 제안에 반색을 하자 오히려 내가 어리둥절하다.

「정말 좋은 생각이구나, 야콥. 그래, 여자들끼리 얘기해야 할 문제들이 있지. 아무튼 너도 좋은 시간 보내길 바란다. 엘렌한테 안부 전해 주고. 그것도 아주 따뜻한 안부로.」

제발 이제는 내 전처와 그만 붙어 다녔으면 좋겠다고 말하려는 찰나에 어머니는 벌써 전화를 끊어 버린다.

바벨탑은 시끄럽고 쾌적하지 못하다. 엘렌은 기분이 안 좋아 보인다. 거기에는 여러 이유가 있다. 일단 내가 10분 늦게

도착한 것에 자존심이 상하는 모양이다. 자기는 나를 만나기 위해 정말 중요한 약속도 취소하고 왔는데 말이다. 임신한 한 나를 돌보느라 늦었다는 말도 유치한 변명으로 여기는 듯하다.

두 번째로 기분 나쁜 이유는 내가 레스토랑도 아니고 연극 쟁이들이나 드나들 것 같은 술집인 바벨탑을 약속 장소로 잡았기 때문이다. 평소 우아하게 클래식 음악을 들으며 갑각류 요리나 먹는 데 길들여져 있던 전처에게는 이곳이 자신에 대한 모욕처럼 느껴지는 듯하다.

「여기서 뭘 먹자는 건데?」 엘렌이 톡 쏘아붙인다. 「햄버그 쪼가리에다 감자튀김?」

「맞아, 그거야. 분위기는 이래도 여기 햄버그가 우리 도시에서 최고래.」

그런데 아무리 찾아봐도 메뉴판에 햄버그가 없는 것을 발견하고 나는 아찔해진다. 메뉴판엔 초밥 종류만 가득하다.

「차라리 초밥이 좋겠어.」 엘렌이 말한다. 「하지만 그 전에 이런 불결한 술집이 위생 검사나 제대로 받는지 알고 싶은데.」

이번에는 엘렌의 독설이 내 계획에 딱 맞아떨어진다. 엘렌을 마르코와 만나게 할 좋은 기회였던 것이다.

「여기 주방장한테 잠시 할 이야기가 있다고 전해 줘요.」 나는 우리 테이블로 베트남 맥주를 가져온, 피어싱을 한 말라깽이 종업원에게 말한다. 이 맥주를 시킨 이유는 바에 진열된 화이트 와인을 우리 둘 다 믿지 못했기 때문이다.

「뭣 때문에 그러시냐고 주방장님이 묻는데요.」 몇 분 뒤 말라깽이가 우리 테이블로 돌아와 말한다.

「물어볼 게 있다고 해요.」 나는 다시 종업원을 돌려보낸다.

「대체 어쩌려고 그래?」 엘렌이 묻는다. 「그런다고 이 허름한 가게의 주방장이 당신한테 부엌을 보여 줄 거 같아? 턱도 없는 소리. 당신 코나 성하면 다행이지.」

「두고 보지 뭐.」 나는 말라깽이가 다시 우리 테이블 쪽으로 오는 것을 보면서 말한다.

「주방장님이 물어볼 게 뭐냐고 그러는데요.」

「빌어먹을!」 내가 호통을 친다. 「그렇게 말귀를 못 알아먹어? 그냥 주방장을 이 테이블로 데려오라고! 알겠어?」

말라깽이는 소심하게 고개를 끄덕이고는 후다닥 사라진다.

엘렌이 회심의 미소를 짓는다. 「주방장 주먹에 당신이 한 방 맞는다는 데 한 표 걸지.」

「아니면 당신이 저녁을 사는 거야!」

엘렌은 고개를 끄덕인다. 그 순간 아시아 유럽 혼혈로 보이는, 요리사 모자를 쓴 남자가 우리 테이블 앞에 우뚝 선다. 격투기 경험이 10년은 있을 것처럼 우락부락한 데다 넓은 가슴에 팔짱을 낀 근육질 팔뚝이 울퉁불퉁하다.

「무슨 일이오?」

「주방장과 얘기를 하고 싶은데요.」 내가 말한다. 마르코와는 조금도 닮은 데가 없어서 나는 사람을 잘못 보냈다고 생각한다.

「내가 주방장이오.」

「혹시 여기 다른 요리사는 없습니까?」 나는 내 운을 시험해 본다.

우락부락한 남자는 힘차게 고개를 젓는다.

「햄버그는 안 만드세요?」 나는 이렇게 물으며 명치끝이 따끔거리는 것을 느낀다. 아무래도 이 내기는 엘렌이 이길 것 같다. 아, 불쌍한 내 코. 이제야 통증이 그쳤는데⋯⋯.

주방장은 뭐 이런 미친 인간이 다 있느냐는 듯 나를 내려다본다. 「안 만든다면?」

「난 여기 햄버그가 있는 줄 알았어요.」 내 표정이 영락없는 바보다.

「정말 주먹맛을 보고 싶어서 이러는 거요?」 남자가 주먹을 만지작거린다.

「아뇨.」 나는 기어들어 가는 목소리로 답한다. 사실 주먹맛을 보고 싶은 사람이 어디 있겠는가?

「이런 쓸데없는 일로 바쁜 사람을 주방에서 불러낸 이유가 뭐요? 지금 손님들로 가득 찬 이 홀 안 보여요? 주문을 맞추느라 손이 열 개라도 모자란데.」 주방장은 이해가 안 된다는 듯 고개를 절레절레 흔들더니 등을 돌리려 한다. 그러다 다시 우뚝 멈춘다. 「4층이던가? 5층이던가? 당신이 찾는 햄버그 집은 파트리크한테 물어보쇼. 잘 알 테니까.」 주방장은 투덜거리며 터벅터벅 걸어간다.

「고맙습니다!」 내가 그의 등 뒤로 소리친다. 「그리고 미안합니다. 괜한 일로⋯⋯.」

주방장은 거칠게 손을 내젓더니 내게는 눈길 한 번 주지 않고 부엌으로 사라진다.

「미국식 음식점은 5층에 있습니다.」 얼마 뒤 말라깽이가 와서 설명한다. 이 친구의 이름이 파트리크인 모양이다.

「아, 그러니까 여기엔 음식점이 여러 개 있군요. 이제 이해가 되네.」

「아시아식, 이탈리아식, 아랍식, 미국식이 있죠.」파트리크는 이렇게 대답하고는 목소리를 깔며 은근하게 덧붙인다. 「그래서 여기 이름이 바벨탑이죠.」

「여기 혹시 신선한 해물 요리를 하는 고급 프랑스 레스토랑은 없나요?」엘렌이 묻는다.

파트리크는 대답할 여유가 없다. 그 역시 주방장만큼이나 바빠서 어느새 우리 옆 테이블로 옮겨 말을 붙이고 있다.

「우리 햄버그 먹자.」내가 말한다. 「여기 햄버그가 정말 유명하대. 게다가 미국식 음식점이 분명 여기보다는 아늑할 거야.」

그건 내 착각이다. 미국식 음식점은 1층 초밥 가게보다 훨씬 시끄럽고 부산스럽다. 정신 사나울 정도로 알록달록한 실내 장식은 둘째 치고라도 곳곳에 걸린 평면 TV에서는 막 축구 경기가 시작되고 있다. 스포츠 중계 아나운서의 흥분한 목소리에다 스타디움 현장의 열광적인 반응이 금세 홀 안을 가득 채운다. 두 그룹으로 나뉜 축구 팬들의 함성 사이에서 엘렌이 단호하게 말한다. 「나는 상관없으니까 당신은 햄버그 먹고 싶으면 여기 십 대들 틈에 섞여 먹고 와. 나는 이런 데 앉아서 햄버그를 꾸역꾸역 씹고 싶은 마음 없으니까.」

「잠시만 앉아서……」내 다음 말은 축구 팬들의 떠들썩한 환호 속에 묻혀 버린다.

야구 모자를 쓴 주근깨투성이 여종업원이 엘렌과 내가 입구 쪽에서 서성거리는 것을 보고는 옆구리에 메뉴판을 끼고 우리에게로 다가온다. 「두 분 좌석이 필요하세요?」그녀는 강한 미국식 악센트로 묻는다.

「잠깐만요.」내가 여종업원에게 말한다. 어떻게든 이곳에 잠시 앉았다 갈 수 있도록 엘렌의 마음을 돌릴 시간이 필요했기 때문이다. 그러나 전처는 이미 이 가게에서 마음이 떠난 듯하다. 바로 휴대폰을 꺼내더니 수다를 떨며 새빨갛게 칠한 입구 쪽으로 어슬렁어슬렁 걸어간다. 그러면서 따라오라고 내게 눈짓을 한다. 자기는 이 가게를 떠나기로 마음먹었다는 단호한 표시다. 그런데도 내가 즉각 반응을 보이지 않자 엘렌은 불쾌한 기색으로 고개를 돌리고는 전화 통화에만 집중한다.

나는 주근깨 여종업원에게로 다시 고개를 돌린다. 「혹시 여기 일하는 사람 중에 마르코라고 있어요?」

그녀는 고개를 한쪽으로 기울이더니 마르코가 누군지 생각하는 눈치다.

「여기서 요리를 한다고 들었어요.」 내가 보충한다.

순간 그녀의 얼굴이 환해진다. 「아, 마르코 요리사! 키 크고 날씬하고, 짧은 머리에 〈황혼에서 새벽까지〉의 조지 클루니처럼 목에 문신한 사람요?」

문신? 짧은 머리? 순간 나는 뚱뚱한 요나스의 모습이 떠오르면서 문득 이런 의문이 든다. 실제 현실 속의 마르코가 엘렌의 눈길을 사로잡지 못할 정도로 카리스마가 없는 인간이면 어떡하지? 그럴 수도 있을까?

「마르코는 여기서 일한 지 오래됐을 거예요.」 주근깨 여종업원이 말을 잇는다. 「오늘은 야간 근무니까 곧 올 시간이 됐네요.」

나는 생각에 잠겨 있다가 엘렌에게로 눈을 돌린다. 엘렌은 새빨간 플라스틱으로 만든 멋진 날개식 문 앞에 서서 열심히 전화 통화만 하고 있다. 그때 한쪽 문짝이 홱 열리면서 무방비 상태에 있던 엘렌의 이마에 쾅 부딪힌다. 충돌하는 소리가 어찌나 크던지 순간적으로 축구 중계 소리조차 압도한다. 엘렌이 아연한 표정으로 두 팔을 휘젓는 순간 마르코가 나타난다. 그는 급히 들어오는 중이었는데도 문에 부딪혀 휘청거리는 여자를 보고 방금 여기서 무슨 일이 일어났는지 번개처럼 알아차린다. 엘렌이 중심을 잃고 쓰러지려고 하자 마르코는 그녀를 받으려고 슬라이딩하듯 몸을 던진다. 엘렌의 다리가 꺾이고 뒤통수가 바닥에 닿으려는 찰나 마르코는 재빨리 무릎을 꿇으면서 팔을 뻗는다. 그리고 관성의 법칙에 따라 그 상태로 미끄러운 바닥 위를 20~30센티미터 정도 더 미끄러진다. 자유 종목 연기 후 가냘픈 파트너를 웅장한 피날레로 이끄는 피겨 스케이팅 선수 같다고 할까! 엘렌의 상체는 바닥에 닿기 몇 센티미터 전에 마르코의 단단한 두 팔에 부드럽게 안착한다.

「와우!」 주근깨 여종업원의 입에서 탄성이 터진다. 자기도 저렇게 넘어져 마르코에게 구조를 받고 싶다는 뜻으로 들린다. 그 마음 십분 이해된다. 나도 속으로 마르코의 반응 속도에 탄복하고 있었기 때문이다. 게다가 뒤이은 마르코의 행동도 감동을 증폭시키기에 충분하다. 마르코는 내가 움직이기도 전에 자기 품 안에서 황홀하게 미소 짓고 있는 엘렌을 번쩍 들어 올리더니 부엌 쪽으로 뚜벅뚜벅 걸어간다. 나도 어깨를 으쓱하며 왕자와 공주 뒤를 터벅터벅 따라갈 수밖에 없다.

엘렌의 부상은 가벼운 타박상으로 드러난다. 이마가 약간 발개진 것이 전부다. 사실 쿠션을 입힌 플라스틱 문으로는 심각한 부상이 생길 수 없다. 그렇다면 엘렌이 중심을 잃고 쓰러진 것은 갑작스러운 충격과 놀라움 때문이다.

그럼에도 마르코는 지극정성으로 엘렌을 돌보고, 엘렌도 그런 마르코가 꽤 마음에 드는 눈치다. 엘렌은 부엌 뒤 휴게실의 푹신한 소파로 옮겨진다. 마르코는 구급상자를 가져와 아르니카 물약을 솜에 적셔 바른다. 이마에 혹이 나는 것을 방지하기 위해서다. 게다가 혈액 순환에 좋다며 차가운 고급 샴페인을 가져와 권한다.

「이럴 필요까지는 없는데……」엘렌이 말은 이렇게 하면서도 활짝 웃으며 잔을 들더니 마르코와 건배를 한다. 나도 여기같이 있고, 마찬가지로 샴페인을 한잔 마시고 싶을 수도 있는데, 나 같은 건 두 사람의 안중에 없는 듯하다.

「제가 그러고 싶습니다.」마르코가 매력적으로 웃는다. 「게다가 우리의 최고급 햄버그도 대접하고 싶습니다. 1등급 친환경 소고기와 신선한 야채로 만든 메뉴인데, 제 아이디어였죠. 물론 안타깝게도 대부분의 손님들은 그런 고급 메뉴 대신 싼걸 원하지만요.」마르코는 잔을 내려놓는다. 「잠시 주방에 가서 제가 30분 뒤에 일을 시작해도 되는지 물어보고 오겠습니다. 그래도 된다면 여기서 식사하시는 동안 제가 같이 있어 드리겠습니다. 물론 허락하신다면요.」마르코가 유혹적인 미소를 날린다. 「이건 비상 상황이니까요.」

「예, 저야 좋죠.」엘렌이 속삭이듯 대답한다. 그러고는 부엌으로 향하는 마르코의 뒷모습을 잠시 바라보더니 내게 고개를 돌려 환하게 웃는다. 「저 남자 멋지지 않아?」

「그럼 이제 여기서 햄버그 먹는 거야?」내가 재미있다는 듯이 묻는다.

갑자기 엘렌의 표정이 확 바뀐다. 「솔직히 말해 당신은 햄버그를 먹을 자격이 없다고 생각하지 않아? 하마터면 내 목뼈가 부러질 뻔했잖아! 게다가 지금 이렇게 40톤 트럭이 밟고 지나간 것처럼 몸이 무거운 것도 당신 때문이잖아! 당신만 아니었으면 난 복도에서 아주 세련된 모습으로 마르코를 만날 수도 있었단 말이야. 당신이 그 종업원 계집애랑 시시덕거리는 바람에……」

「시시덕거리지 않았어.」

「그럼 됐고. 아무튼 이혼 이후 처음으로 잘될 것 같은 이 데이트를 당신이 망쳐서는 안 된다고 봐. 요컨대, 우리 둘만 놔두고 당신은 가는 게 최상이라고 생각해.」

「나도 배고파.」 내가 강력히 항의한다. 이렇게 말한 건 그녀를 화나게 하려고 그런 것뿐이다. 적당한 시점에 멋지게 퇴장하기로 이미 마음먹고 있었던 것이다. 내 임무는 완수되었다. 엘렌과 마르코를 만나게 해주었으니 이제 나머지는 둘이 알아서 할 일이다. 하지만 배가 고픈 건 사실이다. 그것도 엄청나게.

「이제 그만 좀 이기적으로 행동해!」 엘렌이 불만을 터뜨린다. 「당신이라는 사람은……」

엘렌의 말이 갑자기 뚝 그친다. 마르코가 문틈으로 고개를 빠끔 내밀었기 때문이다. 「가능하대요. 제가 일을 좀 늦게 시작하기로 했습니다. 햄버그는 5분 안에 끝날 겁니다. 곧 온갖 재료를 넣은 최고급 햄버그 세 개를 대령하겠습니다.」

「내 사촌 오빠는 가야 해요.」 엘렌이 얼른 간살부리듯 말한다. 「방금 전화를 받았는데 중요한 약속이 생겼나 봐요.」

엘렌은 마치 눈에서 치명적인 방사능 광선을 뿜어 대는 만화 주인공처럼 나를 쏘아본다.

「맞습니다. 아쉽지만 제 건 안 만들어도 됩니다. 전 바로 가 봐야 합니다.」

「거 참 아쉽네요. 좋은 기회인데.」 마르코는 상냥하게 웃더니 문을 닫는다.

「뭐? 사촌 오빠?」 내가 어이가 없다는 듯이 엘렌의 말을 인용한다.

「어쩔 수 없잖아! 내가 이혼녀라는 걸 당장 알려서 좋을 게 뭐가 있어? 남자들은 이혼한 여자들이 모두 까칠하고 전투적이라고 생각하잖아.」

「당신이 까칠하고 전투적인 여자라는 걸 언제까지 숨길 수 있을 거라고 생각해?」

「중요한 약속 있다며?」 엘렌이 새치름하게 톡 쏘아붙인다.

지하철을 타러 가는 길에 나는 패스트푸드로 허기를 채우고 싶은 욕구를 이겨 낸다. 물론 쉽지 않은 일이다. 고기를 굽고 튀기는 크리스마스 시즌 특유의 냄새가 여전히 공기 중에 배어 있었기 때문이다. 그럼에도 나는 유혹을 이겨 내고 어머니 집에 약간의 빵과 치즈가 남아 있을 거라고 기대한다. 요나스의 최고급 레드 와인과 같이 먹으면 꿀맛일 것이다.

놀랍게도 어머니는 집에 없다. 레드 와인과 빵, 치즈는 쉽게 찾는다. 그런데 그 과정에서 어머니가 냉장고에 붙여 놓은 쪽지를 발견한다. 〈사랑하는 야콥, 나는 한나와 무척 유익하면서도 중요한 저녁 시간을 함께 보내고, 이제 한나 집으로 가서 오늘 밤을 같이 지낼 생각이다. 아무래도 지금 한나 곁에는 힘이 되어 줄 사람이 필요한 것 같아서. 때문에 오늘 함께 지내면서 못다 한 이야기를 나누고, 내일 아침 일찍 바로 공항으로 떠날 생각이다. 그러니까 넌 우리를 공항에 데려다줄 필요가 없다. 내 짐도 한나 집으로 가져간다. 우리를 배웅하려면 내일 10시 30분에 수속 창구로 오기 바란다. 정말 여러 가지로 고맙구나. 엄마가.〉

어머니의 간섭 본능이 되살아난 모양이다. 하루 저녁에 한나를 미래의 며느리로 강제 징집한 것도 모자라 한나의 집으로까지 쳐들어가 같이 밤을 보낸다니 정말 놀라울 따름이다. 물론 요나스의 전 애인이 살짝 걱정되기도 한다. 본인은 원치 않는데 어머니 때문에 끌려다니는 것일 수도 있기 때문이다. 어쨌든 어머니가 선의의 마음으로 돌봐 주고 있으니 약간 마음이 놓이기는 한다. 그래서 나는 이제 와인을 마시며 내일 공항에 잠깐 들른 뒤 바로 아벨 바우만의 심리 치료를 시작하기로 마음먹는다. 그런데 내가 정말 신을 치료하고 세상까지 구할 수 있을까? 그게 성공한다면 그보다 웃기는 일이 있을까?

공항은 여행객들로 어수선하다. 대형 짐 창구에서 짐을 부치는 스키 여행객들, 인솔자들의 말에 열심히 귀를 기울이는 청소년 배낭족들, 그리고 따뜻한 지방에서 겨울을 보내려는 혈기왕성한 은퇴 노인들이 곳곳에서 북적거린다. 이런 부산스러운 광경을 보자 문득 나도 어디론가 멀리 떠나고 싶은 마음이 솟구친다. 이대로 몇 주 정도 태양의 나라로 여행을 떠나는 것도 나쁘지 않을 듯하다.

나는 한동안 헤맨 끝에 출국장 한쪽 끝에서 어머니의 밍크코트를 발견한다. 어머니는 나를 등진 채 안내 전광판을 열심히 들여다보고 있다. 어머니가 틀림없다. 밍크코트도 밍크코트지만, 아버지가 생전에 무슨 날만 됐다 하면 어머니에게 선물해 준 알록달록한 비단 두건까지 쓰고 있기 때문이다. 그런데 좀 더 가까이 다가가 보니 어머니는 혼자다. 한나는 보이지 않는다. 혹시 바람을 쐬러 나갔을까? 그럴 수도 있을 것 같다. 그런데 어머니 주위에 짐이 보이지 않는다. 기내에 갖고 들어갈 손가방도 없다.

나는 어머니의 밍크코트가 분명하다고 확신하면서도 혹시 모르는 사람에게 실수하는 것일 수도 있어 두건 쓴 부인의 주위를 천천히 돈다. 그런데 얼굴을 확인하는 순간 나는 너무 기가 차서 우뚝 멈춘다. 「엘렌? 여기서 뭐 하는 거야? 왜 우리 엄마 옷을 입고 있어?」

엘렌은 커다란 선글라스를 살짝 내리더니 나를 확인한다. 「아무 말 말고 그냥 이리 와서 평소처럼 인사해.」 그녀는 이렇게 말하고는 두 팔을 뻗는다. 「그런 다음 카페에 들어가 커피를 마시는 거야. 그럼 지금 여기서 무슨 일이 벌어지고 있는지 차분하게 설명해 줄 테니까.」

몇 걸음 떨어진 곳에 카페가 하나 있다. 공항 카페들은 분위기만 조금 다를 뿐 메뉴는 다 고만고만하다. 엘렌은 밖에서는 자기 얼굴이 보이지 않는 곳에 앉더니 선글라스를 벗는다.

「티 내지 말고 내 얼굴 옆으로 슬쩍 지나쳐서 봐. 누구 안 보여? 당신이 아는 사람?」 엘렌이 묻는다.

나는 카페 정면의 커다란 유리창으로 출국장 안을 살펴본다.

「티 내지 말라니까!」 엘렌이 쉿소리로 야단친다.

나는 움찔하고는 티 내지 않으려고 애쓰면서 엘렌 옆을 슬쩍 지나쳐 본다. 그러나 티를 안 내려는 티가 여실히 난다.

「보여?」

「아니. 아무것도. 무슨 일인데 그래?」

「경찰이 내 뒤를 밟고 있는 게 확실해. 물론 그게 우리 작전이지. 당신과 내가 경찰을 유인하는 역할을 맡았으니까. 당신 어머니랑 내가 결정한 내용이야. 그사이 한나와 어머니는 쥐도 새도 모르게 이 나라를 떠나는 거지.」

내 입에서 어이없다는 듯 웃음이 터져 나온다. 「둘이 경찰을 따돌릴 계획을 짰단 말이지? 그건 좀 오버 아냐?」

「조심해서 나쁠 건 없지. 생각해 봐. 당신이 경찰이라면 요나스의 쿠바 거주지를 알아내려고 하지 않겠어? 그러려면 요나스의 가족을 감시하는 게 가장 좋지. 언제가 됐든 가족 중 한 사람은 요나스를 방문할 수 있으니까.」

나는 무언가 대꾸를 하려다 순간적으로 숨이 턱 막혀 버린다. 유타 크롤 형사과장의 육중한 몸이 시야에 들어온 것이다. 그녀는 정복 경찰을 양쪽에 하나씩 끼고 천연덕스레 우리 카페 앞을 지나가고 있다.

엘렌이 내 눈 속에서 공포를 본 모양이다. 「뭐야? 찾았어?」

나는 고개를 끄덕인다. 「요나스가 도망치던 날 나한테 엄청나게 압박을 가했던 그 형사과장이야. 하지만 나를 보지는 못한 것 같아.」

「아냐, 분명히 봤을 거야. 나는 물론이고. 뭐 그래도 상관없어. 우리가 자기를 아직 못 봤다고 믿게 하는 게 좋긴 하지만, 안 그렇다고 해도 이젠 상관없어. 어차피 어머니와 한나는 곧 이곳을 떠날 테니까.」

「어떻게?」

「내 전용기로.」엘렌이 태연히 대답한다. 「난 지금 〈떠났음〉이라는 메시지를 기다리는 중이야.」

「당신 전용기도 있어?」

「응. 사업 파트너 둘이랑 나눠 써.」

「거 잘했네.」내가 짐짓 진지한 표정을 짓는다. 「몇 명이 합쳐서 비행기를 사면 그리 많은 돈이 들지도 않을 테니까. 나도 가끔 그래 볼까 생각 중인데 은행이 영 내 손을 안 잡아 주네.」

엘렌의 눈썹이 경멸적으로 치켜 올라간다.

나는 커피를 한 모금 마신다. 그사이 난 엘렌이 가진 엄청난 재산으로 그녀를 놀려 먹는 데 재미를 붙였다.

「그날 좋았어?」내가 묻는다.

「멋진 밤이었지.」그녀도 커피를 한 모금 홀짝거린다. 「근데 아무리 생각해도 이런 의문이 들어. 내가 마르코를 만난 게 진짜 우연일까, 당신이 무슨 수를 쓴 건 아닐까 하는 의문 말이야. 초밥 가게에서 그 주방장하고 있었던 일도 좀 이상하고.」

나는 깜짝 놀라는 척한다. 「당신이 그런 패스트푸드 요리사한테 관심이 있을지 내가 어떻게 알겠어? 내가 신한테 무슨 메시지를 받는 사람도 아니고.」

「그렇긴 하지만…… 그래도 영 개운치가 않아서……」엘렌이 내 눈을 마치 뚫을 듯이 들여다본다.

나는 그녀의 시선을 버텨 낸다. 하지만 언제까지 버텨 낼 수 있을지는 모르겠다. 다행히 그녀의 휴대폰이 이어질 날카로운 질문과 시선으로부터 나를 구해 준다. 휴대폰에서 진동음이 웅 하고 울린 것이다.

앞서 말한 그 메시지다. 이제 어머니와 한나는 안전 지역으로 들어섰다.

출국장을 지나가는데 크롤 과장이 우리를 멈추어 세운다. 두건을 쓴 여자가 요나스의 어머니가 아니라 내 전처라는 사실을 방금 알아차린 것이다. 나는 크롤이 선 채로 기절해 버리면 어쩌나 염려한다. 그녀의 얼굴색이 순식간에 단감처럼 붉은색에서 사색으로 변했기 때문이다.

「이럴 수가…… 이게 어떻게……」 그녀는 말을 더듬으며 나와 엘렌을 번갈아 바라본다.

「똑같은 수법에 두 번이나 넘어갈 줄은 몰랐어요.」 내가 쾌활하게 대꾸한다.

크롤은 경멸하듯 코를 씩씩거린다. 순간 사라졌던 피가 다시 솟구치기 시작하면서 이제 그녀의 얼굴은 선홍색을 띤다.

「내 말은 아직 끝나지 않았어.」 그녀가 위협조로 말한다. 「야코비 박사, 우린 꼭 다시 보게 될 거요. 이 약속은 반드시 지키겠소.」

「저 여자가 당신을 좋아하나 보네.」 우리 둘만 남게 되자 엘렌이 말한다.

「내 스타일 아냐. 게다가 저 여자는 맨손으로 남자 목뼈를 부러뜨릴 수 있는 여자야. 그럼 싸울 때든 섹스를 할 때든 매번 생명의 위험을 느껴야 할 텐데 난 그러면서까지 살고 싶지는 않아.」

「그래도 당신한테는 좀 강한 여자가 필요해.」 엘렌이 주장을 꺾지 않는다.

「나는 당신이라는 사람과 우리 결혼에서 좀 조용히 회복하고 싶어.」

그때 난데없이 끼어든 한 여자의 목소리가 우리의 대화를 중단시킨다. 「이렇게 마중까지 나오시다니 참 친절하시군요.」 고개를 돌려 보니 아벨의 옛 애인 마리아가 서 있다. 남편 요셉과 아들 크리스티안과 함께 막 도착한 모양이다. 세 사람은 짐을 잔뜩 실은 카트를 밀고 가는 중이다.

「죄송합니다만, 무슨 오해가 있는 것 같은데⋯⋯.」 뭐라고 더 말을 꺼내려는데 요셉과 마리아, 크리스티안이 단순히 관광이나 하려고 베를린에 온 건 아닐 거라는 생각이 퍼뜩 든다.

「혹시 아벨한테 무슨 일이 있습니까?」 내가 걱정스레 묻는다. 세 사람의 얼굴에 당혹감이 떠오른다.

「그렇게 물으시는 걸 보니 아직 모르시나 보네요.」 크리스티안의 말이다.

「뭘요? 내가 뭘 모른다는 거죠?」 나는 불안감을 감추지 못하고 다시 묻는다.

「아벨이 사고를 당했어요.」 마리아가 냉정함을 유지하려고 애쓰면서 설명한다. 「우리도 하인츠한테 연락을 받았어요. 지금 병원엔 하인츠가 가 있대요.」

나는 믿을 수 없다는 듯 세 사람을 멍하니 바라보다가 마지막으로 엘렌에게로 고개를 돌린다.

「내 차가 밖에 있어.」 엘렌이 말한다. 「바로 출발할 수 있어.」

나는 엘렌의 제안을 한 귀로 듣고 한 귀로 흘리면서도 고개를 끄덕인다. 수천 가지 생각이 스치고 지나간다.

「심각한가요?」 내가 묻는다.

요셉이 고개를 끄덕인다. 「심각해요. 중상이라고 들었소.」

요셉의 말은 마치 여송연 연기처럼 공중에 걸린다.

「얼마나 심각하답니까?」 나는 대답을 듣는 것이 두려우면서도 이렇게 물을 수밖에 없다.

「마음 단단히 먹으세요.」 크리스티안이 내 눈을 뚫어지게 바라본다. 마치 내가 자신의 대답을 견딜 수 있을 거라는 확신이 들 때까지 기다리겠다는 듯이.

우리의 침묵이 공항의 모든 소음을 집어삼킨 것처럼 느껴진다. 드디어 입을 연 크리스티안의 목소리도 아주 멀리서 들려오는 듯하다. 「몇 시간 안 남았대요. 의사들 말로는 오늘 밤을 넘기지 못할 거랍니다.」

신 이 떠 오 른 다

잘 아는 병원이다. 이 병원은 내가 질투심에 불타는 엘렌의 남편에게 한 방에 녹다운됐을 때 실려 온 곳이기도 하고, 그날 밤 아벨 바우만을 처음 만난 곳이기도 하다. 생각이 여기에 미치자 아벨의 생전 모습을 또 여기서 마지막으로 보게 되는 건 아닌지 두려움이 밀려든다.

오늘도 대기실은 북새통이다. 그런데 이번에는 서커스 단원들이 대부분이다. 아벨의 동료들이 서커스 공연장에서 바로 달려온 듯하다. 모두들 급하게 걸친 외투와 재킷 속에 무대 의상을 그대로 입고 있었기 때문이다. 프록코트를 입고 실크해트를 쓴 남자는 마술사나 맹수 조련사로 보인다. 아니, 어쩌면 서커스 단장이 직접 왔을 수도 있다. 그 밖에 알록달록한 운동복을 입은 단단한 체구의 남자들, 눈처럼 하얀 발레복을 입은 예쁘장한 여자들, 그리고 분장을 지울 시간조차 없이 바로 달려온 것처럼 보이는 광대가 눈에 띈다.

나는 사람들 사이에서 아는 얼굴을 찾다가 모호크족 헤어스타일을 발견한다. 아이젠 하인츠다. 그도 같은 순간에 나를 본 듯하다. 아벨의 가족과 우리를 여기까지 태워 준 엘렌을 포함해서. 하인츠는 즉시 사람들에게서 떨어져 나와 우리에게로 급히 다가온다.

「이렇게 와 줘서 정말 반갑소. 아벨이 두 사람에 대해 여러 번 물었소.」 하인츠가 마리아와 크리스티안을 가리키며 말한다. 요셉은 모욕을 당한 듯 이맛살을 찡그리면서도 불쾌감을 숨기려고 애쓴다.

「당신하고도 얘기를 나누고 싶어 해요.」 하인츠가 이번에는 나를 가리킨다. 「그것도 반드시 단둘이서.」 나는 알았다는 뜻으로 고개를 끄덕인다.

하인츠가 마리아와 크리스티안을 병실로 안내한다. 요셉은 한순간 망설이더니 나직이 한숨을 내쉬며 운명에 순응하듯 터벅터벅 그들을 뒤따른다.

나는 자리에 앉는다. 방금 여기 도착했음에도 밤새 있었던 것 같은 느낌이다.

엘렌이 가만히 내 눈치를 살핀다. 「나 이제 가도 돼?」

「물론이지. 오늘 여러 가지로 고마웠어.」

「새삼스럽게 뭘. 다른 필요한 일 있으면 언제든 연락해.」 엘렌은 내 볼에 가볍게 입을 맞춘다. 「다 잘될 거야, 야콥.」

나는 의자에 등을 기대고 눈을 감는다. 얼마간 돌바닥 위에서 또각또각 들리던 엘렌의 하이힐 굽 소리가 서서히 주변 소음 속으로 녹아들더니 마침내 사람들의 웅성거림에 완전히 묻혀 버린다.

「여기서 또 보네요.」 남자 목소리가 들린다. 「이러고 있는 걸 보니까 감옥행은 용케 피했나 보군요.」

나는 눈을 뜬다. 케셀스 박사가 앞에 서 있다.

「코는 어떻습니까?」 케셀스가 물으며 내 옆에 앉는다.

「아주 좋아요.」 내가 답한다.

「한번 봅시다.」 그는 내 이마에 한 손을 올리고는 다른 손으로 조심스럽게 붕대 끝을 떼어 낸다.

상태가 괜찮은지 케셀스의 얼굴에 만족스러운 빛이 번진다. 「붕대는 당장 떼도 상관없어 보이지만 며칠 더 붙이고 있읍시다. 보호용으로. 상태는 아주 깨끗하고 좋습니다.」 케셀스는 붕대를 다시 꽉 붙인다. 「자, 이제 끝났습니다. 이것 때문에 오신 거라면 몇 시간의 대기 시간을 버셨네요. 돌아가도 좋습니다.」

「코가 아니라 아벨 바우만 때문에 왔습니다.」

「아, 미안합니다. 혹시 가족입니까?」

「친구죠. 알게 된 지는 얼마 안 되지만.」 나는 이렇게 말하며 아벨도 나를 친구라 부를지 생각해 본다. 그 대답은 어쩌면 영영 못 들을지 모른다. 「게다가 아벨의 의사이기도 합니다.」 내가 덧붙인다.

케셀스가 멈칫한다.

「아벨이 나한테서 심리 치료를 받고 있거든요.」 내가 설명한다.

케셀스는 슬로비디오처럼 아주 천천히 고개를 끄덕인다. 「그게 어쩌면 이 이례적인 상황들에 대한 설명이 될지도 모르겠군요.」 그는 이렇게 대답하며 생각에 잠긴 얼굴로 대기 중인 서커스 단원들을 바라본다.

「무슨 뜻으로 하시는 말씀인지 잘 모르겠습니다.」

「저 곡예사들을 보고 말한 게 아닙니다.」 케셀스가 설명한다. 「서커스단은 우연히 이 도시에 왔다고 하더군요. 그런데도 옛 동료에게 힘을 실어 주려고 두 공연 사이의 짬을 이용해서 저렇게 달려온 걸 보면 정말 대단하다는 생각이 듭니다. 여기 근무하다 보면 자기 가족한테도 별 관심이 없는 사람들을 매일 보게 되거든요.」

「그럼 이례적인 상황이라는 게 뭘 말씀하시는 건지……?」 내가 묻는다.

「아직 아무것도 모르십니까?」

「네. 아벨이 병원에 있다는 이야기를 우연히 듣고 달려온 겁니다. 무척 심각한 사고를 당했다고 하던데.」

「지나치게 줄여서 얘기했군요. 단순히 심각한 게 아닌데.」 그때 그의 호출기가 울린다. 케셀스는 호출기로 눈을 돌린다. 「미안하지만 가봐야 합니다. 또 응급이네요.」 그가 자리에서 일어난다.

「무슨 일이 있었는지 아주 짧게라도 얘기해 줄 수는 없습니까?」

「음, 그게…….」 케셀스는 잠시 망설인다. 「알았습니다. 아주 간략하게 말씀드리죠. 당신의 환자는 가슴에 검이 꽂힌 상태입니다. 그것도 심장 한가운데에. 그 상태에선 심장 기능이 언제든 급작스럽게 떨어질 수 있어요. 사실 지금까지 그런 일이 벌어지지 않은 게 신기한 일이죠. 안타깝게도 우리가 할 수 있는 일은 없습니다. 검을 제거하자마자 심장은 완전히 기능이 정지될 테니까요.」

나는 멍하니 그를 바라본다. 아마 아벨이 예전에 나한테 자기가 신이라고 말했을 때도 나는 이런 표정으로 바라보았을 것이다.

「무슨 말을 하려는지 압니다.」 의사가 말을 이어 간다. 「하지만 당신 환자는 어떤 형태의 기계 장치든 자기 몸에 연결하는 걸 거부하고 있습니다. 인공 심장은 물론이고요. 그걸 다느니 차라리 죽겠다고 합니다.」

나는 여전히 어안이 벙벙하다. 단순히 아벨이 의료 도움을 거부하고 있다는 사실 때문만이 아니라 대체 어떻게 검이 그의 심장에 꽂힐 수 있는지 도무지 상상이 가지 않기 때문이다.

다시 호출기가 울린다. 케셀스는 또다시 호출기로 눈을 돌린다. 보아하니 더는 지체할 수 없는 상황인 모양이다. 「미안합니다.」 그는 바삐 걸어가면서 소리친다. 「이젠 정말 가봐야 합니다. 나머지는 모호크족 헤어스타일의 그 양반한테 물어보세요. 잘 설명해 줄 겁니다.」

아이젠 하인츠와 편안히 대화를 나누기까지는 한참이 걸린다. 그가 마리아와 요셉, 크리스티안을 병실에 데려다주고 나오자마자 대기 중이던 사람들이 득달같이 달려가 질문 세례를 퍼부었기 때문이다. 하인츠는 모든 질문에 하나하나 끈기 있게 대답해 주고 나서야 내 옆에 앉는다.

「의사랑 얘기해 봤소?」

「짧게요.」 내가 대답한다. 「의사는 또 다른 응급 상황이 생겨서 가야 했어요. 아무튼 나도 이제 아벨의 가슴에 검이 꽂혀 있다는 사실과 그 상태로 가면 죽을 거라는 사실 정도는 알게 됐어요.」

하인츠는 묵묵히 고개를 끄덕인다. 「그게 대천사 미카엘의 검이라는 것도 알고 있소?」

믿을 수 없다는 듯한 내 침묵이 그에겐 대답이 된 듯하다. 「알겠소. 그러니까 아직 모르고 있다는 말이군. 저 뒤에 시커 먼 사내들 보이쇼?」 하인츠가 서커스 단원들에게 약간 가려진 채 커피 자동판매기 근처에서 서성거리는 몇몇 사내를 가리킨 다. 모두 검은 양복을 입고 어깨가 딱 벌어졌다. 「보안 요원들 이오. 검을 지키려고 여기 와 있는 거죠. 검은 순금으로 만들 었다고 합디다. 그래서 아벨한테…… 무슨 일이 생기면 즉시 검을 가져가려고…….」 하인츠는 말을 잇지 못하고 생각에 잠 겨 바닥을 내려다본다. 그러고는 계속 그 자세를 유지한다.

나는 침묵하면서 인내심을 갖고 하인츠의 이야기가 이어지 길 기다린다. 그러나 하인츠는 입을 열지 않는다. 자기만의 생 각에 푹 빠져 있는 듯하다.

「하인츠?」

그가 고개를 들고 나를 본다. 마치 깊은 최면 상태에서 깨어 난 듯한 표정이다.

「아, 미안해요. 어디까지 얘기했더라?」

「대천사의 황금 칼이 어떻게 아벨의 가슴에 꽂히게 되었는 지 설명하려던 참이었어요.」

하인츠는 고개를 끄덕이며 정신을 차린다. 「순회 전시가 있 었소. 당신도 들어 봤는지 모르겠소. 오래전에 행방불명된 것 으로 알려진 중세의 열두 동상 전시회요. 최후의 심판일에 이 열두 인물이 원을 그리며 서 있을 거라고 합디다. 몇 년 전에야 이 동상들이 완벽히 복원돼서 이제 대도시를 돌며 전시회를 하는 거요.」

「그게 아벨의 부상과 무슨 관련이 있습니까?」

「그 열두 동상들 가운데 하나가 대천사 미카엘이오. 황금 칼로 용을 찔러 죽였다는.」

「아벨이 그 동상한테 피습이라도 당했다는 말입니까?」 나도 모르게 자동으로 흘러나온 말이다.

「뭐, 말하자면 그런 셈이죠. 방금 말한 동상은 성경 내용이 조각된, 사람 키 높이의 단 위에 설치되어 있었소. 그래서 방문객들, 특히 학생들은 관람할 때 대개 이 단 옆을 지나게 돼 있소.」

이제야 나는 무슨 일이 일어났는지 감을 잡는다. 「대천사의 손에서 검이 떨어졌군요. 흔히 〈재료 피로〉 현상이라고 부르죠.」

「맞소. 천 년이라는 세월이 지나다 보면 당연히 재료의 강도가 현저히 떨어지죠. 근데 더 나쁜 건, 검만 떨어진 게 아니라 대 위의 대천사상까지 같이 떨어진 거요. 아벨은 우연히 전시회장에 갔는데 갑자기 대 위에서 돌 부스러기가 떨어지기 시작하더니 대천사상이 앞으로 기울지 않겠소? 만일 아벨이 번개처럼 몸을 던져 아이들을 밀치지 않았으면 분명 동상은 아이들에게 바로 떨어졌을 거요. 다행히 아벨은 동상에 직접 맞지는 않았소. 그랬다면 즉사했겠지. 대신 안타깝게도 대천사의 검이 아벨의 심장에 꽂혔소.」 하인츠가 씁쓰레하게 웃는다. 「무슨 이런 희한한 운명의 아이러니가 다 있겠소? 신이 천상의 군대 중에서도 자신을 가장 가까운 곳에서 보필하는 대천사의 칼에 맞아 죽는다는 게 말이 돼요?」

나는 깜짝 놀라 하인츠를 바라본다. 「신이라고요?」

이젠 하인츠도 깜짝 놀란다. 「아벨의 심리 치료사라면서요?

그럼 아벨이 자기가 신이라고 얘기하지 않았소?」

「물론 했죠. 하지만 지금껏 아벨을 신이라고 믿는 사람은 만나 보지 못했어요.」

「당연히 난 아벨을 믿어요. 아벨의 이야기를 한 번도 의심해본 적이 없소.」

「그렇게 확신하는 이유라도 있습니까?」

하인츠는 어깨를 으쓱한다. 「얘기했을 거요. 젊을 때 내가 망나니짓을 참 많이 했다고. 그러고 나니까 인생의 본질적인 문제들이 궁금해져서 그 답을 찾으러 다녔소. 나는 누구인가? 나는 어디서 와서 어디로 가는가? 삶의 의미는 무엇인가? 이런 문제들이었죠. 나는 장장 15년 동안이나 그 답을 찾아 모든 대륙을 헤매 다녔소.」 하인츠는 이 대목에서 잠시 말을 멈춘다. 아마 지난 세월을 음미하는 듯하다. 「도중에 현인들도 많이 만났소. 그중에 몇 분은 성인이라 불러도 손색이 없을 사람들이었소. 하지만 아벨 바우만 같은 사람은 만난 적이 없소. 아벨의 내면에는 이 세상 것이 아닌 다른 신비한 불꽃이 있는 느낌이오.」

「전적으로 감정에 의존해서 그런 판단을 내렸다는 말입니까?」 내가 놀라 묻는다.

하인츠가 어리둥절한 표정으로 나를 바라본다. 「아니, 그럼 그것 말고 믿을 게 뭐가 있소? 감정만큼 구체적이고 생생한 건 없소. 그래서 사람들이 지식이 아닌 사랑과 행복, 우정 같은 걸 동경하는 거 아니겠소?」

나는 묵묵히 생각에 잠긴다.

내가 뭐라 대꾸하기 전에 복도 끝의 한 문이 열리더니 눈물

범벅이 된 마리아가 나온다. 요셉이 한 팔로 그녀를 감싸 안은 채 다른 손으로는 그녀의 어깨를 부드럽게 어루만진다. 그런 데 두 사람을 뒤따르는 크리스티안은 차분할 뿐 아니라 거의 행복해 보이기까지 한다. 몸은 막 치열한 전투를 치른 병사처럼 지친 것 같은데도.

요셉이 천천히 마리아를 출구로 안내하는 동안 크리스티안이 내게 아벨의 메시지를 전한다. 그가 지금 나를 보고 싶어 한다고.

「당신 어머님은 무척 상심이 크신가 보군요.」 나는 몸을 떨며 격하게 울음을 토해 내는 마리아의 뒷모습을 바라본다.

「고통스럽지만 영혼을 정화하는 대화였습니다.」 크리스티안은 양손을 경건하게 가슴 위에 포갠다. 「세상의 모든 불쌍한 죄인들이 그렇듯 아버지도 결국은 죽음의 침상에서 잘못을 회개하고 용서를 빌었습니다.」

하인츠와 나는 잠시 시선을 주고받는다. 아벨이 그런 기습적인 고백을 할 수밖에 없었던 이유가 무엇인지 서로에게 묻는 눈빛이다.

「아버지는 신을 모독한 자기 이야기들이 모두 지어낸 것이라고 시인했습니다. 우리 모두가 오래전부터 예상했듯이 아버지는 그렇게 해서라도 가족에 대한 책임에서 벗어나고 싶었던 거죠. 결코 바람직한 모습은 아니었지만 그렇다고 이해하지 못할 것도 아닙니다. 결국 인간은 나약한 존재니까요. 다만 좀 더 일찍 진실을 고백하는 게 좋았을 겁니다. 그랬더라면 가족들, 특히 어머니께 쓸데없는 걱정을 덜 끼쳤을 테니까요.」

크리스티안은 부드럽고 숭고하게 고개를 끄덕인다. 하늘의 뜻을 생각하는지, 자신의 인식을 고요한 감격으로 음미하고 있는지는 알 수 없다. 어쨌든 나는 그 모습을 보면서 속이 메스꺼울 정도로 교만하고 자기중심적인 인간이라는 느낌을 받는다.

「안타깝게도 아버지는 고해 성사를 원치 않았습니다. 그럼에도 우리의 주님께서는 아버지의 무거운 죄악을 용서해 주시리라 기대합니다. 곧 병원 예배당에서 미사를 집전할 생각입니다. 주님께 아버지의 죄를 사해 달라고 기도드리려고요. 두 분도 와주셨으면 좋겠습니다. 저기 계시는 아버지의 동료분들도요.」 크리스티안이 서커스 단원들을 잠깐 바라보다가 우리에게 격려의 뜻으로 고개를 끄덕인다. 「여러분 모두가 우리의 기도에 함께 해주신다면 무척 기쁠 겁니다.」

크리스티안은 엄숙하게 뚜벅뚜벅 걸어간다. 하인츠와 나는 한동안 그의 뒷모습에서 눈을 떼지 못한다.

「무슨 저런 시건방진 등신이 다 있어?」 하인츠가 재수 없다는 듯이 불쑥 내뱉는다. 「저런 놈이 어떻게 신의 아들이지? 도무지 믿을 수가 없군.」

「한편으론 위안이 되기도 하는데요. 자식 문제로 골머리를 앓고 있는 건 신도 마찬가지라는 생각이 드니까요.」 나는 이제 아벨에게로 걸음을 옮긴다.

병실은 흐릿한 불빛 속에 잠겨 있다. 문을 닫자 즉시 정적이 깔린다. 공기 중에는 소독약 냄새가 은은히 배어 있고, 진단 기계들이 나직이 소리를 내며 돌아간다. 기계의 불빛이 일정하게 깜빡거리는 걸 보니 약간 안도가 된다. 아직은 아벨의 심장이 뛰고 있다는 증거니까.

「자넨가, 야콥?」 아벨이 약한 목소리로 묻는다.

가슴에 꽂힌 황금 칼이 파르르 떨린다.

「그래, 나야.」 나는 얼른 이렇게 덧붙인다. 「움직이지 마! 내가 갈게.」 혹시 잘못해서 그의 심장이 멎을까 두려웠던 것이다.

아벨은 마치 마지막 전투에서 적의 칼에 찔린 장수 같다. 나는 그의 잿빛 얼굴을 보는 순간 가슴이 철렁 내려앉는다. 아벨도 그걸 눈치챈다.

「나도 놀랐어, 야콥. 하지만 이제 진실은 간단해. 끝났다는 거야. 잠깐 방심한 게 이런 결과를 낳았어. 이제 난 죽을 거야.」

「아벨, 의사들이 도움을 줄 수도 있어. 자네가 치료에 동의하면……」

그가 손을 살짝 움직여 내 말을 멈추게 한다.

「끝났어, 야콥. 난 수천 년 전부터 이 땅에서 이룬 것도 없이 바쁘게 뛰어다니기만 했어. 가슴에 꽂힌 이 검이 바로 그런 내 활동에 대한 화룡점정이야. 우린 진실을 봐야 돼! 난 완전히 기진맥진했어. 자네를 만나기 훨씬 이전부터 그랬어. 다만 그걸 스스로 인정하기 싫었던 거지.」 아벨이 얕은 숨을 뱉어 낸다.

「그래서 크리스티안한테 거짓말을 한 거야? 포기하고 싶어서?」

「아니. 그 세 사람의 삶을 더는 힘들게 하고 싶지 않아서 그랬어. 무조건 완벽한 신을 믿어야겠다는 사람들을 어쩌겠어? 그렇게 해야지. 난 그걸 나쁘게 생각하지 않아. 사실 끊임없이 실수를 저지르는 신을 믿는다는 게 얼마나 힘들겠어? 무리한 요구지.」 아벨은 입꼬리를 올려 싱긋 웃는다. 「바로 그 때문에 아무도 나를 믿지 않는 거고.」

나는 솟구치는 눈물을 억누르려 애쓴다. 「하인츠는 자네를 믿어. 나한테 직접 얘기했어.」 나는 다시 울음을 삼킨다. 「나도 자네를 믿고.」

순간 아벨의 눈 속에 희미한 광채가 번뜩인다. 「그럼 두 명의 신도만으로 내가 열반에 드는 걸 막을 수 있을지 기대해 봐야겠군.」

「자네는 아직 여기서 할 일이 많아.」

아벨이 힘없이 웃는다. 「야콥, 난 할 수 있는 건 다 해봤어. 어쩌면 내가 이대로 한동안 푹 쉬는 것도 나쁘지 않아 보여. 열반은 쓸모없어진 신에게는 딱 적합한 상태야.」

「자네는 쓸모없지 않아, 아벨. 이렇게 포기해서는 안 돼. 아직 많은 사람들을 설득할 수 있어. 그러려면 먼저 다시 버티고 일어나야……」

「그만해, 야콥. 어느 날 사람들이 다시 내가 필요해지면 알아서 나를 부를 거야. 내가 죽음 상태에 너무 깊이 빠져 있지만 않으면 나도 당연히 오고 싶고.」

나는 다시 눈물이 그렁그렁 고이는 것을 느끼면서도 웃음이 난다. 「당장 자네를 필요로 하는 사람들은 어쩌고?」 내가 잠긴 목소리로 묻는다.

「자네 혼자서도 잘해 나가리라 확신해.」 아벨이 갑자기 짧게 기침을 한다. 가슴의 검이 흔들린다.

「조심해, 아벨! 움직이지 마!」

「너무 늦었어.」 아벨의 목소리가 나직하다. 눈꺼풀까지 파르르 떨린다.

「아벨, 기다려! 제발 부탁이야! 여기 있어 줘!」

그는 천천히 고개를 저으며 속삭인다. 「야콥, 고마워. 모두 다.」

나는 아벨의 갈라진 상처에서 피가 쿨럭쿨럭 솟구치는 것을 보는 순간 도움을 청하기 위해 벌떡 일어난다. 그때 기계에서 날카로운 경보음이 울린다. 나는 사색이 된 얼굴로 고막이 터질 듯이 울리는 기계를 다급하게 바라본다.

문이 홱 열리고 하얀 가운을 입은 사람들이 뛰어 들어온다. 한 간호사가 아벨의 목석 같은 몸에서 전기 장치들을 떼어 내자 다른 간호사는 귀에 거슬리는 경보음을 끈다.

「즉시 수술이 필요해!」삭발에 가깝게 머리를 자른 새파란 의사가 소리친다. 「누가 케셀스 박사님 불러와요! 어서! 빨리 서둘러요!」

불과 몇 초 뒤 병원 직원들이 아벨의 침대를 복도로 밀고 나간다. 문이 닫히는 순간 병실 안은 정적에 휩싸인다. 나는 팔다리에 힘이 풀려 의자에 털썩 주저앉는다. 절망감이 밀려든다.

할 수만 있다면 기도라도 하고 싶지만 이제 누구한테 기도를 한단 말인가? 지금까지 내가 신 바로 옆에 있던 무신론자였다면 이제는 신이 없는 유신론자가 되었다.

신 이 간 다

신이 죽었다. 12월 28일 오후 심장 허탈로 죽었다. 의사들은 그의 생명을 구하려고 애썼지만 신은 이미 그 싸움을 포기했다. 마지막엔 무척 고단하고 낙담하고 기력이 다한 것처럼 보였다. 자신의 창조에 실망하고 자신의 피조물 때문에 궁지에 몰린 채 세계를 떠났다. 어쩌면 영원히.

나는 그가 죽은 것을 믿고 싶지 않았고, 지금도 믿어지지 않는다. 의사들이 소생술을 중단하자 신의 생기 없는 육신은 차가운 안치실로 옮겨졌다. 장의사가 신의 옷을 벗기고 신을 씻긴 뒤 가슴의 상처를 꿰매고 시신의 창백함을 가리려고 신의 얼굴에 분을 발랐다. 그러고는 하얀 셔츠와 검은 양복을 입혀 소박한 소나무 관 속에 뉘였다. 그렇게 신은 교회 공동묘지로 옮겨졌다. 가족의 바람이었다.

신이 관 속에 누워 있을 때 나는 한시도 곁을 떠나지 않았다. 그가 갑자기 눈을 뜨면서 마치 아무 일 없었다는 듯이 싱긋 웃으며 나를 쳐다볼 거라 굳게 믿었기 때문이다. 나는 이 기적을 믿었다. 세상엔 아직 신이 필요하다는 것을 알고 있었기 때문이다. 신이 천재적인 서커스 곡예사와 구분되지 않을 정도로 불완전한 존재라고 하더라도 말이다. 가만히 생각해 보면 비록 힘은 없지만 선량한 신이 있다는 건 신이 아예 없는 것보다 훨씬 나을 수 있다.

그게 아니더라도 나는 인간의 머리로는 예상하지 못하는 신의 위대한 등장을 믿었다. 죽은 자의 부활은 지금껏 신이 행한 기적들의 목록을 한층 더 풍성하게 하는 기회가 될 것이다. 그 때문에라도 나는 신이 아벨 바우만을 이대로 땅에 순순히 묻게 하지는 않으리라고 확신했다.

그러나 착각이었다. 나는 생기 없는 신의 몸 위로 관 뚜껑이 닫히는 것을 보았고, 가족과 동료들의 울음과 절규를 들었다. 또한 공동묘지 예배당 안에서 미사를 집전하는 크리스티안의 경건한 말과 무거운 표정의 서커스 악대가 느린 템포로 연주하는 장송곡도 들었다. 이어 관은 천천히 땅 속으로 내려졌고, 추모객들은 관 뚜껑 위로 꽃을 던져 유족에게 애도를 표한 뒤 서서히 묘지를 떠났다.

이제 나는 신의 묘지 옆 한 벤치에 앉아 있다. 마리아와 요셉, 크리스티안도 벌써 몇 시간 전에 떠나고 없다. 그사이 매장 인부들은 인간의 육신을 빌린 신의 유해 위로 흙을 퍼부었다. 꽁꽁 얼어붙은 땅을 힘겹게 으스러뜨린 뒤 파낸 흙을 작은 굴착기로 다시 관 위에 퍼붓는 것을 보면서 마치 이 땅도 신이 흙 속에 묻히는 것을 거부하는 듯한 느낌을 받는다.

정적이 밀려온다. 땅거미가 질 시간도 얼마 남지 않았다. 공기는 맑고 차다. 새해가 되려면 아직 몇 시간이 남았는데도 벌써 멀리서 이따금 폭죽 터지는 소리가 들린다. 헌 옷을 새 옷으로 바꾸어 입듯 설레는 마음으로 새해를 기다리는 사람들이 많은 모양이다.

눈이 하늘하늘 내리기 시작할 무렵 나는 마지막 눈물을 쏟고 자리에서 일어난다. 이로써 작은 기적을 바라던 마지막 희망도 아벨 바우만의 시신과 함께 땅에 묻어 버린다. 춥다. 지치고 배고프다. 어쩌면 오늘 나도 남들처럼 고주망태가 될지 모른다. 물론 아직 확정된 일은 아니다. 아무튼 이곳이 새하얀 망각의 외투로 덮이는 것은 보고 싶지 않다. 이대로 계속 눈이 내리면 아벨의 묘지는 한 시간도 안되어 다른 묘지들과 구분조차 할 수 없을 것이고, 온 세상은 마치 오늘 여기에 아무도 묻히지 않은 것처럼 시치미를 뚝 뗄 것이다.

나는 사람들 틈에서 혼자 있을 만한 곳을 찾아 한동안 거리를 정처 없이 헤맨다. 그런 장소를 찾는 건 쉽지 않다. 대부분의 술집과 레스토랑은 이미 예약이 끝났을 뿐 아니라 혹시 테이블이 하나 비어 있더라도 송년회 분위기와는 전혀 상관없어 보이는 남자 하나에게 남은 테이블을 내주려고 하지는 않았기 때문이다. 그렇다고 나는 덩그러니 빈 어머니의 큰 집에서 혼자 쓸쓸히 새해를 맞고 싶지는 않다. 그러다 문득 프레디의 피자 가게가 머릿속에 떠오른다. 사람들이 별로 찾지 않는 동네에 있고 뜨내기손님도 거의 없는 가게다. 게다가 하인츠 말에 따르면 프레디의 아내는 요리 솜씨가 형편없다고 했다. 그렇다면 그곳엔 빈자리가 있을 가능성이 컸다. 올해의 이 마지막 날에 문을 열었다면 말이다.

예상이 적중했다. 프레디의 가게엔 빈 테이블이 대부분이다. 나는 레드 와인 한 병과 프레디의 아내 발렌티나가 직접 만드는 파스타를 주문한다.

가게 안을 훑어보던 내 눈에 한 쌍의 남녀가 들어오는 순간 나는 소스라치게 놀란다. 며칠 전 여기서 결혼식 파티를 하다가 파국을 맞은 그 신랑 신부다. 지금은 화해한 모양이다. 서로를 바라보는 눈길에 행복과 사랑이 넘친다. 신부 아버지의 급소 공격으로 지옥을 갔다 왔을 그 비쩍 마른 신랑도 이제는 회복된 듯하다. 그는 2인분은 됨 직한 크림 토르텔리니를 앞에 놓고 열심히 입에 퍼 넣고 있다.

발렌티나의 파스타도 그렇지만 프레디가 추천한 레드 와인도 꽤 괜찮다. 별 기대를 하지 않았기에 반가움과 놀라움은 더 크다. 그런데 식사를 하면서 그날의 결혼식 파티 이후 이 신혼부부에게 무슨 일이 있었는지 곰곰이 생각해 보고 있는데 갑자기 신부 여동생이 들어온다. 그녀는 두 사람에게 살갑게 인사하더니 같은 테이블에 앉아 마찬가지로 음식을 주문한다.

나는 깜짝 놀란다. 그사이 세 사람이 화해를 했다는 말인가? 그게 어떻게 가능할까? 그날 여동생의 충격적인 고백으로 결혼식뿐 아니라 가족 관계도 완전히 파탄 날 것처럼 보였다. 그런데 지금은 마치 두 자매가 한 남자를 공유하고 있다는 느낌이 들 정도로 사이가 좋다.

나는 포크와 나이프를 내려놓고 등을 기댄 채 그날의 일을 다시 떠올려 본다. 당시 나는 아벨을 심각한 정신적 문제가 있는 광대로 생각했다. 물론 지금은 신을 만났다고 믿는다. 실수도 많고 나약하고 무기력한 신이지만. 그 신은 어쩌면 다른 시간대, 아니 다른 세계에서 찾아온 하나의 〈생각〉일지 모른다. 나 자신을 위해 찾아낸 생각 말이다. 아무튼 지금은 신이 존재한다고 믿는다. 이제는 신이 없다는 생각조차 할 수 없다. 스스로 생각해도 놀랍다.

프레디가 내 테이블로 다가온다. 「음식이 마음에 드십니까?」

「예, 고맙습니다.」 나는 이렇게 답하고는 여전히 골똘히 세 사람을 바라본다.

「아시는 분들이세요?」 프레디가 세 사람을 가리키며 묻는다.

「결혼식 파티가 엉망이 되었을 때 우연히 여기 있었죠. 그런데 지금은 좀 놀라고 있습니다.」

「예, 참말로 기가 막힌 사연이 있죠.」 이 말에 이어 프레디는 친근하게 덧붙인다. 「한번 들어 보시겠습니까?」

프레디를 쳐다보며 뭐라고 대답해야 할지 고민하고 있는데 내 입에서 절로 이런 말이 흘러나온다. 「아닙니다. 고맙지만 됐습니다.」

프레디는 상관없다는 듯 어깨를 으쓱하더니 곧 옆 테이블로 걸음을 옮긴다.

나는 방금 깨달은 것이 있었다. 아벨 바우만이 정신적으로 문제가 많은 광대든 신이든 원칙적으로 아무 차이가 없다는 사실이다. 또한 아벨이 내게 보여 준 것이 진짜 기적이든 눈속임 마술이든 그것도 중요하지 않다. 중요한 건 아벨의 체험이 나와 내 인생을 송두리째 바꾸어 놓았다는 사실이다. 신이 있다고 해도 더 이상은 신에게 요구할 수 없을 것 같다는 생각이 든다.

나는 발렌티나의 파스타를 음미하면서 오늘 밤 아벨 바우만과 한잔할 생각을 한다. 단순히 마음으로 하는 것일 뿐이더라도. 시계를 보니, 그 전에 올해의 이 마지막 식사를 차분하게 즐길 시간은 아직 충분하다.

자정 직전 나는 한 건물 옥상에 들어선다. 크리스마스 때 아벨 바우만과 함께 앉았던 그곳이다. 당시 우리는 내가 없던 다른 세계에 있었다. 하지만 오늘 밤은 정반대다. 그사이 눈은 그쳤다. 나는 레드 와인 한 병과 유리잔 두 개를 챙겨 갔는데, 옥상 가장자리 낮은 담장에 잔을 내려놓고 술을 따른다.

자정까지 4분이 남았다. 여기 옥상에서 내려다보는 도시의 야경이 퍽 아름답다. 나는 아직 주위가 조용할 때 경치를 즐긴다.

휴대폰 진동음이 웅 하고 울린다. 어머니가 보낸 동영상이다. 나는 어머니가 이렇게 최신 기계를 잘 다루는지 몰랐다. 감동이다.

동영상은 순식간에 전송된다. 동영상을 보는 순간 잔잔한 그리움과 슬픔이 동시에 밀려온다. 요나스와 한나, 어머니는 카리브 해의 태양 아래 그림 같은 해변에 서 있다. 동생이 애인과 어머니를 각각 한 팔로 두르고 있는데 다들 편안함을 넘어 행복에 겨운 모습이다.

「형, 나야.」 요나스가 말한다. 「형이 날 위해 어떤 일을 했는지 엄마하고 한나한테 다 들었어. 정말 어떻게 고마워해야 할지 모르겠어. 형이 아니었으면 난 여기 있을 수도 없었을 거야. 내가 아빠가 된다는 사실도 알지 못했을 테고. 그게 나한테 어떤 의미가 있는지 형은 아마 잘 모를……」

「이이는 정말 그걸 중요하게 생각해요.」 한나가 요나스의 말을 가로챈다. 「저는 이이가 저한테 함께 있어 달라고 부탁하고,

심지어…… 결혼까지 해달라고 할지는 꿈에도 생각 못했어요.」

「그래, 형. 이게 오늘의 새 소식이야. 우리 결혼해!」 요나스가 웃으면서 소리친다. 「그날은 형도 무조건 와야 돼. 기다릴게. 몇 개월이 걸려도 상관없어. 분명히 오게 될 거야. 내가 약속해.」

「정말 진심으로 감사드리고 싶어요. 만일 당신이 아니었더라면 저는…….」 한나는 말을 잇지 못하고 잠시 머뭇거리더니 곧 행복한 미소를 짓는다. 「제가 무슨 말씀을 드리려고 하는지 잘 아실 거예요.」

「한나, 이제 남도 아닌데 야콥한테 그리 어렵게 대할 것 없다.」 어머니가 말한다. 「편하게 대해도 돼. 좀 있으면 시아주버니 될 사람 아니니? 게다가 다들 너무 그렇게 야콥을 추켜세우지 마. 콧대 높아져.」 어머니는 다정하게 웃더니 여름옷을 어색하게 살짝 잡아당긴다. 진지하게 할 말이 있는 모양이다. 「난 아무래도 한나와 요나스 곁에 있어야겠다. 여러모로 네 도움이 아주 컸다, 아들아. 이제 너한테도 좋은 일이 있기를 바란다.」

「형, 우리도!」

엄마가 말을 잇는다. 「새해 복 많이 받아라. 받을 수 있는 복은 다 챙겨서.」

「건강도요!」 한나가 소리친다.

「돈도!」 요나스가 빙그레 웃으며 보충한다.

어머니가 나무라듯 곁눈질을 하자 요나스는 얼른 덧붙인다. 「물론 돈이 인생에서 가장 소중한 건 아니지만.」

「고맙다, 야콥. 모두 다.」 어머니는 이 말끝에 갑자기 울컥

하는 표정으로 이렇게 덧붙인다. 「몸조심해라, 아들아. 사랑한다.」

요나스는 동의의 뜻으로 고개를 끄덕이고, 한나는 나를 향해 가볍게 손 키스를 날린다.

나는 휴대폰 화면을 바라보다 가슴이 뭉클해진다. 누군가의 품에 따뜻하게 안기는 느낌이다. 바르톨로모이스 야코비 집에서는 지금껏 없었던 일이다.

요나스가 화면에서 사라지자 나는 동생이 카메라를 끄려나 보다고 짐작한다. 그래서 나도 막 동영상을 종료시키려고 하는데 어머니가 갑자기 소리친다. 「잠깐만, 요나스. 제일 중요한 걸 깜빡할 뻔했다.」 어머니가 다시 화면에 나타난다. 「야콥, 네 아버지 책상 오른쪽 상단 서랍을 열어 봐라. 맨 앞에 서류가 몇 장 있을 텐데, 네 거다. 그걸로 무엇을 해야 할지는 너도 알 거다. 아니, 알 거라고 기대한다. 네가 어미의 선물을 받기 싫어하는 걸 잘 안다만 이번만큼은 예전처럼 고집을 피우면 미련한 짓일 게다. 돈이라는 건 어차피 없어지고 만다. 그러니 그 물건은 신의 윙크로 생각했으면 좋겠다.」

짧은 정적이 흐르고 요나스가 묻는 소리가 들린다. 「이제 됐어요? 다 끝났죠? 그럼 이제 끕니다.」

어머니가 고개를 끄덕이자 영상이 정지된다.

나는 깜짝 놀라 비디오 메뉴를 다시 불러오려고 화면을 터치한다. 몇 초 뒤 어머니의 단호한 마지막 말이 재차 들려온다. 「그러니 그 물건은 신의 윙크로 생각했으면 좋겠다.」

나는 밤하늘을 올려다본다. 순간 높게 울려 퍼지는 종소리와 함께 폭죽이 연이어 공중으로 치솟더니 하늘에서 불꽃 비로 바뀌어 내린다. 곧 온 세상이 희망에 부풀어 새해를 맞는 사람들의 환호와 함성, 나팔 소리, 새해를 축하하는 온갖 소음으로 뒤덮인다.

내 시선이 와인 병과 유리잔 두 개로 향한다. 방금 어머니를 통해 받은 것이 정말 신의 신호라면 나는 이제 출발해야 한다. 그런데 내가 아는 신은 술을 좋아할 뿐 아니라 술자리에서 서둘러 일어나는 것을 끔찍이 싫어한다. 나는 신의 안녕을 위해 잔을 든 뒤 일어서기로 마음먹는다.

거리는 한마디로 난장판이다. 택시를 잡을 수 있으리라고는 애초에 기대하지 않았지만 지금은 대중교통조차 거리의 혼란으로 인해 마비되었다. 교통마비가 언제 풀릴지는 누구도 알지 못한다. 도시 근교까지는 꽤 먼 거리였음에도 나는 걸어가기로 마음먹는다. 그러나 그조차 쉽지 않다.

갑자기 나는 멈칫한다. 도로 건너편에서 유타 크롤 형사과장을 발견한 것이다. 그녀는 낡은 폭스바겐 운전석에 앉아 전화 통화를 하고 있다. 나를 감시하는 게 분명하다. 이렇게 새해 전야까지 나를 끈질기게 미행하는 걸 보니 요나스의 사건과 관련해서 내가 모르는 모종의 개인적인 구원이 있는 게 아닐까 의심이 든다.

나는 슬렁슬렁 도로를 건너 운전석 창문을 톡톡 두드린다. 크롤은 나를 즉시 알아보고 말문을 연다. 「오, 야코비 박사님. 여기서 뭐하세요?」

「이렇게 만났는데 새해 인사라도 하려고요. 게다가 물어볼 것도 있고. 혹시 우리 집까지 태워 줄 마음은 없습니까? 어차피 미행하던 중이니까 누이 좋고 매부 좋은 일 아니겠습니까?」

「알았어요. 타세요!」그녀는 짧은 망설임 끝에 이렇게 대답하고는 휴대폰을 다시 귀에 댄다. 「여보, 나중에 전화할게.」

「근무 중에 사적인 전화를 해도 되나요?」내가 짐짓 엄한 표정으로 힐난하듯이 말한다. 「상사 귀에 들어가지 않도록 조심하셔야겠습니다.」

「근무 중이 아니에요.」크롤은 이렇게 대꾸하고는 출발한다. 「하지만 사적인 전화는 맞아요. 남편이죠. 지금은 일본에 있지만.」

「호, 그거 흥미롭네요. 거기서 무슨 일을 하는데요?」내가 호기심을 드러낸다.

「초밥 요리사예요. 일본에서 일하는 건 아니고. 부모님 댁에 잠시 들르러 갔어요.」

크롤 과장의 남편이 일본인이라고? 내 머릿속에서는 곧장, 크롤이 자기보다 머리 두 개는 작아 보이는 허약한 일본인을 강제로 결혼식장으로 끌고 가는 모습이 떠오른다.

그녀가 묻는다. 「혹시 바벨탑 알아요? 복합 이색 레스토랑이죠. 남편은 거기서 초밥 요리사로 일해요.」

순간 내 머릿속에서 허약한 일본인의 모습은 연기처럼 사라지고 대신 일전에 바벨탑에서 만난, 격투기 선수 같던 그 우락부락한 아시아계 혼혈 요리사가 떠오른다.

「아뇨, 모릅니다. 하지만 한번 먹어 보고 싶네요.」내가 거짓말을 한다.

크롤은 생각에 잠긴 듯 고개를 끄덕이더니 깜빡이를 넣는다. 차는 천천히 도시에서 멀어진다. 한동안 차 안에 침묵이 흐른다.

「나는 당신 동생 사건에서 손을 뗐습니다.」 그녀가 갑자기 묻지도 않은 말을 하고 나선다. 「게다가 오늘은 정말 비번이기도 하고요. 혹시 누군가 당신을 감시하고 있다면 우리 팀은 분명 아닙니다.」

「그런데도 나를 집까지 태워 주시는 겁니까? 와우, 이렇게 친절할 데가. 고맙습니다.」

「내가 원해서 하는 겁니다. 그렇다고 내가 당신한테 빚이 있어서 이런다고는 생각하지 말아요. 물론 당신한테 약간 심하게 한 부분은 인정하죠. 그때는 당신 동생을 쳐 죽이고 싶었으니까. 개인적인 사정으로요.」

「개인적인 사정이라고요? 그게 뭐죠?」

「간단해요. 그 사건은 나하고도 관련이 있으니까. 내 어머니는 당신 동생이 파산시킨 한 펀드에서 매달 연금을 받고 있어요. 이런 사건이 터지면 대개 그렇죠. 사라진 30억 유로로 백만장자가 몇백 명 생기는 게 아니라 항상 수십만 명의 애꿎은 서민들만 피해를 보죠. 나는 당신 동생 사건도 똑같을 거라고 생각했어요.」

「그런데요?」 내가 긴장해서 묻는다.

「당신 동생은 투자 회사들만 피해를 보게 해놓았어요. 그러니까 개미들한테는 전혀 피해가 돌아가지 않고, 돈 많은 사람들만 손해를 보게 한 거죠. 어떻게 그랬는지는 묻지 말아요. 우리 금융 담당자한테 자세한 설명을 들었는데 이해가 안 갔으니까.」

이윽고 집에 도착한다. 크롤이 차를 길가에 댄다. 「어쨌든 나한테 중요한 건 어머니가 차질 없이 연금을 받을 수 있다는 사실이었어요. 당신 동생이 귀신같은 솜씨로 그렇게 만들어 놓은 거죠. 이상하게 들릴지 모르지만 그 부분만큼은 당신 동생한테 고맙다는 생각이 들어요.」

나는 차창 밖을 내다본다. 하늘은 여전히 불꽃으로 환하다.

「이런 이야기를 해줘서 고맙습니다. 동생 같은 사기꾼한테도 나름 양심이 좀 있었다는 게 기쁘네요.」

크롤이 싱긋 웃는다. 「그것만이 아니었어요. 조사를 하다 보니까 당신 동생이 동료 직원들을 보호하려고 손쓴 정황도 여러 곳에서 눈에 띄었어요. 그게 물론 순수한 이웃 사랑에서 나온 건 아니겠죠. 당신 동생의 머리에서 나온 거니까. 어쨌든 내가 보기에 당신 동생은 남들이 이 일로 곤란을 겪지 않도록 모든 걸 자기 책임으로 돌려놓기로 결심한 것 같았어요.」

「왜죠?」

크롤이 어깨를 으쓱한다. 「그건 나도 궁금해요. 아무튼 동생이 개인적으로 착복하려고 상당 액수를 미리 빼돌린 건 아닌 것 같아요. 그렇다면 원래는 성실한 인간인데 그냥 운이 나빠 범죄의 길로 들어섰을지 모르죠.」

「마치 동생이 이대로 영원히 도망쳤으면 하고 바라는 사람의 말처럼 들립니다.」 내가 슬쩍 비틀어 본다.

「그럴 기회는 충분하죠. 지금 자기가 있는 곳에서 나오지만 않는다면. 어쨌든 우리 둘보다는 당신 동생이 똑똑한 것 같아요.」

나는 차문을 연다.

「동생한테 안부 전해 줘요.」

나는 고개를 끄덕이고는 차문을 닫는다.

얼마 뒤 나는 어둠 속 아버지의 책상에 앉아 있다. 윌리엄 제임스 전집 뒤에서 찾아낸 오래된 브랜디를 따서 이번에는 아버지 바르톨로모이스 야코비를 위해 잔을 든다. 새해를 축하하는 폭죽이 터질 때마다 벽에 불빛이 어른거린다. 여기서는 불꽃놀이 소리가 멀리서 울리는 천둥소리처럼 들린다.

이제야 나는 스탠드를 켜고 오른쪽 상단 책상 서랍을 연다. 어머니가 나를 위해 준비해 놓은 것이 무엇인지 확인하기 위해서였다.

그건 어머니 이름으로 끊어 놓은 크루즈선 티켓이다. 항로는 함부르크에서 출발해 런던을 지나 마이애미로 건너간 뒤 다시 거기서 바하마로 내려가…… 내 시선이 우뚝 멈춘다. 쿠바다!

재빨리 계산해 보니 2주 뒤에는 충분히 아바나에 도착할 것 같다. 배는 모레 출발이다. 수속 절차를 밟고 새 수영복을 살 시간은 충분하다. 나는 흡족한 마음으로 브랜디를 한 잔 더 따른다.

신 은 살 아 있 다

　초대형 크루즈선 MS 뷔아티에호는 옛 시절의 향수에 젖고
싶은 사람들에게 딱 맞는 유람선이다. 그래서 외형만 보면 마
치 지난 세기에 진수된 것처럼 보인다. 그러나 속은 완전히 딴
판이다. 복고풍으로 디자인된 선체 속에는 최신 기계 설비들
이 잔뜩 장착되어 있었다. 이런 정보는 역시 20세기 초 스타일
로 제작된 유람선 소개 팸플릿에 잘 드러나 있는데, 그것만 보
면 떠다니는 디즈니랜드가 따로 없다. 이 유람선은 승객들에
게 두 번의 세계 대전이 아직 인터넷이나 부동산 거품만큼이
나 멀게 느껴지던 시대에 살고 있는 것 같은 멋진 감정을 선사
한다. 그래서 승객들은 머나먼 나라에서 탐사라는 이름으로
약탈을 자행하면서도 인권 재판소에 설 염려를 하지 않던 식
민지 시대의 향기를 이 배에서 맡는다.

　승무원들은 전부 영국인이다. 그들은 필리핀인이 대부분인
잡역부들을 지휘하는데, 이들 잡역부가 승객들과 직접 접촉하
는 일은 거의 없다. 배의 직원들은 모두 한눈에 알아볼 수 있
도록 푸른색 제복을 입는다. 승무원끼리는 서로 존대를 하지

만 보조 인력들을 부를 때는 반말을 한다. 그래서 새파란 승무원이 경험 많은 남자들에게 하대를 하며 명령을 내리는 모습은 퍽 당혹스럽기까지 하다. 피트니스 센터 담당인 히긴스 씨가 그렇다. 말 이빨에 키만 멀대 같은 이 햇병아리 승무원은 자기 밑의 직원 대여섯 명을 함부로 다룬다. 그중에는 영국인들이 인도 아대륙을 떠났다는 사실을 아직도 모르는, 백발이 성성한 인도인도 둘이나 있다.

피트니스 센터도 겉은 복고풍의 분위기이지만 장비는 모두 최신식이다. 하긴 그렇지 않으면 어떤 보험사도 받아 주지 않을 것이다. 내 짐작으로 이 배 승객의 평균 연령은 일흔 저쪽일 것 같은데, 만일 황제 시대의 피트니스 장비를 갖다 놓았다가는 운동 중 골절 사고가 분명 두 배 이상으로 늘어날 것이다. 특히 바람만 조금 세게 불어도 획 날아갈 것 같은 초고령 승객들을 고려하면 더욱 그렇다. 아무튼 MS 뷔아티에호는 그런 만일의 사태에 대한 준비가 철저하다. 의사 팀뿐 아니라 선상 수술실까지 갖추고 있었는데 이 둘만큼은 예외적으로 복고풍이 아니다. 나는 처음 선박 안내를 받으면서 이곳의 의료 시설이 초현대적인 최고의 수준임을 확인했다. 때문에 배가 육지에 닿아도 초고령 승객들은 항구 근처에만 머물거나, 아니면 아예 배에서 내리려고 하지 않는지 모른다.

어쨌든 내 수영복은 이런 복고풍의 선상 분위기에 딱 맞았다. 터키 옥색의 구닥다리 모델인데, 시간이 없어 제대로 보지도 않고 싼 가격에 혹해 집어 든 수영복이다. 이걸 입고 돌아다니면 꽃무늬 수영 모자를 쓴 부인들과 정말 1960년대에 샀을 것 같은 수영 바지를 입은 노인들 틈에서도 전혀 눈에 띄지 않는다. 그런 내가 정장을 입고 만찬장으로 가서 엄청나게 큰 모자를 쓴 부인을 테이블로 안내하면 분명 나이를 떠나 과거의 향수에 젖은 승객으로 보일 것이다. 그러나 나는 큰 홀에서 여러 코스로 나오는 식사를 먹고 싶지 않아 한 작은 레스토랑에서 그냥 간단하게 스테이크를 시켜 먹는다.

저녁의 유흥거리는 선택이 쉽지 않다. 영화관에서 「사랑은 비를 타고」를 보거나 극장에서 그레테 바이저의 촌극을 볼 수 있다. 그 밖에 빅토리아 여왕 홀에서는 무도회가 열리고, 선상 도서관에서는 퍼즐 대회가 개최된다. 나는 퍼즐 대회에 먼저 참여했다가 무도회로 자리를 옮겨 90세 먹은 정정한 부인과 사귈 수도 있을 것이다.

저녁 산책 후 마지막으로 한잔하고 일찍 잠자리에 들까 고민하고 있는데 갑자기 카지노가 눈에 들어온다.

카지노는 한산하다. 룰렛 테이블은 파리만 날리고, 블랙잭 테이블에만 손님이 둘 앉아 있다. 이따금 빈 담배물부리만 빠는 노부인과 숱 많은 검은 머리와 수염 때문에 약간 어두운 느낌이 드는 50대 말의 신사다.

나는 블랙잭 테이블에 합류한다. 테이블 중앙에 서서 막 카드를 나누려던 땅딸막한 체구의 딜러는 잠시 동작을 멈추고 내가 자리에 앉아 돈을 꺼낼 때까지 기다린다. 이름표에 적힌 〈프란티세크 홀러〉라는 이름에서 나는 딜러가 동유럽 출신, 그것도 체코인일 가능성이 높다고 짐작한다. 나는 50달러를 칩으로 바꾼다. 이걸로 한 시간만 놀아도 다행이다. 이제껏 나는 블랙잭에서 한 번도 돈을 딴 적이 없기 때문이다. 내가 칩 하나를 테이블 위에 올려놓자 프란티세크가 카드를 돌리기 시작한다.

한동안 우리는 묵묵히 게임만 한다. 가끔 블랙잭 게임의 용어들만 사람들의 입에서 묵직하게 흘러나온다. 「히트. 스테이. 버스트.」

프란티세크는 마치 기도를 중얼거리는 수도승처럼 단조로운 톤으로 차분하게 점수를 센다. 블랙잭이 나와도 전혀 호들갑을 떨거나 감탄하지 않는다. 아니, 오히려 체념의 느낌이 약간 묻어나는 듯하다. 스스로에게 이렇게 되뇌는 것처럼. 〈그래, 인생 꼴좋다. 이런 지루한 인간들이랑 카드나 치고 있고!〉

「Where do you come from? (어디에서 오셨어요?)」옆자리의 신사가 묻는다. 영어 발음에서 오스트리아 악센트가 강하게 느껴진다. 게다가 바로 옆에서 보니 막 늑대로 변신 중인 늑대 인간처럼 보인다. 풍성한 머리털처럼 눈썹도 수북하고 새까맣다.

「From Berlin. (베를린에서요.)」내가 대답한다.

「아, 그래요! 난 빈에서 왔습니다. 빈을 아세요?」

「조금요.」나는 이렇게 답하며, 성의 없는 이 단답형 답이 더 이상의 대화를 원치 않는다는 뜻으로 받아들여지길 기대한다.

「반갑소. 알베르트 라이터요.」그가 자리에서 일어나 손을 내민다.

담배물부리를 들고 있는 부인은 우리 대화에는 관심이 없는지 지루한 표정으로 브랜디만 홀짝거린다. 프란티세크는 게임을 계속할 수 있을 때까지 끈기 있게 기다린다. 카드에 집중하지 않고 잡담만 늘어놓는 우리가 마음에 들지 않을 게 분명하다. 그러나 유람선 카지노 딜러라면 이런 일에 이골이 났을 것이다.

나는 빈 출신의 늑대 인간 손을 잡는다. 「야콥 야코비입니다. 만나서 반갑습니다.」

그는 고개를 끄덕하더니 다시 앉는다. 「이렇게 유람선을 타고 대서양을 건너기 전에는 무슨 일을 하셨습니까?」 그가 손가락으로 테이블을 톡톡 두드린다. 카드를 한 장 더 달라는 신호다. 「직업을 묻는 겁니다.」

「심리학자입니다. 지금은 직업 면에서 새로운 방향을 모색 중이고요.」 나는 이렇게 대답하고는 딜러에게 가벼운 손짓으로 카드를 더 받지 않겠다는 뜻을 표한다. 내 카드는 〈17점〉이다.

「이런 우연이 있나!」 라이터가 반가운 표정으로 답한다. 「내 동료군요. 나도 심리학자요. 빈 대학에서 강의와 연구를 하고 있죠.」

나는 정중하게 고개만 끄덕이고는 아무 말을 하지 않는다. 이번에는 알베르트 라이터도 예외적으로 더는 질문을 던지지 않는다. 어쩌면 이대로 얼마간 침묵이 이어질지 모른다. 게다가 나는 와인 한 잔을 더 마시고 싶다. 그래서 정말 지독하게 무심한 표정으로 바에 앉아 있는 바텐더의 관심을 불러일으키려고 애쓴다.

프란티세크가 나를 도우러 나선다. 바를 향해 차분하면서도 집요하게 눈과 손으로 신호를 보낸다. 마침내 우두커니 앉아 있던 바텐더도 그 신호를 느끼고 몸을 움직인다.

딜러가 다시 패를 나누는 동안 나는 라이터가 무언가를 생각 중이라는 인상을 받는다. 그와 함께 곧 그가 우리의 대화를 이어 갈 거라는 불길한 예감이 든다.

아니나 다를까 바로 그 순간, 라이터가 발음을 길게 늘어뜨리며 내 이름을 말한다. 「야코비라. 혹시 바르톨로모이스 야코비와 무슨 관련이 있습니까?」

역시 올 게 왔다. 그러지 않아도 대화가 이 방향으로 흘러가지 않을까 걱정하던 차였다. 심리학 분야에서 아버지는 독보적인 존재였기 때문이다. 그래서 나를 유명한 아버지의 유명하지 않은 아들로 소개해야 하는 일은 꾸준히 있어 왔다. 「내 아버지입니다.」 나는 짧은 망설임 끝에 답한다. 순간 수년 전부터 이런 일이 있을 때마다 들곤 하던 약간의 자괴감이 눈 녹듯이 사라지는 것을 느낀다. 옛날에는 지금 같은 상황에서 상대방에게 나와 아버지 사이의 복잡한 관계를 설명하고 싶은 욕구를 느꼈다면 지금은 우리 둘 사이의 길고 곤란한 이야기를 〈내 아버지〉라는 단 두 마디 말로 모두 설명한 것 같은 기분이 든다.

알베르트 라이터는 인정의 뜻으로 고개를 끄덕인다. 프란티세크가 또다시 그의 반응을 기다리고 있다는 사실은 전혀 눈치채지 못하는 듯하다. 빈의 심리학자는 무성한 턱수염을 어루만지면서 말한다. 「빈에서 당신 아버님의 강의를 들었어요. 아마 1980년대 말일 거요. 정말 대단한 강의였죠. 가슴 깊이 감동을 받았으니까요.」

짧은 침묵. 나는 이 침묵이 좀 더 길게 이어지길 바란다.

「편안히 수다 떨기엔 갑판의 비치 의자만큼 좋은 곳이 없을 겁니다.」 담배물부리를 든 부인이 매우 정중한 어조로 말한다. 프란티세크의 얼굴에 살짝 미소가 스치고 지나간다. 그는 여전히 알베르트 라이터가 다시 게임에 집중하기를 기다리고 있다. 마침내 빈의 심리학자가 테이블을 톡톡 두드린다.

「Twenty-five. Sorry, too much. (25점입니다. 미안하지만 너무 많군요.)」 프란티세크가 21점이 넘은 것을 확인해 준다. 그런데 말은 미안하다고 하지만 표정은 전혀 미안한 기색이 아니다. 라이터는 마지막 카드를 받기 전에 18점이었는데 이렇게 훌륭한 숫자를 갖고도 카드를 한 장 더 요구한 것을 도저히 이해하지 못하겠다는 표정이다.

라이터는 자리에서 일어나더니 걷어붙인 소매를 내리고는 의자에 걸쳐 놓은 콤비 상의를 집어 든다. 「어디 다른 데 가서 한잔 더 하겠소?」 그가 내게 묻는다.

「그런 뜻이 아니었어요.」 부인이 끼어든다. 「당신을 내쫓으려고 한 말이 아니에요.」

라이터가 손사래를 친다. 「부인이 내쫓은 게 아니니까 염려 마십시오. 그러지 않아도 막 일어나려던 참이었습니다.」 그는 부인의 손에다 살짝 입을 맞춘다. 「좋은 시간 보내십시오.」 이어 라이터는 다시 내게로 고개를 돌린다. 「어때요? 가볍게 한잔 더 하겠소?」

「고맙지만 다음 기회에 하겠습니다.」 나도 마찬가지로 자리에서 일어난다. 50달러는 예상보다 빨리 증발해 버렸다. 하지만 알베르트 라이터와 심리학에 대해 이러쿵저러쿵 쓸데없이 말을 주고받고 싶은 마음은 없기에 차라리 선실로 가서 잠을 청하기로 마음먹는다. 잠자리에 들기는 약간 이른 시간이지만 술의 힘을 빌리면 곯아떨어질 수 있지 않을까 기대해 본다.

프란티세크와 노부인이 시선을 주고받는다. 그가 유감의

뜻으로 어깨를 으쓱한다. 「Sorry, ma'am. Minimum two players. (죄송합니다. 최소 두 명이 있어야 합니다.)」

말은 이렇게 하지만, 딜러는 이제 참가할 선수가 충분치 않아 블랙잭 테이블을 닫아야 하는 지금의 상황을 조금도 아쉬워하는 눈치가 아니다.

「그럼 이제 드디어 저녁 담배를 피울 수 있겠군.」 노부인은 은빛 담배 케이스에서 필터 없는 담배를 꺼내 조심스럽게 물부리에 돌려 끼운다. 그러고는 라이터와 나에게 고개를 끄덕인다. 「함께 해줘서 고마웠어요, 신사 양반들.」 그녀는 이 말과 함께 우아하게 자리를 뜬다.

「예, 저도 즐거웠습니다. 다음에 또 만날 기회가 있으면 좋겠네요.」 라이터가 내게 손을 내민다.

「저도 그렇게 되길 바랍니다.」 나는 이렇게 거짓말을 하고는 내 길을 간다.

얼마 뒤 선실에 돌아왔을 때 침대 위에 선내 소식지 특별판이 놓여 있다. 그런데 1면에 알베르트 라이터의 흑백 사진이 큼지막하게 실려 있다. 어쨌든 내 눈엔 그게 빈의 그 심리학자로 보였다. 실제로는 〈뷔아티에 드 콜타〉라는 예명으로 19세기 가장 위대한 마술사 중 한 사람으로 꼽히는 요셉 뷔아티에의 사진이었지만. 특별 소식지에 따르면 이 거장의 몇 가지 마술은 오늘날까지도 그 비밀이 밝혀지지 않고 있다고 한다.

이례적으로 이 마술사의 이름을 따서 붙인 MS 뷔아티에호에서는 내일 저녁 이 위대한 마술사를 기리는 의미에서 대형 마술 쇼가 펼쳐질 예정이라고 한다. 그것도 한 번이 아니라 두 번에 걸쳐서. 추가 공연은 승객들의 강력한 요청에 따라 급히 계획되었는데, 이 두 번째 공연 역시 빠른 속도로 예약이 만료될 가능성이 높으니 예약을 서둘러 달라는 당부까지 실려 있다.

나는 침대 가장자리에 앉아 깊은 생각에 잠겨 위스키를 홀짝거린다. 선실로 오는 길에 한 술집에 들러 구입한 것이다. 나는 위스키를 마시며 바다 소리를 즐긴다. 쪼그만 선실 창문은 아쉽게도 개미 똥구멍만큼 열어 둘 수밖에 없다. 그러지 않으면 방 안은 몇 분 안에 냉장고로 변할 것이다. 그나마 정신에 영감을 주는 파도 소리를 듣기엔 이 정도로도 충분하다. 선내 소식지를 읽은 뒤로 내 생각은 정신없이 마음을 들쑤시는 다음의 물음들을 맴돌고 있다. 〈신이 여기서도 손을 쓴 게 아닐까? 혹시 자신의 염려와는 달리 아직 살아 있는 건 아닐까? 그러니까 자신의 과업을 속행하려고 아벨 바우만의 몸을 나와 다른 사람의 몸으로 들어간 것일까? 인간의 탈을 쓴 신이 정말 이 배에 타고 있을까? 혹시 내가 벌써 그를 만난 건 아닐까?〉 나는 피식 웃음이 나온다.

달리 묻자면, 신은 혹시 그 위대한 마술사와 굉장히 비슷하게 생긴 빈의 심리학 교수를 보고도 자신을 알아보지 못하는 나를 참으로 둔한 인간이라고 여기지 않을까?

신의 특징은 뚜렷하다. 신은 도박을 좋아한다. 그건 알베르트 라이터도 마찬가지다. 신은 마술을 좋아한다. 라이터도 뷔아티에 드 콜타의 부활로 볼 수 있다. 또한 라이터가 하필 심리학자라는 것도, 위대한 심리학자 중 한 사람인 내 아버지가 활동하던 빈 출신이라는 것도, 심지어 내 아버지를 존경한다는 것도 내가 아는 신의 전형적인 장난기로 보인다. 더구나 라이터는 내게 먼저 접근했다. 우리 사이에 대화를 시도한 것이 바로 그였으니까.

그래서 나는 신이 알베르트 라이터의 몸에서 나와 자연스럽게 자신의 정체를 드러내도록 유도하기로 마음먹는다. 일단 나는 내일 라이터에게 식사를 함께하고 마술 쇼를 본 뒤 다시 카지노에 가자고 제안할 것이다. 일부러 치근거린다는 느낌이 들 정도로 집요하게 제안할 생각이다. 그래서 내가 나머지 여행 동안 자신을 찰거머리처럼 따라다닐 거라는 염려가 든다면 라이터는 당연히 내 제안을 거절해야 마땅하다. 그러지 않고 내 제안을 선뜻 받아들인다면 그건 내 짐작을 확인시켜 주는 단서일 수 있다. 나를 감쪽같이 속이는 데 재미를 붙인, 내가 알던 그 신일 수 있다는 것이다. 신이 아직 살아 있다고 생각하자 이 배를 탈 때 나를 휘감고 있던 가벼운 울적함이 단숨에 사라지는 느낌이다.

「멋진 계획입니다!」 다음 날 내가 엉큼한 마음을 숨기고 그 제안을 하자 라이터는 흔쾌히 동의한다. 「그다음엔 내가 흡연자 라운지에서 카스트로가 피웠다는 코이바 시가와 브랜디 한 잔을 대접하겠소.」

식사를 하면서 라이터는 30년에 가까운 자신의 결혼 생활에 대해 이야기한다. 결혼 생활이 그렇게 장시간 행복하게 지속될 수 있었던 것은 두 사람이 가능한 한 잘 만나지 않았기 때문이라는 게 그의 생각이다. 화랑을 운영하는 그의 아내는 주로 뉴욕에 머물 때가 많은데 휴가도 마이애미에서 만나서 함께 보낸다고 한다.

「부인 이름이 어떻게 됩니까?」 내가 묻는다. 「혹시…… 마리아 아닌가요?」

그는 어리둥절한 표정이다. 「아뇨. 하지만 막달레나요. 근데 내 아내의 이름이 왜 마리아라고 생각하는 거죠?」

「그냥요.」 나는 거짓말을 한다.

그는 당혹스럽게 와인을 홀짝거린다.

극장 앞에는 뷔아티에 드 콜타의 사진이 붙은 플래카드가 걸려 있다. 라이터는 그 앞에 서서 뷔아티에의 사진을 꼼꼼히 살펴본다. 나는 끈기 있게 기다린다. 아무리 눈이 삐어도 이 얼굴이 자신과 닮은 것을 눈치채지 못하는 바보는 없을 듯하다.

「참 못생겼군!」 라이터는 마침내 이렇게 판정 내리고는 극장 안으로 뚜벅뚜벅 걸어 들어간다.

마술 쇼는 좀 지루하다. 특히 한 시대를 풍미한 마술사에게 바치는 마술 쇼임을 감안하면 더더욱 그렇다. 어쨌든 마술 쇼 1부가 끝날 때까지 내가 깜짝 놀랄 만한 마술은 하나도 없다.

내 동료의 평가는 한층 가혹하다. 「나 같으면 저런 아마추어 마술사들을 유치원 행사 무대에도 절대 세우지 않겠소.」 라이터는 중간 쉬는 시간에 브랜디를 한 잔 마시며 욕에 가까울 정도로 혹평을 한다. 「차라리 2부는 보지 말고 곧장 카지노로 가지 않겠소?」

나는 반갑게 고개를 끄덕인다. 나로서도 이런 김빠진 마술을 더 오래 지켜보는 것은 아무 의미가 없다. 게다가 내가 알고 싶은 것은 이미 확인했다. 프로 마술을 바라보는 라이터의 눈이 굉장히 까다롭다는 것이다. 마치 자신이 전직 프로 마술사인 것처럼 말이다. 나는 이런 생각을 하면서 그를 따라 카지노로 향한다.

거기서 우리는 익숙한 얼굴들을 만난다. 프란티세크는 블랙잭 테이블에 서서 카드를 나누고 있고, 그 앞에는 담배물부리를 든 노부인이, 부인 옆에는 늘 죽도록 피곤해 보이는 바텐더가 앉아 있다.

「그러지 않아도 두 분이 오시지 않을까 목을 빼고 기다리고 있었어요.」 노부인이 점잖은 미소를 지으며 말한다. 어제와 마찬가지로 눈에 확 띄는 요란한 옷을 입고, 가느다란 입술에는 은은한 립스틱을 바르고 있다. 일흔은 훌쩍 넘은 것 같지만 한때는 남자들의 혼을 쏙 빼놓았을 것 같은 미모가 여전히 얼굴에 남아 있다.

「두 분이 오시지 않기에, 그래도 게임은 해야겠다는 생각에서 이 백치를 테이블로 불렀어요.」 부인은 분명 바텐더를 보고 백치라고 지칭한 것 같은데도 이 친구는 자기가 모욕당한 걸 모르는 모양이다. 평소와 마찬가지로 그저 피곤해 죽겠다는 듯한 표정만 짓고 있다. 부인이 이 친구에게 칩을 몇 개 쥐여준다. 「Thank you very much. And would you be so kind to bring me another brandy? (감사합니다. 그리고 죄송한데 브랜디 한잔만 더 주시겠어요?)」

바텐더는 기다렸다는 듯이 급히 자리를 뜬다.

「잘 지내셨지요, 부인?」 알베르트 라이터가 손등에 입을 맞추며 부인에게 인사한다.

나도 무례하게 비치고 싶지는 않아 곁다리를 낀다. 「야콥 야코비라고 합니다.」

「야콥 야코비 박사죠.」 라이터가 보충한다.

「아나슈타지아 폰 하펜베르크예요.」 부인이 답한다. 「이런 형식적인 일로 시간을 낭비하지 말고 어서 게임이나 해요.」

라이터는 고개를 끄덕인다. 부인의 소망은 그에게 명령이나 다름없어 보인다. 마침내 우리가 자리를 잡고 앉자 프란티세크가 카드를 돌린다.

「부인께서는 우리가 이렇게 일찍 올 수 있었던 걸 지금 공연 중인 마술사한테 고마워하셔야 할 겁니다.」얼마 뒤 라이터가 다시 입을 연다. 「마술 쇼가 진짜 그렇게 재미없지만 않았더라면 아마 우린 2부까지 다 보고 왔을 테니까요.」

「난 진작 알고 있었어요.」아나슈타지아가 대꾸한다. 「마드리드에서 온 그 마술사를 좀 아는데, 그 사람은 정말 재능이 없어요. 게다가 그 사람이 자신을 뷔아티에 드 콜타의 부활로 여기고 있는 걸 알고 계셨어요? 농담이 아니라 진심으로요.」

나는 바짝 긴장한다. 내가 부활한 사람을 착각했을 수도 있다는 생각이 든 것이다.

「그렇다면 그 친구는 마술에만 재능이 없는 게 아니라 정신까지 살짝 돈 모양이군요.」라이터가 답한다.

아나슈타지아는 부드럽게 미소만 짓더니 말없이 딜러에게 카드를 한 장 더 요구한다.

「혹시 환생을 믿으세요?」내가 지나가듯이 묻는다.

「난 안 믿어요.」노부인이 답한다. 「현생에서의 이 모든 고통이 언젠가는 끝날 거라는 걸 위안으로 삼고 사는 사람이에요.」

「저하고 생각이 비슷하시군요.」빈의 심리학자가 동의를 표한다. 「게다가 과학자라면 어차피 그런 문제에 회의적일 수밖에 없죠.」

「나도 그랬죠. 신을 만나기 전까지는요.」

막 새 카드를 요구하려던 라이터가 내 말에 멈칫한다. 「거

대단한 경험을 하셨소. 그다음엔 또 무슨 이야기를 하시려고요? 부활 이야기라도 하실 건가요?」

「나를 찾아온 환자 하나가 자신이 신이라고 하더군요.」

「오, 거 흥미롭네요!」 라이터가 말한다. 그사이 프란티세크는 심드렁한 표정으로 자신의 승리를 선포한다. 「블랙잭입니다.」

「하지만 안타깝게도 얼마 전에 유명을 달리했습니다.」

「예? 신이 죽었다고요? 어떻게요?」 라이터가 재미있다는 듯 딴죽을 건다.

「신이 아니라 내 환자가 죽었다고요.」 내가 무덤덤하게 잘못을 바로잡는다. 「하지만 그 전에 내가 그와의 만남을 통해 그가 신임을 확신했던 것은 인정합니다.」

게임을 하던 두 사람이 동시에 내게로 얼굴을 돌린다.

「그래요.」 나는 생각에 잠긴 표정으로 고개를 끄덕인다. 「이게 미친 소리처럼 들린다는 건 압니다만 난 신이 죽어 가는 것을 분명 봤습니다. 다행히 신이 부활했다는 몇 가지 단서가 있지만요.」

「그 사람이 관 뚜껑을 열고 나오는 걸 보기라도 했다는 말입니까?」 라이터가 다시 딴죽을 건다.

「아니, 그건 아닙니다. 내 추측으로는 다른 사람의 몸속에서 다시 태어난 것으로 보입니다. 일종의 영혼 이동이죠.」

「정말 좀 미친 소리처럼 들리는군요.」 노부인이 말한다.

「훨씬 더 미친 소리도 있습니다.」 내가 말을 잇는다. 「나는 여기 있는 이 빈의 심리학자가 신의 환생이라고 믿습니다. 아니죠. 그냥 그렇게 믿는 정도가 아니라 이 사람이 며칠 전에 죽은 아벨 바우만이라고 장담합니다.」

정적. 프란티세크는 당혹스러운 얼굴로 좌중을 둘러본다. 게임은 이미 중단한 상태. 지금 테이블 주위를 감도는 이상한 분위기를 그도 눈치챘기 때문이다.

라이터가 나를 유심히 살펴본다.

「이상한 농담을 좋아하시나 보군요.」 아나슈타지아가 말한다.

라이터는 여전히 내게서 눈을 떼지 않고 있다.

「우연히 난 이 여행을 신의 윙크로 이해해야 한다는 말을 들었습니다.」 내가 말한다. 「그리고 이 배에 오른 후 교수님에게서 모종의 신호를 받았습니다. 내 말이 틀렸나요?」

라이터는 이맛살을 찌푸린다. 「안타깝게도 내가 더 이상 도울 방법은 없겠군요, 야코비 박사.」 그가 의자에서 일어나더니 콤비 상의를 집어 든다. 「먼저 실례하겠습니다. 난 지금 휴가 중이오. 매일 미친 인간들과 씨름하는 것도 모자라 휴가 중에까지 골머리를 썩이고 싶지는 않아요. 휴가 때는 정상적인 사람들과 정상적인 대화를 나누고 싶은 게 솔직한 심정입니다. 안녕히 계십시오.」 그는 내게 고개를 끄덕이고 노부인의 손에 입을 맞추고는 급히 자리를 뜬다.

노부인은 잠시 기다리더니 내게 묻는다. 「신을 쫓아가시겠어요? 아니면 게임을 좀 더 하시겠어요? 뭐 개인적으로 나는 미친 사람이라고 해도 전혀 상관 안 해요.」

나는 정말 라이터를 따라가야 할지 고민한다. 그러나 그의 직선적이고도 거친 반응이 발목을 잡는다. 내가 잘못짚은 것이 분명하다.

내가 다시 게임을 하려고 테이블로 몸을 돌리는 순간 퍼뜩한 생각이 떠오른다. 「부인께서는 그 마술사를 어떻게 아시죠? 또 그 마술사가 뷔아티에 드 콜타의 환생이라는 말은 어디서 들으셨죠?」

노부인이 나를 뚫어지게 바라본다. 「믿지 못하겠지만 난 아벨 바우만도 알아요. 우연히요. 그런 이름은 수없이 많아요.」

「내가 말한 사람은 진짜 위대한 마술사였던 서커스 광대입니다.」

부인은 빈 담배물부리를 빤다. 「그렇다면 같은 사람이군요.」

이 말은 여운을 남기며 울려 퍼진다. 잠시 침묵이 이어진다. 「죽었다니 안됐군요. 사실 난 그 사람을 잘 알지 못해요. 게다가 아주 오래전의 일이기도 하고요. 옛날에 난 서커스광이었거든요.」 노부인은 앞에 놓인 브랜디를 한입에 탁 털어 넣는다. 「나도 당신의 그 이상한 이론에 딱 들어맞는 게 아닌지 염려스럽군요. 진짜 그런가요? 내가 진짜…… 신이라고 생각하는 거예요?」

나는 그녀를 빤히 바라본다. 아나슈타지아는 손지갑을 들더니 자리에서 일어난다. 게임이 이런 식으로 끝나게 된 것에 약간 화가 난 눈치다. 「실례하겠습니다, 야코비 박사. 나도 이제 슬슬 지치는군요. 기회가 되면 아까 그 심리학자한테 상담이라도 받아 보라고 권하고 싶네요.」

노부인이 홀을 나간다.

나는 두 어깨가 축 처지는 것을 느낀다. 계획이 엉망이 되어 버렸다. 이런 결과를 원한 게 아닌데 정말 처참한 심정이다.

프란티세크가 꼼짝도 않고 서서 말한다. 「Sorry, sir. Minimum

two players. (죄송합니다. 최소 두 명이 있어야 합니다.)」그의 시선이 내 앞에 놓인 칩으로 향한다. 이제 테이블을 닫을 테니 칩을 주머니에 챙겨 넣으라는 뜻이다.

내가 칩을 챙겨 넣자 프란티세크는 테이블 위에 흰 천을 깐다. 그때였다. 멀리서 쾅 하고 둔중한 폭발음 같은 것이 들리더니 배가 갑자기 좌우로 요동을 친다. 나는 의자에서 고꾸라진다. 테이블 위의 천도 흘러내리고, 바의 병과 유리잔도 바닥에 우르르 쏟아진다. 꾸벅꾸벅 졸던 바텐더 역시 바닥으로 내동댕이쳐진다. 프란티세크는 간신히 두 발로 버티고 일어나 걱정스러운 표정으로 내게 달려온다.「Are you hurt, sir? (다치셨나요?)」

나는 고개를 젓는다. 프란티세크는 나를 부축해서 의자에 앉히고는 바텐더의 상태를 살펴보려고 부리나케 달려간다.

나는 혼란스러운 심정으로 딜러의 뒷모습을 바라보다가 문득 신이 도박을 무척 좋아했다는 생각이 떠오른다. 그럼 혹시 프란티세크가……?

「아냐. 그 친구도 아냐.」내 귀에 갑자기 누군가의 목소리가 들린다.

나는 깜짝 놀라 주위를 두리번거린다. 아무도 없다.

「지금 그런 건 중요하지 않아.」목소리가 이어진다.「폭발로 선체 외부에 구멍이 뚫렸고, 14갑판 아래 선원실에 지금 스무 명 이상이 갇혀 있어. 10분 안에 문을 열어야 해. 안 그러면 입구가 물속에 잠길 거야.」

아벨의 목소리일까? 나는 벌떡 일어나 프란티세크와 바텐더를 지나 엘리베이터로 뛰어간다. 두 사람은 공포를 진정시키려고 바 뒤에서 무언가를 마시고 있다.

엘리베이터가 내려갈 때 내 심장 소리가 목까지 치고 올라온다. 신이 아직 살아 있을까? 내가 이 생각의 허무맹랑함을 따져 보기도 전에 엘리베이터 문이 열린다. 순간 사람들의 어지러운 목소리가 들린다.

눈앞의 복도는 확연히 기울어져 있다. 벌써 반쯤 물에 잠긴 듯하다. 그런데 흥분한 목소리로 뭐라고 말을 주고받는 필리핀인들 사이에서 빈의 심리학자 알베르트 라이터가 보인다. 그는 막 셔츠 소매를 걷어 올리고 있다.

「아, 당신도 왔군요.」 그가 나를 보더니 다정하게 웃으며 자기 쪽으로 오라고 손짓한다.

라이터 앞의 복도는 자그마한 못처럼 보인다. 물 밑에 무엇이 있는지는 보이지 않는다.

「이 아래 계단이 있어요.」 라이터가 설명한다. 「여기서 곧장 수직으로 몇 미터 잠수하면 또 다른 계단이 나와요. 그 계단 위에 우리가 열어야 할 문이 있어요. 저 친구가……」 라이터는 한 필리핀인을 가리킨다. 나는 이제야 그 사람이 물에 쫄딱 젖어 있는 것을 알아챈다. 「……문을 열려고 시도했지만 실패했소. 지금 문이 절반 정도 물에 잠겼다고 하는데 우리 어서 서둘러야겠어요. 배는 상당히 빠른 속도로 기울고 있어요. 내 느낌이 그래요.」

「우리라고요?」 내가 아무 억양 없는 목소리로 묻는다.

「네, 우리.」 라이터가 확인해 준다. 「당신도 이 사람들을 도우려고 온 거 아니오?」

나는 고개를 끄덕인다. 「그렇다면 역시 내 추측이 틀리지 않왔군요.」

그는 싱긋 미소를 지으며 고개를 흔든다. 「다 맞지는 않았소. 나는 그가 아니니까. 난 당신과 같은 사람일 뿐이오. 신을 만난 사람. 하지만 우리는 내내 신과 아주 가까이 있었소.」

라이터는 어리둥절한 내 얼굴을 보더니 활짝 웃는다.

「아나슈타지아 폰 하펜베르크 부인 말이오.」

나는 손가락 하나 까딱하지 못하고 입만 쩍 벌린다.

「나도 당신과 하고 싶은 얘기가 많소.」 라이터가 말을 잇는다. 「하지만 지금은 이 일부터 처리하는 게 급선무요. 나중에 뉴욕에서 만나는 건 어떻소? 모레 저녁?」

나는 기계적으로 고개를 끄덕인다.

「좋아요. 그럼 뉴욕 발타자르 레스토랑에서 봅시다. 거기 빈 테이블이 있다면. 그 전에 우리가 여기서 살아남는다면.」

나는 다시 고개를 끄덕인다.

「자, 출발합니다!」 라이터는 이렇게 말하더니 물속으로 풍덩 뛰어든다.

나는 물속으로 잠수하는 그의 뒷모습을 보며 생각을 정리해 보려 한다. 그러나 정리가 쉽지 않다. 다만 침몰하는 호화 유람선 안에서 나와는 아무 상관이 없는 사람들을 구하려고 목숨을 걸고 있는 나 자신을 보면서 묘한 행복감을 느낀다.

알베르트 라이터의 숱 많은 검은 머리가 물 위로 떠오른다. 「그리 멀지 않아요. 6미터는 안 될 것 같소. 충분히 해낼 수 있어요. 그러려면 당신 도움이 필요해요.」

나는 고개를 끄덕이고는 재빨리 콤비 저고리를 벗어 옆으로 휙 던진다.

「하늘이여, 저희를 도와주소서!」라이터가 고개를 들고 외친다.

「당연히 도와주겠죠!」

나는 차가운 물속으로 뛰어든다.

〈끝〉

옮 긴 이 의 말

이렇게 익살맞고 능청스러운 신이 있다면

세상살이도 외롭진 않을 것이다

정말 신이 있을까? 살다가 문득 이런 의문 한 번 품어 보지 않은 사람은 아마 없을 것이다. 무변광대한 우주 속에서 우리가 티끌보다 못한 존재라는 사실을 절감하는 순간 절로 튀어나오는 물음일 테니까. 게다가 거대한 모순덩어리와도 같은 이 세상과 맞서 싸우는 것이 힘에 부칠 때도 절대자를 찾는 것이 인간이다. 물론 신의 유무는 사리 분별로 시비를 가릴 문제가 아니다. 신은 인간의 분별력을 뛰어넘는 〈믿음〉의 영역이니까. 이처럼 우리는 의지하고 따르려고 신을 믿는다. 이 책의 제사로 인용된, 신이 없더라도 인간은 신을 만들어 냈을 것이라는 볼테르의 말에도 신의 유무가 아닌, 신은 인간에게 꼭 필요한 존재라는 사실에 방점이 찍혀 있다.

그런데 신은 지금껏 늘 일방적인 소통의 대상이었다. 인간 쪽에서만 위안과 도움을 얻기 위해 기도의 형식으로 끊임없이 신에게 말을 걸어 왔기 때문이다. 그런 신이 이제 인간의 모습을 하고 인간에게 말을 걸어온다. 심지어 깊은 고민까지 속속들이 터놓으며 도와 달라고 한다. 그것도 얼마 전에 이혼한 파산 직전의 심리 치료사 야코비에게. (야코비 앞에 나타나 자신을 〈신〉이라고 소개하는 〈아벨 바우만〉이라는 남자가 진짜 신인지 아닌지는 독자의 판단에 맡긴다. 호기심 어린 눈으로 그 정체를 벗겨 가는 재미가 쏠쏠할 것이다.)

그렇다면 전지전능해야 할 신에게 대체 무슨 고민이 있다는 것일까? 우선 인간의 몸을 빌렸기에 인간의 고민거리는 기본이다. 혼외로 태어나 아버지를 아버지로 여기지 않는 아들과의 갈등이 한 예이다. 하지만 이런 가정사는 곁가지다. 아벨이 진실로 고민하는 것은 인간이다. 아벨은 장구한 세계사를 인간과 함께 건너오면서 인간의 삶을 개선해 주려고 부단히 노력했다. 유익한 도구를 선사하고, 중요한 발명과 발견을 돕고, 인간의 정신적 역사적 발전에 전기를 마련해 줌으로써 세상을 좀 더 나은 방향으로 이끌려고 애썼다. 그러나 어느 순간부터 인간은 아벨이 따라가지 못할 만큼 빠르게 스스로 알아서 세상을 발전시켜 나갔고, 그로써 인간은 아벨의 통제에서 벗어났다. 그 결과 세상은 어떻게 변했을까? 굶주림, 전쟁, 자연 재앙, 학살, 탄압, 불의, 환경 오염 등 이루 헤아릴 수 없는 문제가 요동친다. 대체 신의 창조는 어디서부터 잘못된 것일까?

문제는 인간이었다. 신의 권능은 인간에게서 나온다. 만일 이 세상에 인간이 없다면 신은 아무 의미도 없다. 많은 사람이 신과 신의 선함을 믿을 때에만 신은 힘을 쓸 수 있다. 그런데 신에 대한 인간의 믿음은 갈수록 약해지고 있다. 믿음을 잃는 사람이 하나둘 늘수록 신은 무기력해지고 의욕을 잃는다. 그만큼 세상도 탈진하고 의욕을 상실한다. 신에 대한 불신과 선에 대한 회의가 판치는 세상에서 신은 한없이 쪼그라들 수밖에 없다. 심지어 아벨은 죽음을 걱정하기도 한다. 신이 죽다니, 가당키나 한 일일까? 그러나 인간의 믿음에서 비롯된 신이라면 그 믿음이 사라지는 순간 존재 이유도 자연스럽게 소멸될지 모른다.

아무튼 자기 몸 하나 건사하기도 힘들어 보이는 야코비는 스스로 신이라 부르는 이 남자를 처음엔 중증 정신병자로 취급하지만 시간이 가면서 묘하게 빠져들다가, 어느 순간 자신이 아벨의 문제를 해결하는 것이 아니라 아벨이 자신의 문제에 구원의 손길을 내밀고 있음을 발견한다. 야코비 속에서 서서히 자리하기 시작한 아벨에 대한 믿음 덕분일 것이다. 이처럼 독자들도 유쾌하게 신의 고민을 들어 주다 보면 어느새 스스로 야코비가 되어 삶을 돌아보는 자신을 발견하게 될지 모른다.

번역을 하다 보면 첫 문장이나 첫 페이지에서 이미 호불호가 결정될 때가 많다. 이 소설도 그랬다. 〈전처가 한밤중에 문 앞에 서 있다.〉 전처, 한밤중, 문 앞. 예사롭지 않은 단어들의 조합이 눈길을 확 끈다. 이어지는 발 빠른 대사도 첫 문장만큼이나 톡톡 튀고 재기 넘치고, 그 느낌은 책장을 닫을 때까지 계속된다. 문득 이런 걱정이 앞선다. 역자는 키득키득 웃으며 번역했다고 하는데 정작 독자는 함께 웃을 수 없다면 어떡하지? 원문의 맛을 살리지 못해 역자 혼자만 즐거워하는 난감한 상황이 벌어지는 것이다. 개성이 두드러지는 문학 작품을 번역할 때 자주 생기는 문제인데, 이 책에서 작가의 능청스러운 익살을 느끼지 못한다면 그건 전적으로 역자 탓이다. 절로 옷깃

이 여며지는 순간이다.

우리에게 처음 소개되는 한스 라트는 시나리오 작가로 먼저 글을 쓰기 시작했다. 그래선지 경쾌한 문체와 빠른 호흡, 재치 넘치는 입담이 돋보이는데, 그 역량이 소설로도 이어져 많은 열성팬을 거느리고 있다. 개인적으로 오랜만에 아주 맛 나는 작가를 만난 느낌이다. 끝으로, 이렇게 익살맞고 능청스러운 신이 있다면 이 고달픈 삶도 외롭지는 않을 것 같다는 발칙한 상상에 빠져 본다.

봄날, 운정 호수를 내려다보며
박종대

옮긴이 **박종대** 성균관대학교 독어독문학과와 동대학원을 졸업하고 독일 쾰른에서 문학과 철학을 공부했다. 지금껏 『미의 기원』, 『데미안』, 『수레바퀴 아래서』, 『위대한 패배자』, 『인식의 모험』, 『만들어진 승리자들』, 『공산당 선언』, 『자연의 재앙, 인간』, 『모든 것은 느낀다』, 『임페리움』, 『애플은 얼마나 공정한가』, 『9990개의 치즈』, 『군인』, 『악마도 때론 인간일 뿐이다』, 『그리고 신은 내게 도와 달라고 말했다』와 철학하는 철학사 3부작 중 『세상을 알라』와 『너 자신을 알라』 등 100여 권의 책을 번역했다.

그리고 신은 애기나 좀 하자고 말했다

발행일   2015년 4월 3일 초판 1쇄
        2023년 10월 20일 초판 11쇄

지은이   한스 라트
옮긴이   박종대
발행인   홍예빈 · 홍유진
발행처   주식회사 열린책들

경기도 파주시 문발로 253 파주출판도시
전화 031-955-4000 팩스 031-955-4004
www.openbooks.co.kr

Copyright (C) 주식회사 열린책들, 2015. *Printed in Korea*
ISBN 978-89-329-1701-6 03850

이 도서의 국립중앙도서관 출판예정도서목록(CIP)은 서지정보유통지원시스템 홈페이지(http://seoji.nl.go.kr)와 국가자료공동목록시스템(http://www.nl.go.kr/kolisnet)에서 이용하실 수 있습니다.(CIP제어번호:CIP2015008404)